KB059243

"요신, 늦었어!
　여친을 기다리게 하다니 정말 너무해."

팔짱을 낀 채로 그렇게 말한 나나미가
보란 듯이 뺨을 부풀리고 휙 고개를 돌렸다.

"오늘은⋯⋯ 오늘은 말이지⋯⋯."

그녀는 쓸쓸한 미소를 지으며,
그 진실을 나에게 전했다.

"내가 벌칙 게임으로
요신에게 거짓 고백을 한 지
딱 한 달째⋯⋯ 되는 날이야."

"오늘은……

나와 요신이 사귄 지

한 달째 되는 기념일이야……

그리고…….”

나나미는 한 박자 쉬고 천천히 심호흡을 했다.
그 모습이 그날 나에게
어렵사리 고백하던 모습과 겹쳐 보였다.

전과 같은 우연도 아니고, 자고 있을 때도 아니고,
나 자신의 의지로……
그녀의 볼에 손을 얹은 채 천천히……
그 볼에 자신의 입술을 가져갔다.

"요신……."

"신에게 부탁하기긴 했지만……
우리는…… 난 나나미랑 계속 함께야.
그러니까 앞으로도 함께 있을지 어떨지
불안해할 필요 없어."

커버 그림, 본문 일러스트 | 카가치 사쿠

Contents

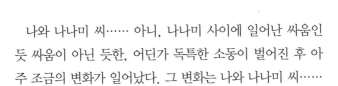

 나와 나나미 씨…… 아니, 나나미 사이에 일어난 싸움인
듯 싸움이 아닌 듯한, 어딘가 독특한 소동이 벌어진 후 아
주 조금의 변화가 일어났다. 그 변화는 나와 나나미 씨……
나나미 사이에 일어난 변화와는 다른 것이었다.

 나나미 씨…… 나나미…… 나나미 씨……. 음, 도통 이
름만 부르는 것에 익숙해지지 않는다. 제대로 의식하지 않
으면 금방 '씨'를 붙여 버리고 만다. 입 밖에 내면 좀 어색
하기도 하고.

 내 인생에서 누군가를 이름으로 부른 적이 없었으니 어
쩔 수 없는 일인지도 모른다.

 하지만 그녀는 내 그런 모습을 보며 조금 즐기고 있는
것 같았다. '씨'를 붙여 부르고 나서 다시 이름으로 고쳐 부
르면 묘하게 즐겁다는 얼굴로, 그리고 약간 놀리는 듯한
미소를 지어 보이는 것이다.

 뭐, 나나미가 즐겁다면 그걸로 됐지만.

 일단 내 호칭에 관한 이야기는 접어두기로 하자. 어쨌든
첫걸음은 내디딜 수 있었다. 모든 일에는 첫걸음이 가장

중요하며 가장 큰 용기가 필요하다. 이제부터는 되도록 의식해서 이름을 불러보자. 그러면 조만간 이름 부르기에도 익숙해질 것이다.

이야기를 되돌려보자. 변화, 그래…… 변화의 이야기다.

변화가 일어난 것은 내 주변의 이야기다. 아니, 나나미와 사귄 뒤에도 변화는 다소 있었지만, 이건 또 조금 다르다.

구체적으로 말하면…… 내가 혼자일 때 남자아이들이 굉장히 말을 걸어오게 되었다.

나나미와 사귀기 시작했을 땐 주위로부터 질문 공세를 받거나 멀리서 바라보거나 하는 정도의 변화는 있었지만, 말을 걸어오는 일은 별로 없었다.

그리고 남자애들이 말을 걸어온 뒤에야 깨달은 사실인데, 난 여자랑 이야기한 적이 없을 뿐만 아니라 이렇게 남자랑 얘기한 적도 거의 없었다…….

기본적으로 나는 먼저 말을 걸지 않았고, 애초에 전에는 교실에서 아무와도 이야기하지 않는 건 당연한 일이었다. 이는 나에게 있어 큰 변화라고 할 수 있다.

뭐, 이야기의 주제는 거의 나나미에 관해서지만.

대화 중에 나에 관해 물어보기도 하지만 평소 나나미는 어떤 느낌인지, 어떤 곳으로 데이트를 가는지, 나나미 방에는 가봤는지 등…… 그런 이야기가 많았다.

전에 여자는 사랑 이야기를 좋아한다고 생각한 적이 있

었는데, 남자도 의외로 사랑 이야기를 좋아하는 것 같다. 이 부분은 사춘기 남자라면 당연한지도 모른다. 어쩌면 나에게서 조금이라도 그녀의 정보를 알아내고자 하는 마음도 있지 않을까?

나로서는 익숙하지 않은 질문들이었지만, 나나미에게 폐가 되지 않는 선에서 대답해주고 있었다. 개인정보 보호는 중요하다. 나나미의 정보는 나만 독점하고 싶다는 마음도 있다.

하지만 익숙하지 않은 질문들이라…… 아무래도 좀 어긋나는 경우가 있기도 했다.

"솔직히 말해봐. 미스마이는 바라토랑 어디까지 가봤어?"

"어디까지라니…… 온천…… 앗."

이런 식으로 보통이라면 남녀관계가 어디까지 진행되었냐고 받아들여야 할 질문에 이상한 답변을 해버리기도 했다. 갑작스러운 질문이라 나도 모르게 대답해 버렸지.

당연히 온천이 대체 무슨 뜻이냐며 이후 또 다른 질문 공세를 당했지만. 어떻게든 숙박 여행을 갔다는 부분은 잘 둘러대었다. 숙박이라는 게 알려지면 무슨 말을 들을지 알 수 없으니.

보호자와 함께 갔기에 학교 수준의 문제가 되지는 않겠지만 그렇다고 해도 들려줄 만한 이야기는 아니었다.

그런 식으로 순탄하다고는 할 수 없었지만 조금씩 나는

동급생과의 대화라는 걸 할 수 있게 되었다. 뭔가 좀 재활 치료를 하는 기분이다.

"그래서? 바라토랑 결국 어디까지 했어? 이미 이것저것 했겠지? 부럽네. 바라토 같은 여자 친구가 있어서……."

"어? 아니, 어디까지라니……. 으음……."

온천에 대해서는 그럭저럭 넘겼지만, 그 때문인지 이야기가 다시 원점으로 돌아와 버렸다.

나와 이야기하고 있는 남자는 어딘가 황홀한 표정으로 알 수 없는 망상을 부풀리고 있었다. 한창 망상하는 와중에 미안하지만 그렇게 많은 일을 하지는 않았다…… 라고 생각해. 응…….

"……노코멘트."

잠시 생각한 내게서 나온 대답은 재미없는 것이었다. 나와 나나미의 일은 우리만의 추억으로 간직하고 싶었던 점도 있지만, 진척 상황은 굳이 남에게 할 만한 이야기는 아니었으니까.

하지만 망상에 특화된 사춘기 남자 고등학생에게는 그 대답만으로도 충분했나 보다.

"설마…… 남에게 말할 수 없을 정도로 대단한 걸?!"

왜 그렇게 되는데?!

예상 밖의 대답에 내가 놀라고 있는데, 눈앞의 남자는 혼자 팔짱을 끼고 어딘가 만족스러운 표정을 지으며 고개를 끄덕였다.

"그렇구나, 역시 그렇겠지. 상대가 바라토잖아. 바라토가 키스도 해본 적 없다는 식의 소문을 듣긴 했는데, 역시 소문은 믿을 수 없는 법이네⋯⋯."

나는 그 말을 듣고 무심코 웃음을 터뜨릴 뻔했다. 어느새 전과는 정반대의 소문이 돌고 있었다.

사실이 소문으로 떠돌고 있고, 오히려 그것이 말도 안 되는 소리라는 말을 들을 줄이야. 그때 교실에 남아 있던 사람들은 나나미에서 직접 들었지만, 그렇지 않은 사람은 소문으로만 정보를 들은 상태였다.

반 그룹 채팅방에 사진이 올라가긴 했어도 나나미가 무슨 말을 했는지까지는 적혀 있지 않았을 테니까. 나도 나나미의 스마트폰으로 잠깐 본 것뿐이지만.

게다가⋯⋯ 보이는 이미지만으로 말한다면 나나미가 키스한 적이 없다는 것은 믿기 어려운 정보일 것이다. 보이는 이미지만으로 정보를 판단하는 것은 어쩔 수 없는 부분이었다.

내가 보기엔 조금 수줍음이 많은 순정파에 평범한 여자아이지만. 나나미는 그런 일면을 모두에게 거의 보여주지 않았을 것이다. 나도 이건 사귀고 나서 알게 된 것이었다.

자, 그럼 이건 어쩔까. 소문을 정정해야 할까, 말아야 할까. 아니, 정정은 좀 다른가. 정정이라고 하면 키스했다는 뜻이 되잖아. 아직 키스해 본 적도 없는데, 우리.

……입 이외에는 했지만…… 제대로 된 키스는 하지 않았기 때문에 실질적으로는 아직 하지 않은 것이나 다름없었다.

하지만 이를 설명하면 진척 상태를 노코멘트로 넘긴 의미가 사라지는데…… 음, 해가 될 것 같진 않으니 그냥 놔둘까? 그런 생각을 하고 있는데 문득 양쪽 어깨를 부드럽게 잡는 감촉에…… 나도 모르게 움찔 몸을 떨었다.

앉은 채로 천천히 돌아보니, 거기에는 몸을 숙인 나나미가 예쁜 미소와 함께 내 얼굴 바로 지척에 자신의 얼굴을 가까이하고 있었다.

"남자들끼리 무슨 이야기 하는 거야~? 나도 끼워줘."

그녀의 머리카락이 부드럽게 흔들리며 내 얼굴을 살짝 쓸었다.

그럴 의도는 아니었겠지만, 편안한 그녀의 향기가 직접 비강으로 들어와 살짝 두근거렸다. 평소에도 그녀에게서 풍기는 향기였지만, 불시에 들어오면 두근거리는 건 어쩔 수 없다.

……이건 아무리 지나도 익숙해지지 않을 것 같다.

나는 볼의 붉은 기운을 잠재우듯이 기침을 한 번 하고는 웃는 얼굴로 고개를 갸웃거리는 나나미에게 입을 열었다.

"……뭐, 별건 아니고 나랑 나나미 씨…… 나나미와의

이야기를 좀."

"나와 요신의 사랑 이야기? 남자도 그런 걸 좋아하는 구나."

귀엽게 키득키득 웃은 나나미가 내 어깨에 올려놓은 손을 꼼지락꼼지락 움직였다. 만져지는 어깨가 왠지 간지러워서 나는 몸이 뒤틀릴 것 같은 것을 필사적으로 참았다.

눈앞의 남자아이는 어딘가 부럽다는 얼굴로 나와 나나미를 보면서도 쓴웃음을 지으며 내 말을 보충했다.

"그래, 소문은 믿을 수 없다는 이야기를 하고 있었어."

소문이라는 단어에 나나미가 움찔 몸을 떨며 반응을 보였다.

당연하다면 당연했다. 얼마 전 이상한 소문이 막 떠돌아다니던 참이었으니 소문이라는 것에 민감하게 반응한다 해도 어쩔 수 없는 일이다. 또 이상한 소문이 도는 건 아닌지 불안하겠지.

그러니 나나미가 그 소문에 관해 물어보는 것 역시 어쩔 수 없는 일이었을 것이다.

"어떤 소문을 말하는 건데?"

조금 전까지 웃고 있던 얼굴이 단숨에 걷히고 진지한 얼굴을 하고 있다. 나나미도 소문에 대해 경계하고 있는 것 같았다. 그런 나나미의 모습을 보고 나도 모르게 침을 꿀꺽 삼켰다.

남자아이는 조금의 망설임도 없이 그 내용을 입에 담았다. 그렇게 가볍게 말해도 괜찮은 걸까 싶어 나는 당황했지만, 사실…… 당사자가 아닌 사람에게는 별것 아닌 이야기일 것이다.

　"아니, 바라토가 미스마이랑 키스해 본 적 없다는 소문."

　새삼스럽게 들으니 살짝 민망한 소문이었다.

　몰랐냐는 듯 가볍게 내뱉은 말에 나나미는 아까의 진지했던 얼굴에서 이번에는 어정쩡하게 입을 벌리고 얼빠진 표정을 짓고 있다.

　이건 이해가 따라가질 못하는 걸까, 뇌가 인식하길 거부하고 있는 걸까…….

　하지만 그 말의 의미가 서서히 나나미의 안으로 침투해 가기라도 하는 것처럼…… 그녀의 뺨이 점차 붉게 달아올랐다.

　얼굴 전체가 새빨갛게 달아올랐을 때, 나나미는 내 뒤에 숨듯 찰싹 달라붙으면서 동시에 소문을 말해준 남학생에게 화를 내듯 언성을 높였다.

　"뭣, 뭐어?! 무슨 소문이 그래?! 소문…… 소문인 거지?!"

　"어……? 아니, 응…… 소문인데…… 어어?"

　그는 약간 기에 눌린 모습이었다……. 눌렸다기보단 처음 보는 나나미의 모습에 놀란 것인지 당황스러운 표정을 짓고 있었다. 나는 가끔 보는 모습인데…… 그래, 이런 나나미의 모습은 처음 보는 걸까?

　내 등에 숨으려고 했던 나나미는 잠시 무언가 생각하는가 싶더니, 내 등에 숨는 것을 멈추고는 그 자리에서 가슴을 펴고 섰다.

　"나랑 요신은 그러니까…… 키스 엄청 많이 하고 있어!"

　……뭐?

　이번엔 내가 얼빠진 표정을 지을 차례였다.

　그 말의 의미를 생각하고, 곱씹고, 뇌 속으로 받아들이자…… 이번에는 내가 얼굴을 붉힐 차례가 되었다.

　아니, 왜 그런 거짓말을 해?!

　나나미가 가슴을 젖히며 내뱉은 그 말에 소문을 낸 남자는 "오…… 그래……"라는 말밖에 하지 못했다. 응, 뭐 그렇게 되겠지. 갑자기 키스 선언을 들으면 난감하겠지.

　하지만 그 거짓말은 그 자리에서 들통나고 말았다.

　"아니, 나나미 무슨 말이야. 저번에 키스는 아직이라고 했잖아."

　"흐엑?!"

　나나미 뒤에 있던 여학생은 그때 반에 있었던 학생이었다. 이름은 기억나지 않지만 얼굴은 기억에 남아 있었다. 정정을 받은 나나미는 초조함과 혼란으로 부들부들 몸을 떨었다.

　"자, 잘 생각해보니까 했었어! 볼이라든지 이마라든지!"

"어……? 입에는 아직 안 한 거지?"

"……응, 안 했……지? 안 했어."

"나나미는 의외로 순정파네. 내가 하는 법 알려 줄까?"

여학생은 나나미를 야유하듯 입술을 손가락으로 매만지며 미소를 지었다. 새빨갛게 변한 나나미가 그 여학생을 바라본다.

"으…… 정말! 몰라!"

이런저런 생각이 떠오른 것인지 새빨개진 나나미는 그대로 떼를 쓰는 아이처럼 변해버렸다. 그 모습을 본 여학생은 "큰일 났다"라는 한마디를 중얼거리더니 쌩하니 달아났다.

나나미는 그대로 그녀를 쫓아갔다. 음, 이건…… 나중에 말을 좀 거들어줄까? 짐작이지만 이상한 말을 해 버린 것도 여러모로 혼란스러워서 그런 거겠지.

"……바라토가 저런 표정도 하는구나. 의외다."

그 한마디가 이상하게 내 귀에 박혔다.

저렇게 수시로, 시시때때로 표정이 변하는 건 지난 3주간 봐왔던 나나미…… 아니, 나나미 **씨**의 모습이다. 저것이 내가 아는 그녀였다.

하지만 아무래도 반 친구들에게는 좀 다른가 보다.

아마 내게 평소에 보여주는 모습을 다른 애들 앞에서도 보이게 됐기 때문이겠지. 반대로 나는 반 친구들이 아는 나나미를 모른다. 애초에 그저 막연하게 갸루라는 인상밖에 없었으니까.

다음에 나나미에게 물어볼까? 본인은 별로 의식하지 못할지도 모르겠지만.

"그건 그렇고…… 결국 키스도 안 했다는 건가. 혹시 미스마이, 아직 동정이야?"

내가 그런 생각을 하고 있는데 갑자기 그런 질문이 날아왔다. 정말로 이런 질문을 하는구나 싶어 나는 놀라움 반 감동 반이 섞인 감정을 느꼈다.

"응, 맞아."

"엄청 선뜻 인정하네. 그런 거 하고 싶지 않아?"

'그런 거'라……. 하기 싫다고 하면 거짓말이겠지만, 생각해보면 여행 중에도 그런 식의 유혹은 많이 있었던 것 같다. 그때는 가족이 함께여서 억누를 수 있었지만, 없었다면 어떻게 됐을까……?

하지만 하고 싶다거나 하기 싫다, 라는 걸 떠나서…….

"나나미가 다칠 바에는 참는 게 나을 것 같아."

이 표현이 가장 적절한 느낌이었다. 예전에 아버님께도 말씀하셨지만…… 그런 행위를 해서 혹시 모를 일이 생겼을 때 부담이 큰 것은 여성 쪽이다.

고등학생 신분으로 만일의 일이 생긴다면…… 나나미는 꿈을 포기해야 할지도 모른다. 그걸 생각하면 그 정도의 리스크를 짊어질 만한 일이라고는 생각되지 않았다. 우리는 아직 고등학생이고…….

그런 말을 하면서도 가령, 만약의 일이지만…… 만약 나나미에게 그런 것을 요구받는다면 분명 이성은 흔들릴 것이다. 참지 못하고 이것저것 해버릴지도 모른다.

분명 사춘기 남자란 그런 존재다. 하지만 그럴 때일수록 냉정해질 필요가 있었다. 서로의 애정을 확인하는 방법은 그 밖에도 있을 것이다.

제대로 된 키스도 아직인 내가 말해도 설득력은 없겠지만.

"왠지 대단하네……. 나만 해도 여자 친구가 생겼을 때 하고 싶어서 혼났는데. 얼른 동정 딱지를 떼버리고 싶어서 안달이 나 있었거든."

"그것도 어쩔 수 없는 일이라고 생각해. 내가 이렇게 생각하는 것뿐이고, 그걸 하고 싶은 마음도 분명 자연스러운 걸 테니까."

"얼레? 분명 난 야한 농담을 던진 것 같은데 언제 도덕 수업이 된 거지?"

음…… 야한 농담이었나? 그런 쪽은 영 어둡다. 게임 동료와도 기본적으로 야한 농담 같은 건 하지 않아서 전혀 눈치채지 못했다. 내가 살짝 난처한 표정을 짓고 있자 그가 어딘가 즐거운 미소를 지어 보였다.

"그럼 우선 첫 키스까지 힘내라. 기념일이면 여러모로 도전하기 쉽잖아?"

"어?"

거기까지만 말하고 그는 자리에서 일어나 내 어깨를 툭 치며 떠나갔다. 그리고 그와 교대하듯 타이밍 좋게 나나미가 돌아왔다. 혹시 신경 써서 자리를 피해준 건가?

"어서 와, 나나미."

"나 왔어, 요신…… 으, 피곤해."

수치심 때문인지, 아니면 달린 것 때문인지 붉어진 뺨을 한 나나미가 지금까지 남자아이가 앉아 있었던 자리에 앉았다. 그리고 피곤한 기색으로 내 책상에 푹 엎드렸다.

아까 했던 말이 머릿속에서 반복되었다. 기념일…… 기념일이라면 하기 쉽다라. 조용히 숨 쉬는 그녀의 입술로 나는 시선을 떨어뜨렸다.

이제 곧 사귄 지 한 달째 되는 기념일이다. 그날은 곧 벌칙 게임으로 시작한 교제의 종료일이기도 했다.

그날 나나미는 나에게 이별을 고할까? 아니면 아무 말도 하지 않을까? 내가 할 행동은 정해져 있지만, 그녀가 어떻게 할지는 모르겠다.

울든 웃든…… 끝나기 전 마지막 남은 기간이었다. 후회가 없도록 행동해야지.

조용히 결의하는 나에게 나나미는 엎드린 상태로 입술

을 조금 삐죽였다.

"요즘 요신이 남자애들이랑 대화도 잘하고 반에 녹아든 모습을 보는 건 기쁘지만, 여친 입장으로선 좀 복잡해……."

"음…… 녹아들었나? 좀 위화감 있지 않아?"

"전혀 안 그래."

"하지만 그…… 아직 반 친구들 얼굴이랑 이름도 거의 못 외웠고……."

"어……? 아까 얘기했는데……?"

"응."

나나미가 거기서 살짝 고개를 들고 내 얼굴을 보았다. 그 시선을 받은 난 살짝 멋쩍은 기분이 들어 뺨을 긁적였다. 응…… 그도 그럴 게 지금까지는 교류가 전혀 없었으니까.

그런 나를 본 나나미가 어쩔 수 없다는 듯이 쓴웃음을 지었다. 나도 무심코 쓴웃음을 지어 보였다.

그것이 나와 그녀의 마지막 일주일의 시작이었을지도 모른다.

약 3주 전, 나와 나나미의 조금 기묘한 관계가 시작되었고, 그리고 여러 변화가 일어났다. 그 관계성이 여러 의미로 마무리되는 기념일까지 앞으로 일주일.

다음 주…… 나는 나나미에게 다시 한번 고백을 한다. 그때 어떤 변화가 일어날지 나는 모른다. 하지만 가능한 한 좋은 변화를 만들고 싶다는 마음은 있다.

해피엔딩이 된다고는 장담할 수 없다. 하지만 해피엔딩을 목표로 할 것이다.

그런 생각을 하던 내 안에서 오늘 반 친구와의 대화로 인해 한 가지 의문이 피어올랐다.

"고등학생다운 교제는 어디까지 괜찮은 걸까……."

"어디까지라니……?"

평소와 같은 나나미의 방, 공부가 끝난 후 이런저런 대화를 나누는 와중 나나미를 이름으로 부른 기념으로 찍은 스티커 사진을 발견하고…… 내가 중얼거렸다. 이건 내 인생에서 처음 찍었던 스티커 사진이었다.

몇 종류의 사진이 거기에 있었고, 이 중 하나는 내 스마트폰에도 저장되어 있었다. 스마트폰에도 저장할 수 있다는 건 처음 알았다.

……그중 한 장을 보면서 나는 생각했다.

"그, 이 스티커 사진처럼…… 이렇게 볼에 키스하는 것도 어른이 말하는 고등학생다운 교제에서는 어긋나는 게 아닐까 하고."

그랬다. 첫 스티커 사진을 찍을 때, 나나미는 내 볼에 키스를 했다. 기습처럼 불시에 닥친 공격으로, 얼빠진 얼굴로 웃고 있는 나에게 키스를 한 사진이었다.

……이거, 나도 똑같이 했다가 키스 당한 거였지.

내가 그 사진을 나나미에게 보여주자 그녀는 그때를 떠올린 것인지 살짝 뺨을 붉히더니, 이내 붉은빛을 지우고 평정을 가장했다.

참고로 이 스티커 사진을 찍었을 때 나나미는 본인이 키스해놓고도 그 행동에 너무 부끄러워한 나머지 새빨개졌는데…… 아니, 이건 굳이 말할 필요 없었나.

아무튼 사진에 대한 화제를 얼버무리려는 듯 나나미는 몸을 한 번 쭉 폈다. 그대로 작게 하품을 하자 눈에 눈물이 약간 맺혔다.

"그렇게 따진다면, 엄밀히 말해서 학교에서 돌아가는 길에 들리는 오락실도 안 되지 않아? 교칙은 어떻게 돼 있더라? 그 부분은 신경 쓴 적이 없었네."

눈물이 고인 눈을 비비며 나나미는 그 몸을 내게 기울여 왔다. 그 모습이 마치 고양이 같았다. 그녀는 내 무릎 위에 엎드린 자세로 상반신을 온전히 내맡겼다.

무릎베개와는 조금 다른 모양새였지만, 그녀의 부드러운 신체의 감촉과 체온이 내 뻗은 다리 위로 서서히 퍼져 나갔다. 기분 탓이었지만 어쩐지 나나미의 머리에 고양이 귀가 보이는 것 같았다. 고양이 귀…… 괜찮네.

나나미가 그대로 몸을 빙글 돌려서 나를 올려다보았다. 때마침 나도 그녀의 머리에 시선을 떨어뜨린 상태였기 때문에 몸을 돌리자마자 시선이 딱 마주쳤다.

그녀는 잠시 크게 눈을 크게 뜨며 놀란 것 같더니 이내 약간 장난스러운 미소를 지으며 자신의 입술에 집게손가락을 대고 고개를 갸웃했다.

나나미의 머리카락이 내 무릎 위를 쓸고 지나가 조금 간지러웠다.

"뭐야? 요신…… 혹시 더 대단한 일을 하고 싶어?"

갖다 댄 검지를 천천히 호를 그리듯 움직이더니 입술에서 손가락을 뗀다. 어딘가 요염한 몸짓으로 나나미는 그대로 검지를 내 쪽으로 향했다.

"……나나미…… 본인이 말하고 부끄러워하지 마."

금세 나나미의 뺨이 붉어졌다. 아까 스티커 사진 건도 포함해서 한계가 온 것일지도 모른다. 그게 우스워서 나도 모르게 소리 내어 웃었다. 내가 웃는 것을 본 그녀의 뺨이 점점 더 붉어졌다.

그녀가 항의하듯 내 가슴을 퍽퍽 내려치면서 무릎 위에서 가볍게 몸부림쳤다.

"그런 소리 하지 마! 정말! 다음 데이트 장소, 오늘 정할 거잖아?!"

"미안, 미안. 귀여워서 그만."

"정말! 나빴어!"

가슴을 두들겨 맞았지만, 전혀 아프지 않았다. 어딘가 기분 좋은 감각이었다. 그대로 잠시 투닥투닥 때리던 나나미는 이윽고 두 다리를 한 번 크게 올리더니 그 반동으로 일어나며 내 무릎을 떠났다.

그녀에게서 느껴지던 기분 좋은 압박감이 사라지고, 남겨진 온기에 묘한 쓸쓸함을 느끼고 말았다. 그런 내 심정을 아는지 모르는지 나나미는 스마트폰을 다시 들고는 이것저것 검색하기 시작했다.

아쉽지만 나도 그녀와 함께 데이트 장소를 검색했다. 오늘은 나와 나나미…… 각자가 데이트 계획을 생각하기로 정한 날이었다.

각자 할 거라면 굳이 한 방에 있을 필요도 없지 않나. 집에 돌아간 뒤에 해도 되지 않나. 그렇게 생각할 수도 있겠지만 여기에는 약간의 사정이 있다.

첫 번째 데이트는 내가 영화관에 가자고 해서 함께 영화를 봤다.

두 번째 데이트는 나나미가 수족관을 제안해서…… 잊을 수 없는 추억이 생겼다.

세 번째 데이트는 온천 여행과 꽃구경을 했고, 거기에 더해 내 방에서 함께 게임도 하고…… 여러모로 놀라웠지.

하나같이 다 즐거웠고 둘도 없는 추억이다. 그리고 기념일까지 일주일을 남기고 네 번째 데이트를 어떻게 할 것인지에 관한 얘기가 나왔다.

이것이 문제였다.

한 달 기념일을 눈앞에 둔 데이트라 그런지 나도 나나미도 기합이 들어가서…… 이야기를 나누다 보니 서로 가고 싶은 장소가 점점 늘어났고, 어디로 갈지 결정하기 어려워진 것이다.

예를 들어, 다시 수족관에 가서 이번에는 돌고래 쇼를 보자는 이야기부터 시작해서 가족 모두가 아닌 둘이서만 꽃구경을 가보자, 가본 적이 없는 놀이공원이나 동물원은 어떠냐…….

그저 거리를 산책하는 것도 좋고, 보고 싶은 영화를 보러 간다든지, 아니면 전에 말했던 집에서 영화를 같이 보는 것도 좋고……. 어쨌든 이런 식으로 하고 싶은 게 대량으로 나왔다.

그런 식으로 한껏 들떠서 결론 없이 막연한 계획을 이야
기하는 것은 무척 즐거운 일이었지만, 그러느라 데이트 계
획을 정하지 못하는 것은 곤란했다.

　"도저히 결정을 못 하겠어⋯⋯."

　"음, 너무 많은 것 같긴 해⋯⋯. 이거, 이틀로는 무리겠
지⋯⋯."

　서로 이런저런 제안을 낸 결과, 선택지가 너무 많아져서
어떤 것으로 골라야 할지 알 수 없었다. 어쨌든 하루에는
절대 다 돌아볼 수 없는 양이 되어 버렸다. 그래서 의논은
또다시 미궁에 빠졌다.

　내가 기합을 넣는 이유는 이 데이트는 어쩌면 우리의 마
지막 데이트가 될지도 모르기 때문이었다. 그렇기에 내가
제안한 장소로 그녀를 데려가고 싶은 마음이 강했다.

　나나미도 나나미대로 어쩐지 묘하게 기합이 들어가 있
어 자신이 제안한 곳을 나와 함께 가고 싶다는 마음이 전
해졌다.

　뭐라더라, "싸운 거에 대해 사과도 할 겸 봉사하게 해줘"
랬나. 굳이 그런 선정적인 말까지 하는 지경이 이르렀다.
물론, 그 후에는 "방금 말 취소!"라고 외치며 자폭했지만.

　그건 싸움이 아니었고, 나도 잘못이 있었으니 신경 쓰지
않아도 된다고 말해두었다. 어쨌든 본론으로 돌아가
서⋯⋯ 데이트의 내용이다. 그게 정해지지 않는 이상 죽도

밥도 되지 않는 것이다.

그래서 서로 의논해도 답이 안 나온다면 토요일은 나나미가 가고 싶은 곳으로, 일요일은 내가 가고 싶은 곳으로…… 각자 데이트 계획을 생각해보면 어떠냐는 제안을 했다.

그 제안에 나나미는 "좋다, 그거. 재밌을 것 같아"라는 말로 승낙해주었다.

다만 서로 데이트 계획을 생각했다가 만약 완전히 똑같이 겹쳐 버린다면? 그런 상황을 감안해 우리는 같은 방에 있으면서도 따로따로 스마트폰을 만지고 있었다. 검색하면서도 대화는 이어갔다.

결정적인 행선지에 대해서는 아직 둘 다 말하지는 않았지만. 어째서인지 그 부분은 정해지면 서로 알려주자는 암묵적인 약속이 되어 있었다. 당일 서프라이즈는 하지 않을 생각이었다.

세 번째 데이트 덕분에 서프라이즈에 살짝 질린 것도 있다.

그러던 중 갑자기 그녀가 아까 했던 내 말을 언급했다.

"저기, 요신…… 아까 한 얘기 말인데……."

"아까 한 얘기?"

"고등학생다운 교제라는 거."

나나미가 시선은 여전히 스마트폰에 향한 채로 중얼거렸다. 힐끔 쳐다본 그 표정에서는 어떤 감정을 느끼고 있는지 확실히 알 수 없었다.

이상한 말을 해서 걱정하게 했나?

"아, 아니, 그게…… 이상한 짓을 하고 싶은 건 아니니까 안심해."

스마트폰에서 잠시 눈을 떼고 나는 그녀를 안심시키듯 미소를 지어 보였다. 그런 나의 시선을 눈치챈 나나미도 고개를 들고 내게 시선을 돌렸다.

"그게 아니라! 뭐랄까, 우리 부모님도 그렇고 시노부 씨 네도 그렇고, 고등학생다운 범위에서 하라고 말씀하셨지 만…… 거기에 너무 얽매일 필요는 없다고 생각해."

"……그러면?"

"우리는 고등학생이잖아. 그런 우리가 하는 행동은 모두 고등학생다운 행동이 아닐까?"

……상당히 억지스러운 이론이 튀어나온 것 같은데.

그 논리라면 극단적으로 말해 무슨 짓을 해도 좋다는 뜻 이 돼 버리는 데다…… 그 말을 면죄부로 삼게 되면 모든 일에 제동을 걸 수 없게 되지 않을까?

그 말을 긍정해도 될지 어떨지, 내 안에 약간의 망설임 이 생겨났지만…….

"……그건 조금 억지가 아닐까?"

나는 나나미의 말을 부정했다. 그녀의 말을 별로 부정하 고 싶지는 않았지만, 왠지 여기서 그 말을 긍정하기엔 아무래도 저항감이 있었다.

하지만 나나미는 그런 나에게 화를 내기는커녕 아주 태연한 얼굴이었다.

"응, 억지라고 생각해."

그리고 부정했던 내 말을 시원스레 인정했다.

그런 대답이 나올 줄은 몰랐던 나는 그녀의 대답에 잠시 얼이 빠져 있다가 곧 쓴웃음을 지었다. 나나미는 나의 그런 반응도 예상했는지 특별히 신경 쓰는 기색 없이 말을 이어 나갔다.

"남친이 있는 친구 중에…… 뭐랄까, 솔직히 들어도 될까 싶을 정도로 관계가 진행된 애도 있어서……. 아니, 정말로…… 굉장했지……. 말로 표현할 수 없을 정도로……."

"그런 얘기를 듣고 있어?! 그건 좀…… 걱정인데…… 여러 의미로."

"전에는 그저 장단을 맞춰주기 위해 들었던 것뿐이지만. 남친이 생기면 사정이 다르지."

도대체 어떤 이야기를 들은 걸까. 약간의 찜찜함을 느꼈지만, 나나미는 그 상세한 내용은 말하지 않았다. 내용이 떠오른 것인지, 아니면 기분 탓인지 귀가 희미하게 연분홍빛이 되어 있었다.

흔히 여자들의 그런 화제는 남자보다 더 적나라하다고 들은 적이 있는데…… 실제로도 그럴까? 남자랑 그런 대화를 해본 적이 없으니 비교할 수도 없었다.

혹시 나나미가 가끔 이상한 방향으로 행동력이 발휘되는 것은 그런 이야기를 들었기 때문일까. 걱정이 얼굴에 드러난 것인지 나를 본 나나미가 안심시키려는 듯 미소를 지었다.

"하지만 있지, 하츠미랑 아유미는…… 의외로 그 부분은 슬로 페이스다? 아직 남자 친구랑 키스 정도밖에 안 했대. 그런 식으로…… 사람마다 페이스는 꽤 달라."

그건 좀 의외네. 틀림없이 그 두 사람도 상당히 앞서가는 편일 줄 알았는데, 그렇지도 않은가 보다.

어쩌면 사귀는 남자 친구에 의한 것일지도 모른다. 둘 다 사회인인 것 같고……. 어른이라면 고등학생에게 쉽게 손을 댈 수 없겠지. 그렇게 생각하면 납득이 간다.

"그러니까, 이런저런 이야기를 듣고 공부는 해두고 있으니까…… 여차할 땐 안심해."

조금 안심하자마자 안심할 수 없는 말이 튀어나왔다. 아까 내가 했던 걱정이 적중해버린 꼴이다. 자신만만한 얼굴로 윙크를 하는 나나미를 나는 게슴츠레한 눈빛으로, 조금 어이없는 심정으로 바라보았다.

"또 그런 말을…… 그랬다가 또 여차할 때 자폭해도 난 모른다?"

"아하하~. 이런 걸 귀동냥으로 배웠다고 하나? 인생이란 어디서 뭐가 도움이 될지 알 수 없는 법이네."

"그걸 본인 입으로 말해?!"

나는 나도 모르게 웃음을 터뜨렸고, 나나미도 그에 따라 웃었다.

그렇게 한바탕 웃고 난 후, 나나미가 갑자기 진지한 얼굴을 하더니 내게 다시 다가왔다.

어떻게 하나 지켜보는데 내 등에 자기 등을 맞추듯이 딱 붙인다. 그녀의 체온이 내 등으로 서서히 퍼져나갔다.

그 체온이 기분 좋아서 나는 입을 다물었다. 나나미에게도 나의 체온이 전해지는 것인지 한동안 말없이…… 그렇게 조용한 시간이 흘렀다.

그리고 나나미가 불쑥 중얼거렸다.

"전에 말이야, 자는 동안 나한테 요신이 키스해 준 적 있었지. 기억나?"

"……으음, 그런 일이 있었나?"

"뭐야, 잊은 척하긴. 기억하고 있으면서."

네, 잊은 척했습니다. 어쩐지 민망해서 시치미를 떼 보려 했으나, 그녀가 깔깔 웃으며 그런 내 변명을 한눈에 간파한다.

당연히 잊었을 리가 없다. 처음으로 내가…… 먼저 했을 때의 기억이다. 자고 있었다고는 해도.

등 너머로 꼼지락거리며 움직이는 그녀의 체온이 너무

나도 무척 편안했지만, 나는 그때 일이 떠올라서 얼굴이 붉어졌다. 정말, 그때는 잘도 그런 짓을 했구나…….

"그때는 잘 때 덮치는 듯한 행동을 해서, 정말 미안하게 생각……."

"아니, 아니! 그런 거 신경 안 써. 기뻤다고 했잖아!"

그녀는 내 등 너머로 더욱 크게 웃었다. 내 사과에 화를 내기는커녕, 오히려 그 반응엔 어딘가 안심한 기색마저 느껴졌다. 거기에 어떻게 반응해야 할지 모르고 있는데…… 갑자기 푹신하고 부드럽고 따뜻한 감촉에 휩싸였다.

나나미가 나를 뒤에서 다정하게 안아주고 있었다.

등 전체로 그녀가 느껴지고, 굉장히 안심되는 향기가 났다. 이대로 잠들면 행복하려나, 멍하니 그런 생각을 하며 나나미의 온기를 만끽했다.

그리고 내 귓가에, 어딘가 자애로움이 느껴지는 편안한 목소리가 울려 퍼졌다.

"고등학생답게, 가 아니라, 우리다운 페이스가 좋다는 거야. 무리할 필요 없이. 그러니까 앞으로도…… 우리답게 지내자."

그 말을 듣고 내 마음속에 서서히, 무언가가 퍼져나갔다.

고등학생다운 것…… 그런 내 고민을 그녀는 부드럽게 감싸주었다. 어떻게 보면 난 '고등학생다운 것'이라는 말에 집착하고 있었던 것 같다.

오늘 오랜만에 동급생 남자아이와 대화한 영향도 클 것이다. 나나미와 어디까지 갔냐는 질문에, 고등학생이라면 하고 싶어서 못 참는다는 말을 듣고 초조함을 느꼈을지도 모른다.

기한이 가까워지는 것도 초조함을 낳는 원인 중 하나일 것이다. 일반론을 듣고, 그것에서 벗어난 지금 이대로도 괜찮은 걸까 하고.

그런데 나나미에게 긍정의 말을 듣고…… 꽤 마음이 편안해졌다.

"……그래, 시간은 앞으로 얼마든지 있으니까. 우리만의 페이스로…… 천천히 갈까?"

"그렇지…… 얼마든지…… 얼마든지 있어."

정말로 얼마든지 시간이 있을지는 모르겠지만…… 그래도 나는, 너무 서두르지 않고 천천히…… 나나미와의 관계를 진행해 나가고 싶다고 다시 한번 생각했다.

기한이 가까워진 만큼 더욱 그러기를 바랐다.

그리고 나나미의 그 말을 계기로 일요일에 가고 싶은 장소가 내 머릿속에 불현듯 떠올랐다. 조금 지루할지도 모르지만, 거기라면 나나미도 즐거워하지 않을까?

그녀에게 안기고 마음이 편해진 덕분에 생각난 장소였다. 아마 옛날에 아빠랑 엄마랑 함께 간 적이 있는 장소일 것이다.

희뿌옇던 것이 개이며 머릿속이 조금씩 맑아져 갔다. 그래서일까, 동시에 한 가지 의문도 들었다.

"참고로 말이야…… 지금의 나나미는 어디까지 해도 괜찮은 거야……?"

안긴 그대로의 자세로, 기분이 조금 들뜬 나머지 그런 말을 내뱉어 버렸다. 그런 나에게 나나미는 당황하는 기색도 없이, 끌어안은 채로 얼굴을 가까이 대고는 상냥하고 조용히…… 나에게 속삭였다.

"……반대로…… 요신은 어디까지라면 허락해줄까?"

그것은 일말의 흐림도 없는, 깨끗하고 편안함에 가득 찬 상냥하고 안심이 되는 목소리였지만…… 하는 말은 충격적이었다.

질문에 질문으로 돌려받았다는 것이 문제가 아니었다.

나나미의 그 말에 나는 얼굴 전체가 새빨개지고, 온몸에서 단숨에 땀이 뿜어져 나왔다. 틀림없이 당황할 거라고 생각했는데, 엄청난 카운터를 펀치를 먹고 말았다.

내 마음속에는 패배감과…… 기묘한 만족감이 동시에 채워져 갔다.

"내 패배…… 항복이야…… 그런 대사는 어디서 배운 거야……."

아까 말한 그 여자아이에게서 들은 이야기일까. 심장에 해로운 말을…….

안긴 채로 나는 두 손을 들어 그녀에게 항복의 뜻을 나타냈다.

내 두 손을 본 그녀는 만족스럽게 웃더니 내게 꼭 달라붙은 채로 귓가에 속삭였다. 숨이 차오르고, 매우 간지럽고, 등골이 저릿했다.

"굉장히 부끄러웠지만…… 어찌 갚아준 것 같네. 여기서 더 다가오면 어쩌나 싶었는데."

그렇게 말한 것에 비해 그녀는 뺨도 붉히지 않고 귀도 붉어지지 않았다. 어쩌면 그녀 안에서는 부끄러움보다 나를 항복시켰다는 기쁨이 앞선 것인지도 모른다.

……이러고 나중에 혼자서 부끄러워하진 않을까?

그런 생각을 하고 있는데 그녀는 내게서 떨어지더니…… 무언가 생각났다는 듯이 입술에 검지를 붙이고 나를 향해 탐스러운 미소를 보냈다.

"입술에 키스하고 싶으면 말해. 아마…… 난 언제든 괜찮을 테니까."

그 대사에 나는 할 말을 잃고 말았다. 그저 붉어진 얼굴로 그녀의 손가락이 닿아 있는 입술에 시선을 고정했다. 운이 나빴다면 호흡이 멈췄을지도 모른다.

그런 우리들의 침묵을 깬 것 역시 나나미의 온 힘을 다한 한마디였다.

"반박해야지!"

그 모습을 보고 어딘가 안도에 가까운 감정을 느낀 나는 웃고 말았다. 평소처럼 자폭한 그녀는 웃음을 터뜨린 나에게 달려들면서도 웃고 있었다.

응, 역시 나나미는 이래야지.

집으로 돌아온 뒤 내 행동은 기본적으로 항상 똑같다. 컴퓨터를 켜고, 게임을 실행하고, 게임 동료들에게 돌아왔다는 인사를 한다.

최근에는 나나미와 함께 하는 일이 많기에 스마트폰으로 게임을 하는 경우도 적어졌다.

채팅으로 상담을 하기도 하지만 게임은 자연스럽게 귀가하고 혼자일 때 하는 정도가 되었다. 그걸 괴롭게 느끼지 않는 자신이 새삼스럽게 조금 놀라웠다.

『그래, 벌써 시간이 그렇게 지났구나.』

내가 나나미와의 일을 보고하자 바론 씨가 감회가 새롭다는 듯 중얼거렸다. 나도 같은 마음이었다. 정말 빨리 지나가 버렸다.

그건 그렇고, 이 보고도 완전히 일상이 되어버렸네. 바론 씨는 일전 더 이상 보고할 필요 없지 않으냐고 했지만, 진척 상황을 듣고 싶은 사람들이 반대했다.

사실 나도 보고와 상담을 하지 않으면 어딘가 개운하지 않은 기분이 들었다. 습관이란 무서운 법이다. 뭐, 깊은 부분까지는 말하지 않았지만.

『드디어 기념일 전 마지막 데이트가 되는 셈이네.』

「네, 이번 주 토, 일……. 그게 마지막 데이트예요.」

드디어 마지막…… 일지도 모르는 데이트가 임박해 왔다. 그것을 강하게 실감하는 밤, 나는 바론 씨에게 보고를 했다. 다른 멤버는 없고 채팅창에는 바론 씨뿐이다.

다른 멤버들은 평소처럼 전체 채팅으로 보고하면 될 거라는 생각에 나는 굳이 바론 씨와 둘만의 채팅방을 만들어서 이야기를 나누고 있었다.

나와 나나미에 대해 제일 먼저 상의한 사람은 바론 씨였다.

그러니까 예의…… 라고 할 정도까진 아니지만, 왠지 모르게 나는 바론 씨와 둘이서만 이야기하고 싶은 기분이었다.

『각자 날짜를 나눠서 데이트 계획을 고민했다고 했지? 그런 것도 좋네. 나도 다음에…… 계획을 세워서 아내와 보내볼까.』

「네, 토요일은 시치미…… 일요일은 제가 각자 데이트 계획을 짜고…… 데이트를 하게 됐어요. 하아…… 이런 걸 직접 생각하는 건 처음이라 긴장되네요.」

『무슨 소리야, 지금까지 데이트 많이 했잖아.』

「처음에는 바론 씨네와 상의했고, 두 번째는 여자 친구가 먼저, 세 번째는 부모님이 권유해주신 거니까요. 저 혼자 생각하는 건 처음이에요.」

『듣고 보니…… 그것도 그러네.』

지금까지의 나라면 채팅으로 어떻게 하는 것이 좋을지 바론 씨에게 상담했을 것이다. 그리고 조언을 받고…… 그걸 바탕으로 이런저런 데이트 계획을 짰겠지.

하지만 나는 이번에 일부러 바론 씨에게 그것을 일절 상의하지 않았다. 그러니 이것이 처음으로 나 혼자 결정한 데이트 계획이 되는 셈이다.

……즐겁게 해줄 수 있을지는 조금 불안하지만.

『뭘 할지는 이미 결정했어?』

바론 씨는 그런 내 생각을 이미 알고 있는 것인지 무엇을 할지만 간략하게 물어봐 주었다.

굳이 여기서 어디로 가는 것이 좋다든가, 마지막이니까 무엇을 하는 것이 좋다든가…… 그런 조언은 채팅창에 한마디도 쓰지 않았다.

왜 내가 바론 씨만 초대해서 채팅창을 만들었는지도 묻지 않아 준다. 정말로…… 바론 씨에게는 처음부터 끝까지 고개가 절로 숙여진다.

「네, 이미 결정했어요.」

『그렇구나……. 그 캐니언 군이…… 성장했네…….』

「그런가요? 지금도 솔직히 벅찬데요.」

『그렇지 않아. 나한테 마지막 데이트를 어떻게 하면 좋을지 묻지 않는 것만 봐도 이미…… 넌 성장한 거야.』

바론 씨에게 그 말을 듣고…… 굉장히 기뻤다.

솔직한 이야기로 나 자신이 성장했는지 하지 않았는지, 당사자로서는 전혀 알 수 없기 때문이다. 하지만 바론 씨에게 그런 말을 들은 것으로 인해 내 안에 아주 작은 자신감이 싹텄다.

『그래…… 묻지 않은 만큼 더 긴장하고 있는 거 아니야? 처음으로 직접 생각한 내용이라서 괜찮을까 하고 말이야.』

정확하게 정곡을 찌른 그 내용에 나는 조금 쓴웃음을 지었다. 바론 씨의 말이 정답이었다. 난 굉장히 긴장한 상태였다.

지금 와서 긴장해서 어쩌겠냐고 해도 이것만은 어쩔 수 없었다.

생각한 내용이 이상하진 않을까, 그녀는 이 데이트로 즐거워해 줄까…… 그런 생각을 하면 불안해지는 것이다.

느끼고 있던 초조함과는 또 다른 것으로, 무엇을 해도 마음이 안정되지 않았다.

「……맞아요. 세상의 인기 있는 남자들은 이런 불안감도 없을까요?」

『인기 있는 사람의 기분은 모르겠지만, 나도 아내에게 처음 데이트 신청했을 때는 긴장되고 불안해서 잠이 오질 않았지⋯⋯. 그래서 그 기분은 잘 알아.』

뜻밖의 말이 바론 씨에게서 돌아왔다.

이 사람은 굳이 말하자면 내 안에서는 꽹장히 어른스럽고 뭐든 능숙하게 해내는 듯한 인상이었기 때문에, 이런 약한 부분을 내보이니 신선한 기분이었다.

「바론 씨도 그랬군요⋯⋯.」

『그렇다니까~. 계획을 너무 많이 넣어서 여유가 없어지기도 하고, 실수도 엄청 했지. 가려고 계획했던 가게가 문을 닫은 적도 있었나? 지금 생각해보면 다 좋은 추억이지만 말이야.』

「그런 일이⋯⋯.」

바론 씨는 나에게 이런저런 실패담을 들려주었다. 그 이야기를 듣는 사이에⋯⋯ 내 안에서는 점점 긴장이 풀리고 있었다.

완벽한 어른이라고 생각했던 바론 씨도 여러 가지 실수를 하는 사람이라는 것을 알고⋯⋯ 우스울지도 모르지만 그가 아주 조금 가깝게 느껴졌다.

『그러니까 캐니언 군도 불안해할 필요 없어.』

「그렇⋯⋯군요.」

『⋯⋯벌칙 게임으로 한 고백 후 이제 곧 한 달⋯⋯ 계속

네 상담을 해온 내가 보증할게. 너희들이라면 분명…… 어떤 것도 행복한 추억으로 바뀌어 있을 거야.』

「……감사합니다.」

정말 감사한 그 한마디에 내 안에 있던 긴장감이 크게 녹아내리는 걸 느꼈다. 정말로 바론 씨 같은 어른의 말은 쉽게 듣기 어려운 데다 설득력이 있어서 마음에 깊이 와닿는다.

데이트 전에 바론 씨와 대화를 나눌 수 있어서 다행이야.

그렇게 감사한 마음을 품은 채, 나는 바론 씨에게 내가 결심한 것을 전했다.

「바론 씨…… 이걸 기념일 전의 마지막 보고로 하고 싶어요. 다음에 보고하는 건 기념일이 다 끝난 후……로 생각하고 있어요.」

『흐음……? 왜 그런 생각을 했어?』

「이번 데이트는 저희가 처음으로 스스로 생각한 데이트예요. 그러니까 그걸…… 나중에 누군가에게 말하는 건…….」

『확실히 멋이 없네……. 그건 둘만의…… 소중한 추억으로 간직해야지. 응…… 이해해.』

바론 씨는 내 말을 이해해주었다. 그것이 고맙고…… 동시에 미안해졌다.

「죄송합니다. 지금까지 상담해 주셨는데 예의가 아닐지도 모르지만…….」

『예의가 아니라니. 신경 쓰지 마. 하지만 조건은 하나 붙여도 될까?』

「조건…… 이요?」

『전부 끝난 후의 보고는…… 행복한 걸로 부탁할게.』

그 조건에 나는 두말없이 승낙했다. 나도 그 이외의 보고를 할 생각은 없다……. 아직 조금 불안하기 하지만 분명 괜찮을 거라 믿는다.

『……그건 그렇고 데이트 직전인데…… 나보다 여친이랑 이야기하는 편이 낫지 않아?』

바론 씨는 그렇게 말했지만…… 이걸 끝으로 한동안은 바론 씨네와 대화를 하지 못하게 된다. 그렇다면 보고할 타이밍은 지금밖에 없었다.

게다가…….

「괜찮아요. 그녀도 지금…… 여러 사람과 대화하는 중일 테니까요.」

나는 그녀를 생각하면서 바론 씨와의 대화를 이어갔다.

조금 전까지 떠들썩했던 내 방이 묘하게 넓게 느껴졌다. 그리고 넓게 느껴지는 만큼 아주 조금 외로웠다. 늘 있는 일이었지만 아무리 해도 이 외로움은 익숙해지지 않았다.

나는 조금 전까지 있었던 내 남자 친구…… 요신을 생각했다.

마지막의 마지막에 그는 갑자기 과감한 소리를……. 어디까지 해도 되냐니…… 아아, 정말! 요신은 심장에 안 좋아! 갑자기 그런 말은 반칙이지!

정말, 대체 어디서 그런 말을 배운 거야. 바론 씨?! 설마 바론 씨한테서?! 안 그래도 여러 가지로 자각이 없어서 곤란한데!

떠올리고는 혼자 씩씩거리며 화를 내고 있지만 싫지는 않다. 오히려 혼자서 그의 모습을 되돌아보며 즐거워하는 자신이 있다. 이런 모습은 차마 남에게 보여줄 수 없다.

뭐, 잘 되받아치기도 했고…… 요신이 부끄러워한 게 좀 기뻤지. 딱히 주도권을 잡고 싶은 건 아니지만, 늘 나만 부끄러워하니까 가끔은 괜찮겠지?

멋대로 혼자 부끄러워하는 것은 금지였다.

뭐, 최종적으로는 들떠버린 탓에 쓸데없는 말을 한 나머지 평소처럼 자폭했고…… 요신에게 묘하게 다정한 눈빛을 받고 말았지만. 정말이지 나란 녀석은…….

자신에게 질리면서도 나는 스마트폰으로 눈을 돌렸다. 그리고 무심코 평소와 같은 그룹에 메시지를 보냈다.

「하츠미, 아유미…… 고마워. 나와 요신을 만나게 해줘서.」

뜬금없이 딱 그 말만. 두 사람은 지금쯤 목욕 중이려나? 오빠들…… 남자 친구랑 함께 있을까?

그런 생각을 하고 있는데 곧바로 두 명 모두에게서 읽음 표시가 붙고 답장이 왔다. 혼자 있었나?

『갑자기 무슨 일이야, 나나미? 우리가 한 짓은 벌칙으로 고백하게 한 것뿐인데.』

『그래. 화를 낸다면 모를까 감사 인사는 이상하지 않아?』

실로 두 사람다운 대답이었다.

딱히 무슨 일이 있는 건 아니었다. 그저…… 마지막 데이트 계획이 정해져서 그런지 괜히 여러 사람에게 감사의 말을 전하고 싶어졌을 뿐.

아빠, 엄마, 사야에겐 직접 전했고, 시노부 씨나 토오루 씨에게도 아까 메시지로 감사를 전한 참이었다.

마지막 데이트 계획, 그래…… 마지막 데이트다.

나는 마지막으로 할 생각은 없지만, 어쩌면 토, 일로 마지막이 될지도 모른다.

그래서 오늘은 모두에게 연락을 넣고 있었다. 물론 전원에게 전하고 난 후에는 마지막으로 요신에게도 연락을 넣겠지만. 이것에 대해선 그에게도 전해놓은 상태였다.

요신도 요신대로 바론 씨와 이야기를 한다고 했으니 아직 시간은 있을 것이다. 분명, 그도 그 사람에게 평소의 보고라는 걸 하고 있겠지. 자신도 그것과 비슷한 모양새가 된 것이 우스웠다.

감사의 말을 전하고 싶은 사람은 한 명이 더 있었다. 그 마지막 한 사람에게 연락하기 전에…… 이 사건의 발단이 된 하츠미와 아유미에게 감사를 전했다.

「벌칙…… 응, 벌칙이었지만 난 요신을 만나서 너무 행복해. 이렇게 무사히 마지막 데이트를 맞이할 수 있었어. 그러니까 두 사람에게는 고맙다고 해두고 싶어서.」

내 그 말에 두 사람은 아무 말도 하지 않았다. 그저 딱 한 마디의 답장만이 돌아왔다. 내 말을 듣고 생각한 바가 있는 것 같았다.

『다 끝나면 말이야…… 우리도 미스마이에게 사과할게. 아니, 사과하게 해줘.』

『응, 어떤 결과가 나오든…… 사과하게 해줬으면 해.』

그 말을 보고 순간 나는 신경 쓰지 않아도 되지 않나 하는 생각을 했지만, 곧바로 정정했다. 당연히 신경이 쓰일

것이다. 게다가…… 사과할 기회를 빼앗는 것은 내 권한이
아닌 것 같았다.

「그래, 다 같이 사과하자. 용서받을지는 모르겠지만 그
래도…… 사과하자.」

하지만 벌칙으로 한 고백에 관해서는 나의 책임이었다.
그것을 남의 탓으로 돌리진 않을 것이다. 벌칙이었지만 결
정한 것은 나이고 실행한 것도 나다. 모든 책임은 나에게
있다.

두 사람이 사과한다고 해도 그것만은 달라지지 않는다.

「좋아, 어두운 얘기는 끝! 전부 끝나면 다 같이 모여서
신나게 놀자. 남자 친구랑 같이 더블 데이트, 트리플 데이
트도 재밌을 것 같아.」

자칫하면 어두워질 것 같은 분위기를 떨쳐버리기 위해
최대한 밝은 어조로 두 사람과 해보고 싶은 것을 적어 나
갔다.

하츠미와 아유미의 남자 친구를 요신에게도 소개하고
싶었고, 다 같이 어딘가에 놀러 가는 것도 좋을 것 같았다.
그러고 보니 오토 오빠가 커다란 차를 갖고 있었으니 태워
달라고 해서 멀리 나가보는 것도 괜찮겠다.

그런 희망을 하나씩, 하나씩 적어 나갔다.

『……그래, 신나게 놀자! 좋아, 그때는 우리가 쏠게!』

『응응. 신나게 놀자! 노래방이나 볼링장, 놀이공원 같은

곳도 좋을 것 같아~.』

잘되지 않았을 때의 일은 생각하지 않고, 나는 하츠미와 아유미와 앞으로 다가올 즐거운 미래에 대해 생각했다. 분명 그런 미래가 올 거라고 믿고 있다.

잠시 두 사람과 이야기를 나누다가 마지막 한 사람에게 하는 연락이 너무 늦어지면 안 될 것 같아 두 사람과의 대화를 마무리했다. 그리고 나는…… 마지막으로 연락하려던 한 사람에게 메시지를 보냈다.

통화를 해도 좋겠지만 늦은 시간이라 방해가 될지도 모르니 메시지만 보내두었다.

벌써 잠들었을까? 중학생은 벌써 자고 있어도 이상하지 않겠지……. 그렇게 생각하고 있었는데 얼마 지나지 않아 읽음이 붙었다. 그리고 바로 메시지가 왔다.

『시치미짱, 무슨 일이야? 나 감사를 들을 만한 일 한 거 없는데?』

「아니야, 피치짱.」

연락한 사람은…… 피치였다.

사실 피치와는 그때 이후로 자주 이야기를 나누게 됐다. 그래서 이번 데이트에 대해서도 슬쩍 이야기했고, 모두에게 감사를 전할 것이라는 이야기도 했었다.

그랬더니 마지막 순서로 자신과 잠시 대화를 나눌 수 있겠냐는 이야기가 나와 두말없이 승낙한 것이다. 왠지 제대로 대화하는 느낌이 드는 건…… 그때 이후로 처음이네.

『이번 데이트 힘내, 시치미짱! 엄청 기대되겠다.』

「기대는 되는데 긴장도 돼. 내가 계획한 데이트는 처음이니까…….」

『그러고 보니 사귀는 게 캐니언 씨가 처음이라고 했던가. 내가 짠 계획은 긴장되지, 나도 그 심정은 알아…….』

「어. 피치짱, 데이트 경험이 있어?!」

너무나 뜻밖의 한마디에 나는 그만 되묻고 말았다. 중학생인데 데이트라니 빠르지 않나? 아, 하지만 하츠미네는 중학교 때 데이트를 했다고 했었나…… 와, 굉장하네…….

『아니, 아니, 아니?! 초등학교 때 딱 한 번…… 좀 친했던 남자아이를 불러서 둘이 과학관에 갔던 것뿐이야! 데이트라든가 그런 건…….』

중학생 때인 줄 알았는데 훨씬 빨랐다. 초등학생, 초등학생인데 데이트하는 거야?

「잠깐만, 뭐야 그 얘기는?! 어엿한 데이트잖아, 그거! 굉장하네, 초등학교 때라니. 나보다 앞섰구나, 피치짱…….」

설마 피치가 데이트 경험이 있었다니……. 과학관이라……. 나도 요신과 가면 즐거우려나? 다음에 그런 것도 한번 물어볼까…….

내가 혼자 감탄하고 있는데 피치가 어딘가 당황한 기색을 보였다. 놀란 건 사실이지만 너무 물고 늘어졌나 봐. 반성하자.

『내 이야기는 괜찮아. 그래서 어디로 갈지는 이미 정한 거야? 역시 서프라이즈로 한다든가?』

「아니, 서프라이즈는 안 하기로 했어.」

『그래? 각자 고민했다고 하길래 틀림없이 서프라이즈인 줄 알았는데…….』

「처음에는 그렇게 생각했는데…… 둘이서 이야기하는 사이에 자연스럽게 서프라이즈보단 어디로 갈지 공유하는 편이 낫겠다는 생각이 들어서. 의상 같은 것도 신경 써야 하니까.」

가는 장소에 따라서는 장소에 어울리지 않는 옷을 입을 수도 있고……. 뭐, 수다를 떨면서 장소를 정한 덕분에 마음이 들떠서 비밀로 하기 어려웠다는 점도 있었지만 말이다.

그렇지만 그것이 더 우리다웠다. 알고 있기에 두근거릴 수 있는 것도 있으니까.

『그래서? 데이트 장소는 어디로 가는 거야?』

「나는 평소 가보고 싶었던 테마파크로 했어. 거기서 하루 동안…… 캐니언 군이랑 보낼 생각이야. 일요일에 캐니언 군은 동물원과 신사에 가고 싶대. 벌써 기대돼.」

나는 그저 즐거운 추억을 만들고 싶어서 테마파크로 했는데, 요신은 굳이 나누자면 느긋하게 보내는 걸 선택한 것인지 그 두 곳을 둘러보자고 제안했다.

토요일은 신나게 놀고 일요일은 느긋하게 마무리하는 것도 어쩐지 좋은 것 같다. 마음의 준비도 여러모로 할 수 있고. 신사라는 점이 의외였지만…… 요신과 함께라면 분명 어디서든 즐겁겠지.

『좋다아. 시치미짱, 잘 보내고 와. 그리고 다음 주 기념일…… 다 끝나고 나서…… 나에게도 결과를 알려줘. 분명히 잘 될 거야.』

「고마워, 피치짱. 응…… 꼭 좋은 보고를 할 수 있도록 노력할게.」

『반대로 이상한 결과가 나오면 내가 캐니언 씨에게 화낼 거야! 캐니언 씨는 당분간 채팅방에 얼굴을 내밀지 않을 것 같지만…… 시치미짱을 울리면 용서하지 않을 테니까!』

사랑스럽고 믿음직한 그 응원에 나는 마음이 따뜻해졌다. 다시 한번 나는 피치에게도 감사 인사를 전했다. 감사 인사뿐인 날이 되어버렸네.

그러고 나서 우리는 소소한 이야기를 이어갔다. 내가 모르는 게임 속 요신에 관한 이야기라든가, 나와 그의 이야기라든가, 이것저것…… 깨닫고 보니 꽤 오랜 시간이 지나 있었다.

『벌써 시간이 이렇게 됐네. 시치미, 이제부터 캐니언 씨와도 대화할 거지? 다음 연락 전까지 좀 쓸쓸하겠지만……

좋은 소식 기대하고 있을게.』

「응…… 고마워 피치짱. 다음에 봐, 안녕.」

나는 피치와의 대화를 마치고 잠시 한숨을 돌렸다.

이걸로 감사 인사를 하고 싶은 사람들에게 전부 다 전했을까?

한 달 가까운 시간이 지나고…… 여기까지 오게 돼서 정말 모두에게 감사한 마음밖에 없다. 나는 다시 한번 고맙다고 모두에게 감사를 전했다.

요신과의 대화는 어떻게 할까…… 나는 스마트폰을 바라보면서 조금 망설였다. 오늘은 밤에 요신과 대화할 수 있을지 어떨지 모르니까 자고 있어도 된다고 전하긴 했는데…….

피치짱 말을 듣고 잠시 대화하고 싶어졌다. 그보다 애초에 '먼저 자고 있어도 돼'라는 식의 대화, 지금 떠올려보니 뭐랄까…… 아빠와 엄마의 대화 같네.

아빠가 먼저 자도 된다고 해도 엄마는 꼭 아빠가 올 때까지 잠들지 않고 기다린다. 은연중에 좋아 보인다고 생각한 행동이 무심결에 나와버린 걸까.

내가 혼자 그런 생각을 하며 약간의 민망함으로 발을 동동 구르고 있는데…… 타이밍 좋게 스마트폰에 요신의 전화가 왔다. 나는 반사적으로 스마트폰의 통화 버튼을 눌렀다.

『여보세요?』

그쪽에서 전화를 걸었으니 당연한 건데, 스마트폰에서 들려온 그의 목소리에 내 목소리가 자칫 들뜰 것 같았다. 나는 조그맣게 그에게 들리지 않도록 헛기침을 한 번 했다.

『여보세요, 나나미? 지금 괜찮아?』

"아, 응. 괜찮아. 무슨 일이야? 오늘은 연락 못 할지도 모른다고 했었는데……."

『그게, 그렇게 생각하고는 있었는데…… 목소리가 듣고 싶어져서……. 폐가 됐을까?』

전혀 그렇지 않다고 즉답하고 싶었지만 말이 잘 나오지 않았다. 나는 그 말에…… 예상치 않은 이 사태에 기쁨으로 가슴이 벅차오르고 말았다.

『다음이 네 번째 하는 데이트지만, 지금까지도 많은 일이 있었지……. 나랑 나나미가 만난 지…… 벌써 꽤 된 것 같은데도 아직 데이트는 네 번째네.』

"맞아, 어쩐지…… 요신과는 더 오래 함께 있었던 것 같아. 첫 번째 데이트는 영화를 보러 갔었지……. 그 전날의 요신도…… 멋있었어."

『그건…… 개인적으로는 좀 한심한 추억인데……. 더 멋있게 도와줄 수 있었다면 좋았을 텐데…….』

"그렇지 않아. 수족관도 즐거웠어. 학교생활도…… 요신과 함께해서 정말 즐거웠어."

『나도 나나미와 사귀기 시작한 뒤로 학교가 굉장히 즐거워졌어.』

이야기하다 보니 추억거리가 쏟아져 나왔다. 우리는 굳이 다음 데이트 이야기가 아닌, 만난 후 지금까지의 추억담을 꽃피웠다.

"정말, 지금까지 여러 가지 일들이 많았지. 즐거웠어…….
요신과 함께라면 뭐든지 즐겁지만 말이야."

『나도 나나미랑 함께 있는 모든 시간이 즐거웠어. 아직 추억 이야기를 할 나이도 아니고, 그렇게 시간이 많이 지나지도 않았는데 추억이 많이 생겼네.』

확실히 추억이 많았다. 일반적인 커플이 어떤지는 잘 모르겠지만, 지난 3주간은 정말 다채로웠던 것 같아. 세상의 커플은 이런 게 보통인 걸까?

그렇게 추억담을 꽃피우다 보니 문득 수족관에서의 일이 떠올랐다.

"그러고 보니 수족관에서 만났던 유키 기억나? 그렇게 귀여운 딸이 있으면 귀여워하지 않을 수가 없을 것 같아.
요신도 역시 딸을 갖고 싶은 쪽?"

『딸이라……. 딸이 생기면 난…… 절대로 시집 못 보낸다고 할 것 같은데. 너무 귀여워한 나머지 다 받아줄 것 같아.』

"아하하, 아빠 같아. 우리 집은 의외로 엄마가 휘어잡고 있는데, 그거랑 똑같이 요신이 어리광을 받아주고 나는 엄격하…… 게…… 아니…… 으…….”

거기까지 말한 나는 요신의 딸이 곧 나의 딸인 것처럼 말하고 있다는 사실을 깨닫고 말이 점점 작아지고 말았다.

요신도 그걸 깨달았는지 『아』 하는 한마디를 끝으로 입을 다물고 말았다. 뭐라고, 뭐라고 좀 말해줘! 요신이 먼저 시작한 이야기…… 아니, 계기는 나구나.

그대로 한동안 묘한 침묵이 이어졌다.

“나, 나 가끔 유키 어머님께 사진을 받고 있거든! 유키가 또 우리랑 만나고 싶다고 한다나 봐!”

나는 얼버무리듯 크게 외치며 분위기를 바꿨다. 잠시 요신이 숨을 죽인 것이 느껴졌지만, 곧 그에게서도 말이 돌아왔다.

『그, 그래. 진정되면 알게 된 사람들이랑 다 같이 모이고 싶다. ……혼자 있는 걸 좋아하던 내가 이런 말을 할 날이 올 줄은 몰랐는데…….』

혼자 있는 걸 좋아했던 그가 나와 함께 있는 걸 즐겁다고 생각해 주는 것이 기뻤다. 마지막에 조금 이상한 공기가 되어버렸지만, 앞으로 어떻게 될지도 모르겠지만…….

“……꼭 다 같이 모여서 놀자!”

나는 그러기를 강하게 바랐다.

요즘 매일같이 꾸는 꿈이 있다.

우리가 사귄 지 한 달 기념일 당일, 나는 나나미에게 다시 고백한다. 나나미는 놀라면서 나에게 무언가 말하려고 하고……

거기서 잠에서 깬다.

대답은 없다. 다시 잠들어봐도 그다음 장면은 볼 수 없는데 다음 날만 되면 같은 장면이 반복 재생되는 영상처럼 또 꿈에 나타난다.

이날도 그랬다.

"후암…… 너무 빨리 일어났네……."

나는 아무도 없는 방에서 혼자 중얼거렸다. 시각은 오전 5시가 조금 넘었다. 만나는 시간이 9시인 것을 생각하면 아직 4시간이나 가까이 남은 셈이다.

오늘도 그 꿈을 꾸고 말았다. 꿈이란 게 불안감이나 소망을 표출한다는 말을 들은 적이 있는데, 그건 어느 쪽일까? 그런 거였다면 오늘 데이트하는 꿈이라도 꾸면 좋지 않았을까.

그래, 오늘은 네 번째 데이트…… 그 첫 번째 당일이다.

원래라면 오늘이 네 번째고 내일이 다섯 번째라는 식으로 세는 것이 맞겠지만. 나와 나나미 사이에는 오늘과 내일 합쳐서 네 번째 데이트라는 인식이었다. 따지고 보면 저번 주 여행도 토, 일 합쳐서 세 번째로 쳤으니까.

아무튼 오늘은 데이트 당일이다.

사실 오늘 하는 이 데이트는 나나미의 요청으로 약속을 잡고 따로 만나기로 했다.

솔직한 심정으로 헌팅 같은 것이 걱정되어 처음엔 주저했지만…… 최종적으로는 내가 꺾이고 말았다……. 당연히 지금도 걱정되지만, 굉장히 걱정되지만.

이번에도 겐이치로 씨가 보디가드로 따라와 주시는 걸까?

오늘 일찍 잠에서 깬 건 꿈과는 별개로 그 걱정 때문이기도 했다. 물론 데이트가 기대돼서 그런 것도 있고. 아, 생각하니 또 걱정되네…….

아직 시간도 있으니 다시 잠든다는 선택지도 있었지만 그랬다가 늦잠이라도 자면 곤란했다. 어쩔까 하고 침대 위에서 멍하니 있는데 불시에 방문이 천천히 열렸다.

방문은 잠그지 않았기 때문에 손쉽게 열렸다. 누가 열었을까 하고 나는 잠시 고개를 갸우뚱했다. ……나나미는 아니겠지. 집 문은 잠가두고 있으니 불가능한 일인가.

"어머, 요신…… 깨어 있었구나. 꽤 빠르네. 나나미 양과

59

있을 데이트로 기합이 들어간 거니?"

문을 연 것은 엄마였다. 뭐, 나나미일 리가 없겠지.

"엄마, 돌아왔었구나. 꽤 일찍 왔네……. 아빠는?"

"엄마만 먼저 돌아왔어, 나나미 양에게 감사 연락을 받은 게 좀 신경 쓰여서. 오늘 데이트하는 거지?"

"뭐야, 나나미…… 엄마한테까지 연락한 건가…….."

내 중얼거림이 엄마 귀에 닿은 것인지…… 엄마는 히죽 미소를 지어 보였다.

"흐음…… '나나미'라."

아차 싶었지만 이미 늦었다. 집요하게 추궁당할 거라 생각했는데…… 엄마는 그 이상 아무 말도 하지 않았다.

"아침 만들어줄게. 그동안 샤워하고 정리하고 나오렴."

"아, 응…… 알았어."

엄마의 반응을 조금 이상하게 여기면서도 나는 마음을 다잡고 침대에서 내려와 엄마 말대로 샤워를 하고 최소한의 단장을 마쳤다.

뜨거운 물로 샤워를 하면 잠이 덜 깬 머리도 어느 정도는 개운해진다. 이렇게 샤워하는 습관은 별로 없었는데 무척 상쾌했다.

평소보다 공들인 샤워를 마치고 나오자 엄마는 아까 한 선언대로 내 몫의 아침을 차려주셨다. 아침은 1인분…… 본인 몫은 만들지 않았다.

"엄마는 안 먹어?"

"아빠가 오면 같이 먹을 거야……. 먼저 먹고 있으렴."

그렇군. 여전히 사이가 좋아 다행이다. 그 후 나는 오랜만에 엄마가 만든 아침을 먹었다. 어쩌면…… 집에서 제대로 된 아침 식사를 하는 건 오랜만인 것 같았다.

밥에 두부와 파가 들어간 된장국, 달걀말이, 생선구이, 김…… 전형적인 일본 아침 식사라는 느낌의 식단이다. 뭔가 그립네.

혹시 준비를 마치고 내 방에 왔던 걸까? 요즘은 이렇게 여유롭게 엄마의 요리를 먹을 기회가 없었으니까.

된장국을 한 모금 마셨다. 그리운 안도감이 드는 맛에 마음이 차분해지는 느낌이었다. 엄마가 만든 된장국…… 정말 오랜만이네.

"사이가 좋아 보여서 안심했어……."

"엉?"

내가 엄마의 아침을 만끽하고 있는 때 갑자기 그런 말이 들려왔다. 너무 갑작스러워서 그만 얼빠진 목소리를 내고 말았다.

"나나미 양이 나한테 갑자기 감사 인사를 하길래…… 틀림없이 요신과 헤어질 전조인가 싶어 깜짝 놀랐지 뭐니."

아아, 그래서 걱정이 돼서 먼저 일찍 오신 거구나. 엄마 행동의 수수께끼는 풀렸지만…… 나나미가 대체 어떤 식으로 감사한 것인지에 대한 새로운 의문이 생겼다.

"요신 너…… 나나미 양을 화나게 한 건 아니지?"

"그건 없……다고 생각해, 응. 아니, 사소한 다툼 같은 건 있었지만 이미 화해했고."

"그래. 그렇다면 다행이지만…… 오늘은 나나미 양과 제대로 즐겁게 놀다 와야 한다?"

"……알고 있어, 걱정이 많다니까, 엄마는."

그러고 나서 엄마와 얼마간 잡담을 나눴다. 아침 식사도 그렇지만 엄마와 이렇게 둘이서 이야기를 나누는 것은 오랜만이라…… 왠지 쑥스러웠다.

"그럼 엄마, 나 이만 갈게."

잡담을 끝내고 일어나서 다시 겉모습을 확인했다. 엄마에게도 만약을 위해 복장 체크를 받았고…… 이상한 점은 없다고 했으니 분명 괜찮을 거다.

"조금…… 아니, 꽤 빠르지 않니?"

"지각하는 것보단 나으니까. 게다가 느낌이지만 나나미도 빨리 올 것 같아."

"그래……. 나나미 양에게 안부 전해 주렴."

"응, 다녀오겠습니다."

엄마의 배웅을 받고 나는 약속 장소까지 이동했다.

데이트 전에 이렇게 배웅받는 건 조금 부끄럽지만…… 애초에 엄마의 배웅을 받고 나가는 것도 오랜만이다. 어쩐지 묘한 안심감이 느껴졌다.

그리고 나는 혼자 이동했다. 너무 빨리 움직여서 그런지 약속 장소에는 한 시간 가까이 일찍 도착했는데…….

거기엔 역시 이미 나나미가 있었다.

어쩐지 있을 것 같더니, 예상이 적중한 것이다. 하지만 문제는 시간이 빠른 게 아니라…… 누군가, 키 큰 남자 두 사람이 그녀에게 말을 걸고 있었다.

그걸 본 순간 나는 등줄기가 서늘해졌다.

역시 저렇게 귀여운 애가 혼자 있으면 헌팅이 들어오겠지. 겐이치로 씨도 오늘은 없나? 젠장, 아침 댓바람부터 헌팅 같은 거 하지 말라고. 역시 데리러 갔어야 했나?

후회해도 어쩔 수 없다고 생각하며 나는 걸음을 재촉해 그녀에게 다가갔다. 나나미는 나를 알아챘는지 미소를 지어 보였다. 그 순간, 나는 말을 거는 남자 두 명에게도 들릴 정도의 큰 소리로 그녀의 이름을 불렀다.

"나나미, 오래 기다렸지! 거기 두 분은…… 아는 사이야?"

되도록 상대를 자극하지 않도록 말을 고르면서도 그녀의 만남 상대는 자신임을 강조하듯 말했지만…… 나나미에게서 돌아온 대답은 의외의 것이었다.

"아, 요신. 응, 아는 사람이야."

"엉?"

나나미의 그 말에 기세가 죽은 나는 그대로 걸음을 멈추고 말았다. 망연해하는 나를 보며 그녀가 의아하게 고개를 갸웃했다. 그리고 내 쪽으로 돌아선 남자는⋯⋯.

"오, 요신 군. 그럼 못쓰지, 여자를 기다리게 하다니. 우연히 우리가 있어서 다행이었지만 바라토 군이 헌팅 같은 걸 당했으면 어쩌려고 그래?"

어딘가 과장된 말투에 낯익은 얼굴이 그곳에 있었다. 순식간에 몸에 힘이 빠졌다.

"어⋯⋯ 왜 여기 있는 거예요, 시베츠 선배⋯⋯?"

힘이 빠져서 나도 알 수 있을 만큼 맥없는 목소리가 나왔다. 그래, 그곳에 있던 사람은⋯⋯ 오랜만에 만난 시베츠 선배였다. 사복이라 전혀 눈치채지 못했다.

나머지 한 명은 모르는 얼굴이지만, 시베츠 선배처럼 키가 큰 남성이었다. 이쪽도 굉장히 단정한 용모를 가졌다. 선배와 함께 있으니 아마 농구부 사람이겠지.

"그게 말이지, 지금부터 다른 학교와 합동 훈련이 있거든. 그랬더니 이동하는 중에 혼자 있는 바라토 군을 딱 본 거야. 오지랖일지도 모르지만 이상한 남자가 말을 걸지 못하게 요신 군이 올 때까지 함께 있었어."

"아, 그랬군요. 음⋯⋯ 감사합니다. 그리고 아까는 언성을 높여서 죄송했습니다."

나는 무심코 고개를 깊이 숙였다. 틀림없이 헌팅을 당하는 줄 알고 분노하던 마음이 단숨에 진정되어 갔다.

"뭘, 그런 건 신경 쓰지 마. 우리도 연습까지 시간이 있었으니까. 남자들만 우글거리는 곳에 가기 전에 예쁜 여자아이와 대화할 기회는 대환영이지."

쾌활하게 웃는 시베츠 선배를 향해 나는 쓴웃음을 지었다. 아아…… 혼자서 의욕만 앞서서는 창피하다……. 나나미는 왠지 기뻐 보이지만.

"그건 그렇고……."

정신을 차리고 보니 시베츠 선배가 어느새 몸을 조금 앞쪽으로 기울인 채 나를 들여다보듯 시선을 맞추고 있다. 그리고…… 그 얼굴에는 나나미처럼 환한 미소를 띠고 있었다.

"요신 군이 바라토 군을 이름으로 부르고 있다니. 순조롭게 잘 나아가고 있는 것 같아서…… 굉장히 기쁘군!"

시베츠 선배는 호들갑스럽게 양손을 벌리고는 온몸으로 기쁘다는 리액션을 해댔다. 선배가 자기 일처럼 기뻐하는 게 어쩐지 쑥스러웠다.

"아, 아니…… 그게……."

"부끄러워할 게 뭐 있어! 가슴을 펴라!"

웃는 얼굴로 내 등을 툭 친 선배가 더 크게 웃었다.

등을 때리는 힘으로 인해 균형이 무너진 나는 앞으로 기울어진 자세로 나나미의 눈앞까지 강제로 이동하게 됐다.

균형을 잃은 나를 나나미가 받아준 덕에 그녀를 끌어안

은 듯한 자세가 되고 말았다. 나나미는 그대로 나를 마주 껴안았다. ……나는 저항도 못 하고 그대로 있을 수밖에 없었다.

앞쪽은 부드럽고 따뜻하고 뒤쪽에서는 선배의 웃음소리가 들려온다……. 뭐야 이거?

"그래, 요신 군이 왔으니 우리 역할도 이제 끝인가? 그런데 두 사람은 이제 어디 갈 예정이지?"

내가 나나미의 가슴속에서 얼굴을 내밀고 뒤쪽으로 시선을 보내자 웃고 있는 시베츠 선배 옆에서 또 다른 장신의 꽃미남이 스윽 손을 뻗어오고 있었다.

그리고 시베츠 선배는 그것을 눈치채지 못했다.

뻗은 그 손가락이 선배의 귀를 꽉 잡았다.

"선배…… 이제 그만 가요. 커플을 방해하면 안 되죠."

"으혁, 매니저?! 귀는 잡지 마! 그거 알고 있나? 인간은 귀를 잡으면 아무것도 할 수 없게 된다는 걸?!"

"알아요……."

그 목소리는 차분한 저음의 허스키 보이스이면서 동시에 아주 예쁜…… 어, 혹시 여자였나? 그러고 보니 전에 여자 매니저가 있다고 하지 않았나?

남자로 오해하다니 실례되는 생각을 했네……. 얼굴도 중성적이고 속눈썹도 길고 시베츠 선배 옆에 있으면 꽃미남처럼 보여서 틀림없이 선수인 줄 알았다.

"선배가 늘 이상한 데 한눈을 팔고 다니니까 일부러 빨리 이동하는 거잖아요. 갑니다."

"음, 할 말이 없군. 그럼 요신 군, 데이트 즐겁게 해라! 기회가 되면 경기도 보러…… 아얏! 매니저, 귀 잡아당기지 마!"

"아, 아뇨. 감사합니다. 시베츠 선배도 조심히 가세요."

매니저 씨는 선배의 귀를 잡아당긴 채 질질 끌며 데려갔다. 도중에 우리를 향해 조금 볼을 붉힌 채로 꾸벅 고개를 숙이더니 다시 몸을 돌려 걸어 나갔다.

대조적으로 선배는 귀를 잡으면서도 우리에게 손을 흔들며 쾌활한 웃음과 함께 떠나갔다. 나나미도 나를 끌어안은 채 떠나는 두 사람을 배웅했다. 시베츠 선배의 웃음소리가 사라진 뒤에도 어디선가 들려오는 것 같은 착각이 들었다.

"저기…… 나나미. 시베츠 선배랑은 무슨 얘길 하고 있었어?"

"그냥 평범한 세상 이야기? 요즘 대회가 가까워져서 연습하느라 바쁘대. 매니저분이랑 같이 이동 중이었다나 봐."

……나도 바론 씨에게 성장했다는 말을 들었지만, 나나미 역시 이렇게 선배와 평범하게 이야기할 수 있을 정도로 성장했구나. 잘 생각해보니 나나미는 불쾌한 얼굴이 아니라 오히려 웃는 얼굴로 선배들과 이야기를 나누고 있었다.

혼자 초조해하던 것이 조금 부끄러웠다.

아니, 지금 이 살짝 안긴 상태가 더 부끄럽다. 사람의 왕래가 적다고는 하지만 행인이 히죽거리는 얼굴로 우리를 보고 있는 것 같다. 자의식 과잉인가?

"저…… 나나미, 이제 떨어져도 되지 않을까? 아무래도 이건 좀……."

"아, 맞다. 요신이 균형을 잃어서 나도 모르게 받아 버렸어."

나는 그녀에게서 몸을 떼고 다시 한번 그녀의 모습을 바라보았다.

상반신은 약간 푹신푹신한 재질의 오버 사이즈 후드 카디건을 걸치고 있었고, 그 안으로는 짧은 셔츠를 입어 배꼽을 드러내고 있었다. 하의는 새하얀 반바지에 맨다리…….

전체적으로 오늘은 좀 노출이 많네.

시선을 약간 위로 올리자 나나미는 모자를 쓰고 있었는데, 그게 굉장히 잘 어울렸다. 캡이라고 하던가……? 아니, 모자보다도 신경이 쓰이는 건 그 표정이다.

그녀는 뭔가를 기대하는 듯한 시선을 내게로 향하고 있었다. 어쩐지 평소의 시선과는 조금 다른 느낌이었다.

혹시 이건…… 전에 말했던 그걸 해보고 싶다는 건가? 나는 이전의 기억을 끄집어내 나나미에게 한 걸음 더 다가섰다.

"……나나미, 미안해. 오래 기다렸지."

"요신, 늦었어! 여친을 기다리게 하다니 정말 너무해."

팔짱을 낀 채로 그렇게 말한 나나미가 보란 듯이 뺨을 부풀리고 휙 고개를 돌렸다. 팔짱을 낀 덕분에 가슴이 더욱 강조되고 있었다…….

우리는 누구랄 것 없이 동시에 웃음을 터뜨렸다. 이건 이전에 나나미가 해보고 싶다고 했던 것이고, 그걸 새삼스럽게 실행했을 뿐이다.

하고 싶은 일을 해서 그런지 그녀는 즐겁게 웃고 있었다.

"나나미…… 혹시 그걸 하고 싶어서 일찍 온 거야? 시베츠 선배가 없었다면 헌팅도 그렇고 정말 위험했을지도 몰라."

"그게 말이지, 요신이라면 빨리 올 거라 생각했거든. 우리 처음도 그런 느낌이었잖아?"

듣고 보니……. 우리들의 시작은 그런 느낌이었던가. 서로가 너무 빨리 왔었지. 시간은 정확하게 지켜야지 생각하면서도 결국 보면 이렇게 되어 있다.

"참고로 실제로 몇 시쯤에 왔었어?"

"응? 정말 조금 전이야. 요신이 오기 30분쯤 전인가? 여기에 도착한 건."

"30분이나 기다렸구나…… 미안해."

"신경 쓰지 마. 내가 약속 시간보다 한참 빨리 왔는걸.

······그보다, 아까도 잠깐 생각한 건데······."

나나미가 내게 다가오더니······ 그대로 코를 킁킁거리면서 내 냄새를 맡기 시작했다.

어? 뭐야······ 왜 이러지? 갑자기 냄새를 맡고······ 샤워는 했는데······.

"역시 요신······ 평소랑 냄새가 달라."

······아, 그러고 보니 엄마와 대화할 때 살짝 뿌려봤었지. 선배들 이야기를 하느라 잊고 있었다. 근데 이렇게 빨리 눈치챌 줄은 몰랐는데.

"아아, 저기······ 향수를 좀 뿌려봤거든, 이상해?"

"어?! 향수라니 별일이네?"

눈치채지 못한다면 말할 생각은 없었는데······ 나나미는 내 변화를 알아차려 주었다. 그게 조금······ 아니, 굉장히 기뻤다. 그녀는 내가 향수를 뿌렸다는 사실에 놀란 것 같았다.

그래서 쑥스럽지만 나는 아침에 있었던 일을 설명했다.

"엄마가 돌아왔거든. 이 향수······ 아빠가 처음으로 엄마와 했던 데이트에서 뿌렸던 향수래. 마침 같은 게 있어서 살짝 써 봤는데······ 어때?"

내 말에 그녀는 더더욱 내 냄새를 맡아왔다.

아니, 갑자기 그런 일을 당하면 굉장히 떨리는데······.

그녀는 한참이나 내 냄새를 맡는가 싶더니 얼굴에 함박웃음을 지어 보였다.

"시트러스 향의 좋은 냄새야……. 뭔가 신기하네. 시노부 씨네 데이트 때 사용했던 향수를 사용하고 있다니…… 왠지 기뻐."

"다행이다, 불쾌한 냄새라면 바로 씻으려고 했는데."

"괜찮아. 마음에 들어, 이 냄새. 게다가…… 설마 요신이 향수를 뿌릴 거라고는 생각도 못 했으니까…… 이런 걸 '갭 모에'라고 하는 건가?"

"그런 말은 누구한테 들었어?"

나나미는 내 말에 히죽 미소를 지었다. 혹시 피치 씨한테서 들은 걸까? 언제 그렇게 가까워진 거지……?

"아침부터 서로 물어보고 싶은 것도 많은 것 같은데…… 시간도 아직 이르니까 카페에서 차라도 마실래?"

"그래, 아직 시간이 남았으니까…… 커피라도 마시면서 대화하자."

어쩐지 지금 이 데이트, 마치 처음 했던 데이트를 따라가는 것 같았다. 우리는 우선 손을 잡았다.

오늘은 이제 막 시작되었다.

예정은 없었지만…… 그런 것도 우리답다고 생각하며 카페를 향해 이동했다.

오늘 데이트 장소에 대해서는 나나미에게 간략히 전해 들었지만, 아직은 감이 잘 오지 않았다. 나나미에게 끌려 온 장소를 나는 멍한 얼굴로 바라보고 있었다.

그 장소는 평소엔 별로 볼 일이 없는 서양식 건물과 시계탑과 꽃이 만발한 광장이 있는, 어딘가 외국 같은 풍경이 펼쳐진 곳이었다.

주위에선 달콤하고 고소한 과자 냄새가 풍기고 있다. 들어가는 순간 나는 마치 외국에 온 듯한 기분이 들었다.

아니, 실제로 외국에 가본 적은 없으니 모르겠지만 어디까지나 분위기가 그랬다. 외국은 냄새가 다르다고 들은 적이 있었는데, 과자의 향기 때문에 그런 생각이 든 걸까……?

뒤를 돌아보면 평범하게 익숙한 광경인데 이렇게까지 확 바뀔 줄은…….

"이런 장소가 있는지 몰랐어."

"나도 몰랐어……. 그보다는 전에 아유미가 알려주지 않았다면 떠올리지도 못했을 거야."

"카모에나이 씨가?"

"응. 겨울에 남친이랑 데이트하러 왔었대. 그때 늘어놓던 자랑이 생각나서."

이 테마파크는 한 제과 회사가 자사 제품 소개와 역사

등을 주제로 해 만든 시설이었다. 실제로 과자를 만드는 곳을 견학할 수도 있고 제과 체험 같은 것 외에도 계절별로 다양한 행사가 개최되고 있는 곳이었다.

부끄럽지만 나는 나나미에게 듣고 나서 이 시설의 존재를 처음 알게 되었는데, 비교적 유명한 테마파크라고 한다. 진혀 몰랐어.

입장은 무료이며 제과 체험 등의 행사는 유료였다. 하지만 무료로 즐길 수 있는 행사들이 많아서 그저 시설 내부를 걷기만 해도 즐거운 기분이 들었다.

관광객은 물론 현지인에게도 인기가 많고 아이부터 어른까지 즐길 수 있는 테마파크다. 지금도 우리 눈앞에는 가족이나 커플들로 북적이는 광경이 펼쳐지고 있었다.

이야기만 들어도 굉장히 즐거울 것 같은 테마파크인 만큼 나나미가 오고 싶어 했던 것도 납득이 가지만…….

나로서는 아주 조금…… 이 테마파크에는 정말 딱 한 가지 아쉬운 점이 있었다.

그것은…….

"여기는 도시락 반입 금지구나……."

그랬다. 이 테마파크의 유일한 (나만의) 불만 사항은 그것이었다. 그 말은 곧 나는 오늘 나나미의 수제 요리를 먹을 수 없다는 것을 의미했으니까.

"뭐, 어쩔 수 없지. 이런 테마파크에 음식 반입이 가능한 경우가 더 적을 테니까."

"그렇겠지. ……오늘은 저녁도 밖에서 먹잖아. 뭐랄까, 적어도 한 끼는 나나미의 수제 요리를 먹지 않으면 마음이 진정되지 않는데……."

나나미는 크게 개의치 않는다는 듯이 나를 위로해 주었지만 나는 나나미의 수제 요리를 먹는 것이 이미 습관화가 되었다고 할지…… 일상의 일부가 되어 버렸다.

신경 쓰지 않고 있을 때는 아무렇지도 않았는데, 그 일상의 일부가 사라졌다는 사실을 깨달아 버린 지금…… 상당히 불안한 마음이 들었다.

"……가게 음식도 맛있어."

나나미가 그런 한마디를 덧붙였지만, 얼굴은 씰룩이고 있었다. 응, 기뻐해 줘서 나도 기쁘지만…… 이건 빈말도 아첨도 아니다. 정말로 마음이 안정되지 않는다.

이런 걸 위장을 사로잡혔다고 하는 건가……

그렇게 생각하면…… 행운아구나, 나는. 여친의 요리가 일상의 일부가 된 고등학생이 과연 얼마나 될까? 응, 여기서 불만을 표하거나 불평을 해도 벌을 받을 것 같고, 모처럼의 데이트다. 마음을 다잡고 활기차게 가자.

"좋아! 나나미의 밥을 먹지 못하는 건 아쉽지만 오늘은 즐겁게 놀자. 그리고 다시 한번, 늘 맛있는 식사를 주셔서 감사합니다."

"아뇨, 아뇨. 좋아서 요리하는 것뿐이니까요. 좋았어! 오늘은 실컷 즐기는 거야~!"

내가 새삼스럽게 나나미에게 감사를 전하자 그녀는 기쁜 미소를 지으며 잡은 내 손을 붕붕 흔들었다. 응, 역시 즐기는 게 최고지.

그대로 우리는 테마파크 안으로 걸어 늘어갔다. 어디로 가냐고 물어보자 나나미는 가고 싶은 곳이 있다며 내 손을 잡아 이끌었다. 그렇게 이야기를 나누며 산책하다 보니 안뜰…… 예쁜 꽃들이 무수히 많이 피어 있는 정원에 도착했다. 나나미는 이곳에 가장 먼저 오고 싶었다고 했다.

그 자리에 들어서자마자 주위의 향기가 확 달라졌다.

조금 전까지만 해도 주변에 달콤한 과자향이 풍겼는데, 그곳에서는 온갖 꽃향기가 우리를 감싸주었다.

그리고 나는 그 꽃들에 압도당했다.

내 기억 속에서 꽃에 얽힌 인상 깊은 기억은 꽃구경 가서 본 벚꽃이었다. 그때는 분홍색과 흰색의 꽃잎이 흩날려서 자연스럽게 피어난 꽃의 소박한 느낌을 즐길 수 있었다.

이곳에서는 그때와 달리 색채가 화려한 꽃들이 조형물 사이로 피어 있다.

벽돌로 만든 길, 돔 모양의 조형물 주변, 새하얀 울타리 안, 초록색 아치…… 그 주변을 에워싸듯 장식된 꽃들. 사람의 손으로 정성스럽게 꾸며진 정원이 우리를 반겨주고 있었다.

자연 그 자체와는 정반대의 모습 같았지만…… 아름답다는 점에서는 조금도 뒤지지 않았다.

"굉장하네, 여러 가지 꽃들이 정말 많다……."

시각과 후각 모두를 압도당한 나는 무심코 보이는 그대로 중얼거리고 있었다. 그런 나의 반응이 우스웠는지 그녀가 나를 들여다보듯 고개를 갸웃했다.

"여기 있는 게 전부 장미래. 여기에만 200종류 정도 있다는 것 같아. 예쁘지? 냄새도 좋고."

"어, 이게 전부 장미야?! 장미의 종류가 그렇게나 많구나…… 몰랐어."

"응, 나도 처음 알았어. 그럼 들어가 볼까?"

우리는 손을 잡은 채 정원 안으로 들어갔다. 정원 주위를 둘러보자 하양, 노랑, 주황, 분홍, 빨강, 보라…… 어여쁜 꽃들이 눈을 즐겁게 해주었다. 이게 다 장미라니……. 나에게 장미는 빨간색의 이미지가 강해서 그런지 더 신선했다.

"뭔가 이 테마파크에 들어왔을 때부터 느끼긴 했는데…… 여긴 더 외국에 온 것 같은 기분이야. 건물 같은 것도 이 근처에선 거의 볼 수 없는 구조고."

"그렇지? 이건 어느 나라 분위기일까? 역시 유럽?"

"왜 유럽이야? 하긴, 나도 장미 하면 어쩐지 프랑스라는 이미지가 강하게 들긴 하지만."

이건 편견일까. 장미 하면 프랑스가 떠오르는 건 아마 만화라든가 게임 같은 것의 영향일 것이다. 뭐, 예쁘면 뭐든 상관없다.

"언젠가 둘이서 외국에도 가보고 싶다. 신…… 아니, 졸업 여행 같은 걸로! 하지만 그러려면 돈을 모아야겠지? 아르바이트라도 할까……."

나나미가 졸업 여행이라고 하기 전에 '신'이라는 말을 한 것을 나는 놓치지 않았다…….

'신'…… 혹시…… 음…… '신혼여행'이라고 말하고 싶었나? 거기는 깊이 파고들지 말자. 응. 성급하다기보단 그만큼 즐겁다는 의미로 해석하자.

분수나 화단, 장미를 배경으로 한 시계탑이나 건물을 보고 있자니 정말 해외여행을 하는 기분이 들었다. 그때, 화단 쪽에 뭔가 이상한 구덩이…… 아니, 구멍이 뚫려 있는 것을 발견한다.

"나나미, 저기 화단에…… 구멍이 있는 것 같은데? 저건 뭐지?"

"어? 아, 진짜네. 뭘까……. 하트 모양으로 된 구멍 같기도 한데…… 일부러 연출한 건가?"

뭔가가 튀어나오는 장치라도 있는 걸까? 남자인 나로서는 그건 그거대로 재밌을 것 같다……. 그런 생각을 하고 있는데 우리 뒤에서 누군가가 말을 걸어왔다.

"저건 꽃에 둘러싸인 사진을 찍기 위한 구멍이랍니다.
저기 들어가서 상반신을 드러내고 사진을 찍는 게 요즘
한창 인기예요."

깜짝 놀라 뒤를 돌아보니 여성 직원이 생글생글 웃으면
서 있었다. 직원이라고 생각한 이유는 가슴에 사원증 같은
것을 매달고 있었기 때문이다.

"괜찮으시다면 두 분 사진도 찍어드릴까요? 두 분
은…… 연인 사이이신 것 같은데 좋은 추억이 될 거예요."

꼭 잡은 우리의 손을 힐끗 바라본 직원이 마치 흐뭇한
광경이라도 본 사람처럼 인자한 미소를 짓더니 감사한 제
안을 해주었다.

대놓고 '연인 사이'라는 말을 듣고 뺨을 물들이면서도 굳
이 손을 떼지는 않고, 우리는 각각의 스마트폰을 직원에게
건네주었다.

"감사합니다. 잘 부탁드립니다."

"부탁드릴게요~♪."

얼마 전 같으면 손을 뗐다거나 하면서 당황했을 텐데,
이것도 성장 중 하나일까.

그리고 우리는 직원이 알려준 대로 화단 안으로 들어가
서 하트 모양의 구멍에서 상반신을 나란히 뺐다. 구멍 크
기가 그렇게 작지는 않지만, 주위가 꽃으로 둘러싸여 있

어 그런지 평소와 다른 거리감에 우리는 조금 낯간지러운 미소를 지었다.

"좋아요, 두 분. 더 붙어주세요~. 좋아요. 자, 스마일~."

신이 난 직원이 우리에게 더 붙으라고 재촉했다. 그 말에 우리는 무심코 몸을 딱 맞대고…… 둘이서 작게 브이 사인을 했다.

직원은 그런 우리 사진을 몇 장 찍어주었는데…… 그 후 약간 복잡하다는 표정을 지었다. 어? 잘 안 나왔나?

"이 사진도 좋지만…… 두 분 다 손으로 하트 모양 좀 만들어 보실래요? 지금 굉장히 잘 나오고 있으니까 분명 좋은 추억이 될 거예요!"

뭔가가 그의 열정에 불이라도 지핀 것일까, 직원은 우리에게 어려운 포즈를 요구해왔다. 아니, 손으로 하트라니…… 그 한 손씩 나눠서 하는 그거? 조금 두근거리는 마음으로 나는 옆에 있는 나나미에게 어떻게 할지 물어보려고 했다.

"으음…… 어쩔까, 나나미……? 아아, 물어볼 필요도 없겠네……."

"어……? 나 그렇게 드러났어?"

"드러났어요. 눈을 그렇게 반짝거리는데……. 하고 싶은 거지?"

그랬다. 나나미는 직원이 제안한 그 순간 뺨을 물들이면서도 눈을 반짝이며 내게 기대에 찬 시선을 보내고 있었다.

이런 눈빛을 받고 거부할 수 있는 남자가 있을까? 적어도 난 못한다.

"남자가 어렵다는 얘긴 어떻게 된 거야……. 시베츠 선배랑도 꽤 자연스러웠지?"

"그건 요신 덕분이네요~. 나한테 이것저것 알려준 건 요신이니까…… 책임질 거지……?"

조금 짓궂게 내뱉은 내 말에 나나미는 몸을 기대며 어리광부리는 어린아이 같은 시선을 향해왔다. 또 그런 식으로 말하네. 직원이 보는 앞인데?

나를 올려다보며 눈을 빛내는 나나미의 모습에…… 나는 항복한 듯 쓴웃음을 지었다.

"야아, 정말 바보 커…… 아니, 풋풋한 커플 같아서 좋네요. 그럼 두 분 다 손으로 하트를 만들어보세요."

들려온 소리에 나도 나나미도 휙 직원에게 시선을 돌렸다.

뭔가 한순간 직원의 속마음이 들린 것 같지만 일단 못 들은 걸로 해두자. 우리가 그렇게 바보 커플처럼 보이는 걸까?

느낌상으로는 처음 들은 것 같으니 분명 직원이 과장한 거겠지.

그렇게 우리는…… 서로의 손을 잡은 채, 반대쪽 손으로 하트를 만들었다.

……이거 생각보다 굉장히 부끄러운데.

모양을 만드는 것뿐이니까 괜찮을 거라 생각했는데, 이렇게 사진을 찍는다고 해도…… 절대 남에게 보여줄 수 없을 것 같다. 그건 나나미도 마찬가지였는지 그녀도 뺨을 붉힌 채로 부르르 떨고 있었다.

"좋습니다! 아주 좋아요! 그럼 찍을게요, 자! 치즈!"

부끄러움을 참고 미소를 지은 우리의 모습을 직원은 몇 장이나 사진에 담아주었다. 흥이 오른 것인지 정면뿐만 아니라 좌우에서도 찍어줘서 이곳에서만 꽤 많은 수의 사진이 찍혔다.

"네! 아주 잘 나왔네요! 자, 확인해보세요."

사진을 다 찍고 화단에서 나온 우리에게 각각 스마트폰을 돌려준다. 확인해보니…… 생각보다 잘 나온 사진이 찍혀 있었지만…… 아니, 이건 절대 아무에게도 보여줄 수 없다.

특히 부모님에겐 보여줄 수 없다. 굉장히 좋은 추억은 생겼지만.

"우와, 요신! 사진 정말 잘 나왔다!"

나나미는 만족스러운 표정을 짓고 있다……. 응, 그녀가 기뻐한다면 다행이야.

어쩌면 나나미는 참지 못하고 토모코 씨나 사야에게 자

랑할지도 모르겠지만, 그 정도는 달게 받아들이자. 우리 부모님만 아니면 괜찮다.

직원에게 감사의 말을 하려고 했는데, 그녀는 거기서 그치지 않고 우리에게 추가 사진 촬영 제의를 했다.

"여기 말고도 저기 유럽식 건물이나 시계탑을 배경으로 찍는 것도 좋아요. 괜찮으시다면 두 분 사진을 찍어드릴 수 있는데…… 어떻게 하시겠어요?"

"감사합니다. 하지만…… 괜찮으신가요?"

"저는 청소 담당이라 장미는 잘 모르지만, 서비스는 직원 모두가 해드리고 있으니까 신경 쓰지 마세요."

상당히 서비스 정신이 투철한 직원이었다. 그렇게까지 말해준다면 거절할 이유는 없었기에 우리는 그 제의를 흔쾌히 받아들였다.

가장 먼저 건물을 배경으로 장미와 우리가 들어간 사진을 찍어주었다. 이번에는 손으로 하트 모양을 만들지는 않았다. 사진은 정말 외국에서 찍은 사진 같았다.

그리고 시계탑을 배경으로 사진을 찍으려는 순간…… 시계탑에서 흥겨운 음악이 흘러나왔다.

깜짝 놀란 우리가 시계탑 쪽을 돌아보자 시계탑의 중앙 부분이 열리며 거기에서 동물 인형이나 요리사 차림을 한 인형이 나와 움직이거나, 곡을 연주하거나, 무언가 이야기하는 등…… 굉장히 동화적인 광경이 펼쳐졌다.

"아, 시간에 딱 맞췄네요. 이건 동영상으로 찍는 게 좋을 것 같아요."

직원은 당황한 기색도 없이 우리가 맡긴 스마트폰으로 동영상이나 사진을 차례차례 찍어 나갔다. 처음에는 놀라던 우리도 어느새 그 시계탑의 움직임을 즐기고 있었다.

"신기하다, 이게 가라쿠리 시계*구나. 말은 들었지만 정말 동화 속에 들어온 것 같아."

"나나미는 알고 있었어?"

"요신을 놀라게 해주려고 말 안 하고 있었어. 혹시 따로 알아보진 않았어?"

"어설프게 조사하는 것보단 모르는 게 더 즐길 수 있을 것 같아서. 재밌네."

우리는 그 후 약 10분 동안 그 가라쿠리 시계를 즐겼다. 직원은 그동안에도 성실하게 우리를 찍고 있었다. 아니, 서비스가 너무 지나친 거 아닌가, 이 직원분.

그리고 가라쿠리 시계의 연주가 끝나고…… 직원은 우리에게 폰을 돌려주면서 재차 정보를 일러주었다.

"알고 계실 수도 있겠지만, 다른 건물에는 장인의 캔디 만들기 시연도 있고 유료 공장 견학 같은 것도 있으니 그쪽도 한번 들러 보세요. 그리고 여기 정원은 겨울에는 일루미네이션을 하는데 그것도 정말 아름답거든요. 겨울에

---

*시간에 따라 장치된 인형이 함께 움직이도록 설계된 시계.

도 저희 시설에 꼭 다시 방문해 주세요."

우리가 감사의 말을 전하자 그녀는 그런 영업 멘트를 함께 건네고는 미소를 남기고 떠났다. 떠나기 직전 나나미에게 무언가 귓속말도 했다.

직원이 떠나자 그녀의 얼굴이 새빨갛게 물들었다. 무슨 말을 했을까?

"……나나미, 직원이 가기 전에 뭐라고 했어?"

"네헤?!"

나나미의 보기 드문 반응에 나는 잠시 멍한 표정을 지었다.

"저기, 그러니까…… 직원이 말이지…… 또 오라고."

"음…… 그건 아까 나도 들었는데."

그 말만으로 이런 반응이 나온다고? 내가 의문을 품고 있자 나나미가 말을 이었다.

"여기는 키즈타운이나, 아이와 함께 즐길 수 있는 행사도 많으니까…… 아이가 생겼을 때도 다시 와달라고……."

그 말을 듣고 나도 말문이 막혔다.

……영업 수완이 대단하다. 우린 아직 고등학생인데 너무 빠르잖아. 뭐, 그렇게나 좋은 서비스를 받았으니 이 정도는 감수하도록 할까…….

"그, 그건 그렇고…… 겨울의 일루미네이션도 궁금하니까 그때쯤에 다시 올까?"

"……응, 그래 ♪. 그럼 계속해서 즐기자~!"

의도적으로 화제를 피한 우리는 서로 애써 모르는 척 미소 지었다. 그렇게 다양한 추억이 담긴 장미 정원을 뒤로하고 파크 안을 한가롭게 거닐기 시작했다.

주위 건물들은 정말 외국 같아서 약간 해외여행을 하는 기분이었다. 시설 안에는 운동장도 있었는데, 여기선 타이밍이 맞으면 프로 축구의 연습 풍경을 구경할 수도 있다고 했다. 스포츠에 대해서는 잘 모르지만 한번 보고 싶다는 마음은 들었다.

도중에 핫도그와 소프트크림을 파는 가게가 나오자 나나미가 살짝 반응을 보였다. 소프트아이스크림을 먹고 싶은 건가? 그렇게 생각하고 묻는 나에게 나나미는 약간 쑥스러운 얼굴로 대답했다.

"아니, 그냥…… 같이 먹으면서 돌아다니는 것도 좋을 것 같다고 생각한 것뿐이야."

그 말을 듣고 먹지 않을 남자가 있을까? 난 여친의 바람을 이뤄줘야 한다는 기묘한 사명감에 사로잡혔다. 아니, 그렇게까지 오버해서 말할 이야기는 아니지만.

나나미는 "먹보도 아니고 괜찮아~"라며 뭔가 이상한 변명을 늘어놓았지만…… 우린 결국 소프트크림을 샀다. 그녀는 바닐라 맛 화이트, 나는 초코 맛 블랙을 선택하고 각자 요금을 낸 뒤 점원에게 소프트크림을 받았다.

"평소 받는 것도 많은데 이 정도는 내가 낼게."

"오늘은 안 돼. 사전에 분명히 오늘 데이트 비용은 각자 내기로 했잖아?"

"그렇지만, 왠지 미안하다고 할지⋯⋯."

"신경 쓰지 말라니까~. 그리고 우린 고등학생이니까 원래라면 이게 보통이라고 생각하는데?"

그랬다. 그녀는 오늘의 데이트 비용에 관해서는 모든 것을 각자 계산하기를 원했다.

나로서는 지금까지 해온 대로 내가 전부를 낼 생각이었는데⋯⋯ 나나미는 이번 데이트 비용만큼은 따로 내겠다고 말하고는 절대 물러서지 않았다.

그 부분에 대해서는 약간의 실랑이가 있었지만⋯⋯ 너무나도 강력한 주장에 나는 그 제안을 받아들일 수밖에 없었다.

"애초에 요신이 나한테 미안하게 생각하는 것처럼 나도 미안하게 생각하고 있어. 데이트 비용은 늘 요신이 내줬잖아⋯⋯."

"아니, 나나미가 미안하게 생각할 일이 뭐 있어. 평소 도시락 같은 것에 대한 보답이기도 하고."

그래, 나나미는 신경 쓸 필요가 전혀 없었다. 내가 평소에 늘 받기만 하니 그 보답을 하는 것뿐이다. 하지만 나나미는 나나미대로 그것만으로는 납득이 가지 않는 것 같다.

"요즘은 요신도 같이 요리하니까 신경 쓸 필요 없어. 이런 건 피차일반이니까. 앞으로의 데이트도 이런 식으로 하자."

오늘뿐이라고 생각했더니 나나미는 앞으로도 이번과 똑같이 하자고 제안해 왔다.

피차일반…… 그런 말을 들으면 나로서도 납득할 수밖에 없지만, 왠지 모르는 찜찜함과 고민이 생겨나고 만다.

"하지만…… 그래도 괜찮을까……."

고민하느라 살짝 인상을 찌푸린 나는 소프트크림을 입에 물었다. 정석이라 할 수 있는 조금 쌉쌀하면서도 달콤하고 차가운 초콜릿 맛이 입안을 가득 채웠다.

응 맛있다. 단것을 먹자 조금 마음이 진정되었다.

뭐, 확실히 그녀의 말도 일리는 있다. 이런 건 서로 열등감을 느끼지 않는 것이 중요하다……라고 어딘가에서 봤다.

일리는 있지만…… 지금까지의 데이트에선 사실 그렇게까지 큰돈은 들지 않았다. 그러니 도시락이 없는 오늘만큼은 내가 전부 내고 싶다고 생각했는데…….

"괜찮다니까! 아, 그렇다면 그것도 한 입만 줘. 초코도 맛있을 것 같아."

그런 내 심정을 헤아린 것인지, 싱긋 웃은 그녀가 내 소프트아이스크림에 숟가락을 넣더니 살짝 떠서 자신의 입으로 가져갔다.

그 환한 미소가 마치 서운해하지 말고 지금을 즐기자고 내게 말하는 것 같았다.

소프트크림을 입에 넣은 나나미의 입술 끝으로, 숟가락에서 녹은 크림이 아주 조금 흘러내렸다. 그것을 그녀는 자신의 혀로 날름 핥아먹었다.

여자의 혀가 움직이는 것을 본 나는, 그 기습 같은 행동에 무심코 심장이 쿵 내려앉고 말았다. 그녀를 넋을 잃고 볼 정도로.

"응? 요신도 이거 먹고 싶어? 바닐라도 맛있어, 자, 아~."

내 시선을 느낀 그녀는 자신의 숟가락으로 소프트크림을 뜨더니 내 눈앞에 자신의 소프트크림을 내밀었다. 아무래도 내 시선 때문에 오해를 한 것 같았다.

내민 소프트크림을 그대로 둘 수도 없었기에 나는 그 아이스크림을 받아먹었다. 입안이 바닐라 풍미로 채워져 갔다. 확실히 이쪽도 맛있다.

맛있지만…… 같은 숟가락으로 먹여줄 줄은…….

"맛있지? 믹스로 안 하길 잘했지?"

나나미는 내가 바닐라를 먹은 것을 만족스럽게 보며 무척 기분 좋은 미소를 짓고 있었다.

그 미소를 본 나는 묘하게 그 말에 납득했다. 방금 소프트아이스크림 가게에서는 바닐라 초코 믹스도 있었지만,

그녀의 제안으로 서로 다른 맛을 택한 것이다.

……이걸 하고 싶었던 건가.

어쩐지 당하고만 있기에는 성에 차지 않아서 나는 내 소프트크림을 똑같이 떠서 그녀에게 내밀었다.

"자, 나나미…… 아~ 해."

"……나 아까 먹었는데~?"

"어? 싫어?"

"……싫지 않아. 그렇게 묻는 건 치사하잖아~."

치사하다고 하지만, 이건 평소에 내가 자주 듣던 말이었다. 묻는 쪽은 물론 나나미였고.

설마 내가 이걸 묻는 쪽이 될 줄은 몰랐는데……. 그래도 나나미는 기쁘게 웃더니 내가 내민 소프트크림을 다시 한번 입에 넣었다.

"맛있네."

"응, 맛있다."

소프트크림을 먹으며 돌아다니는 건…… 과거를 돌이켜 봐도 해본 적이 없었다.

주위를 구경하듯 천천히 걸으면서 우리는 산책을 이어 갔다. 조금 전 직원이 알려준 유럽풍 건물을 지나자 뭔가 묘하게 사람이 많아졌다.

자세히 보니 다들 어딘가에 줄을 서 있었다.

"뭔가 줄이 기네, 가볼래?"

"그래, 잠깐 가볼까?"

궁금했던 우리는 그 줄에 가까이 가보았다. ……아무래도 미니 열차를 타기 위해 부모와 아이가 함께 줄을 서 있는 것 같았다. 현지 어린이들뿐만 아니라 외국 관광객도 많았는데, 각자가 왁자지껄 떠들고 있으니 실로 다국적인 광경이 펼쳐졌다.

"미니 열차라…… 아, 오는 길에 있던 철로가 이게 지나다니는 거였구나. 지금 보니 열차가 달리고 있네. 전혀 눈치 못 챘어."

나나미와 소프트크림을 먹으면서 걷고 있었기 때문에 눈치채지 못했다. 컬러풀한 차량에 즐거워하는 아이들과 학부모들이 타고 있었다. 무척이나 평화로운 광경이다.

"나나미, 어쩔래? 줄 서 있는데…… 미니 열차 타볼래?"

"기다리는 데 얼마나 걸릴까? 오래 기다리는 게 아니라면 타보고 싶긴 한데…… 고민되네, 어쩌지……."

줄을 보면서 둘이서 고민하고 있는데…… 내 배가 먼저 소리를 내고 말았다.

식사가 아닌 소프트크림이 들어가서 자극을 받은 것인지 급격히 배가 고파진 것이다. 그 소리를 들은 나나미가 품 하고 웃음을 터뜨렸고 내 뺨은 수치심으로 새빨갛게 달아올랐다. 굳이 이럴 때 꼬르륵 소리가 날 것은 뭐란 말인가.

"요신의 배는 정직하네. 곧 점심이니까 밥 먼저 먹고 이따가 비어 있으면 타볼까?"

"……미안해. 응, 그래 주면 좋을 것 같아."

우리는 열차 대기줄에서 원래 있던 길을 되돌아와 레스토랑에 가기로 했다. 중간에 소프트크림을 산 곳을 지나가는데 여기서 핫도그를 선택했다면 배가 울릴 일도 없지 않았을까 하고 조금 후회했다.

뭐, 지금 와서는 소용없지만……. 오후부터 다시 즐기면 되지. 그렇게 생각하고 되돌아오는 길에 오후 일정을 논의했다.

줄이 없다면 미니 열차를 타는 것도 좋고, 어느 정도 돈에 여유가 있으니 유료 공장 견학이나 제과 체험을 해도 좋을 것이다. 그런 이야기를 하다 보니 순식간에 레스토랑에 도착했다.

식사를 할 수 있는 가게는 두 곳이 있는데 한쪽은 수프 카레가 메인인 레스토랑, 다른 하나는 카페를 함께 운영하는 레스토랑이었다. 우리는 카페를 함께 운영하는 레스토랑 쪽으로 들어갔다.

마침 레스토랑은 점심시간보다 이른 시간이라 그런지 자리가 있어 바로 들어갈 수 있었다. 미니 열차를 타지 않고 먼저 여기로 와서 다행이었다.

다만 이쪽 카페 역시 카레가 메인인 것 같았다. 나는 소고기 카레, 나나미는 치즈 치킨 카레…… 그리고 둘 다 망고 라씨를 주문했다. 카레의 맛은 향신료가 잘 배인 본격적인 맛이었다.

"맛있네, 여기 카레. 소 힘줄도 딱 적당히 부드럽고 냄새도 전혀 안 나."

"정말? 내 치즈 치킨 카레도 맛있어. 치킨도 엄청 부드러워서 입안에서 사르르 녹는 느낌이야. 서로 맛볼래?"

"음, 저기…… 혹시 여기서도 하는 거야?"

"당연하지~♪. 손님도 적으니까 가끔은 좋잖아."

우리는 거기서도 카레를 서로 먹여주었다. 뭐랄까…… 가게 직원들의 시선이 묘하게 훈훈한 느낌이 들었던 건 기분 탓일까?

"응, 소 힘줄 카레도 맛있네. 나 소 힘줄은 먹어본 적 없는데…… 다음에 집에서도 만들어 볼까?"

"치킨 카레도 맛있다. 집에서 카레는 돼지고기로밖에 안 만들어 봤는데…… 다음엔 닭고기로 만들어 봐도 좋겠다."

우리는 서로의 카레를 먹여주고는 서로 집에서 만드는 걸 상상한다. 향신료 조합은 정통에 가까워 맛 재현은 어려울지 몰라도 사용하는 재료를 따라 하는 것은 가능할 것 같았다.

……결국 밖에서 먹어도 우리끼리 요리하는 이야기로 귀결이 된다.

"그런데…… 저녁은 어떻게 하지? 파크 안의 식당에서 저녁까지 먹을 생각이었는데…… 다른 가게는 수프 카레이고……. 밖에서 먹을까?"

"그러게……. 이 근처를 적당히 돌아다니면서 눈에 띄는 가게에 들어가 보는 건 어때? 요신이랑 가는 거면 패밀리 레스토랑도 좋고. 아니면……."

나나미는 거기까지 말하고는 짓궂은 미소를 지었다.

"요신을 위해서…… 내가 저녁 만들어줄까? 내 요리 안 먹으면 진정이 안 된다고…… 아까 그랬었지?"

여기 왔을 때 했던 내 말을 상기시키듯이 그녀가 다시 한번 언급했다. 솔직히 굉장히 매력적인 제안이라 무심코 고개를 끄덕일 뻔했지만…….

"그건 다음에. 오늘은 여기서 많이 놀아서 나나미도 피곤할 거야. 그런데 요리까지 대접받으면 너무 미안해. 오후에도 많이 놀고 밤에는 적당한 가게에 가서 예정대로 외식하고 들어가자."

"그, 그렇구나……. 응, 고마워……. 그럼 오후에도 열심히 놀고 즐기자."

"그럼, 다시 미니 열차로 가볼래? 지금은 비어 있을지도 모르니까……."

"응!"

점심을 다 먹은 우리는, 다시 미니 열차를 타기 위한 장소로 이동했다. 줄은 조금 전보다는 줄어든 상태로 우리 앞에 십여 명 정도, 뒤에는 가족 세 팀이 있는 정도였다.

이거라면 바로 탈 수 있겠다. ……라고 생각하자마자 작은 트러블이 발생했다.

"죄송합니다. 이후에는 유지보수에 들어가야 해서 방금 손님을 마지막으로…… 이다음은 유지보수가 끝날 때까지 기다려 주시겠어요?"

우리가 승차권을 산 직후, 줄을 서 있던 가족에게 접수 직원이 그런 말을 하고 있었다. 아무래도 우리를 마지막으로 정원이 꽉 찬 것 같았다.

우리는 행운이라고 생각했지만…… 부모 곁에 있던 남자아이가 그 말을 듣고 울음을 터뜨리고 말았다.

"못 타는 거야?"

울음을 터뜨린 아이를 부모가 달래주고 있다.

들려온 이야기로 미루어 보아 이후에도 예정이 있어서 이 열차를 타고 돌아가려고 한 것 같았다. 부모는 난처해하며 울음을 그치지 않는 아이를 달래주었지만…… 조금 화가 난 듯한 목소리도 드문드문 섞여 있었다.

"저…… 괜찮다면 이 승차권 받으시겠어요?"

"아, 여기요. 제 것도 써주세요."

나는 무심코 그 가족에게 승차권을 내밀고 있었다. 나나미도 내가 승차권을 내민 것과 같은 타이밍에 가족 세 사람에게 승차권을 건네려고 했다.

"저기요, 저희가 승차하지 않으면 이분들 세 분 다 탈 수 있나요?"

"아, 네…… 손님까지 해서 정원이 아슬아슬하게 찬 상태라 자녀분 몫의 승차권만 추가로 사시면…… 그쪽 가족분이 마지막이 됩니다."

멍하니 있는 가족을 곁눈질하며 직원에게 세 사람이 탈 수 있는지 확인하자, 그 부분은 문제가 없을 것 같았다. 정원은 30명이라고 적혀 있고 우리 둘까지 해서 29명…… 음, 계산은 맞는다.

"저기, 괜찮을까요……?"

열차를 탈 가능성이 생겼다는 걸 이해하지 못한 것인지 남자아이는 나와 자신의 부모를 번갈아 바라보았다. 남자아이의 아버지가 조심스럽게 우리에게 확인해왔다.

"저희는 나중에 타도 되니까 사용해 주세요."

"맞아요~! 저희 오늘 종일 여기서 데이트하거든요!"

염려를 불식시키기 위함인지, 나나미가 내 팔에 팔짱을 끼더니 부모에게 안심하라는 듯이 미소를 지어 보였다.

사실 나도…… 이런 비슷한 경험이 있었다.

옛날에 타려고 미뤄두었던 놀이기구에 문제가 생겨 고장이 나는 바람에 타지 못하게 되었고…… 즐거웠던 추억이 마지막엔 슬픈 추억으로 마무리되고 만 것이다.

그것도 지금에 와서는 좋은 추억이라고 말할 수 있겠지만, 만약 즐거운 추억을 슬픈 추억으로 만들지 않고 내가 그걸 도울 수 있다면…… 이런 선택도 가능할 거라 생각한다.

"자아, 꼬마야, 열차 탈 수 있으니까 그만 울어. 자, 웃어야지?"

나나미는 쪼그려 앉더니 남자아이의 머리를 부드럽게 쓰다듬어주었다.

남자아이는 나나미를 보고 살짝…… 아니, 상당히 볼을 붉히더니 엄마 뒤로 숨어버렸다. 처음 보는 화려한 연상 여자의 모습에 쑥스러워진 걸까.

……어쩌면 혹시 남자아이의 성벽을 눈뜨게 한 건 아닐까? 살짝 걱정이다.

그런 내 걱정을 뒤로한 채 남자아이는 얼굴을 붉히면서도 어머니 뒤에서 쭈뼛쭈뼛 우리에게 감사를 표했다.

"가, 감사합니다……. 누나…… 형."

그 말을 들은 것만으로도 이미 만족이다.

남자아이의 부모는 우리에게서 승차권을 받고 그만큼의 대금을 우리에게 내주고는 추가로 아이 몫의 승차권을 직원에게서 샀다. 그것으로 정원이 딱 들어맞았다.

그리고 얼마 지나지 않아 아이 부모는 몇 번이나 우리에게 고개를 숙이고 남자아이는 우리에게 몇 번이나 손을 흔들며…… 열차를 타고 갔다. 그것을 배웅한 후, 나는 재차 나나미에게 사과했다.

"미안, 나나미. 상의도 없이 승차권을 양보해서. 타고 싶었지?"

"아니, 요신이라면 무조건 그럴 거라고 생각했으니까 놀라진 않았어. 다행이다, 아이가 다시 웃어서."

나의 사과에 나나미는 조금도 화난 기색 없이 활짝 웃어주었다. 그리고 그녀는 내 팔에 자신의 양팔을 감쌌다.

"멋있었어, 다시 반했어."

꼭 붙어 온 그녀가 그런 말을 속삭여 왔다.

그 어떤 말보다도 기쁘다……. 최고의 칭찬을 받은 나는 아무 말도 하지 않고도 알아준 그녀에게…… 마찬가지로 다시 한번 반해버렸다.

그건 쑥스러워서 말로 하지는 못했지만.

"철길 주위를 산책할 수 있나 봐. 모처럼이니까 보고 가자."

"그러게. 어? 저기 계단이 있어. 촬영할 수 있으려나? 좀 올라가 볼까?"

주위를 둘러보니 아무래도 열차를 위에서 볼 수 있는 계단이 있는 것 같았다. 나와 나나미는 그대로 계단 위로 올라갔다. 그리고 아래를 바라보자 마침 열차가 통과하고 있었다.

"열차가 달리고 있어! 애들도 엄청 좋아하네…… 귀엽다."

"나나미, 아이를 꽤 좋아하네."

"좋아해, 좋은 엄마가 되려나?"

나나미가 윙크하며 자랑스럽게 가슴을 폈다. 나는 살짝 어깨만 으쓱하며 나나미의 그 말에 동의했다. 내 태도가 마음에 들지 않았는지 그녀가 웃으며 내 옆구리를 쿡쿡 찔렀다.

잠시 다리 위에서 나와 나나미의 장난이 오갔다. 이윽고 다시 차분해진 나나미가 아까 그 남자아이를 떠올렸다.

"아까 그 애, 얼굴이 새빨개져서 쑥스러워하던데…… 낯을 가리는 걸까? 귀엽더라."

아니…… 그건 단지 연상의 여성을 보고 부끄러워한 게 아닐까? 성벽 운운하는 이야기는 굳이 입에 담지 않았지만……. 나는 나나미를 힐끗 쳐다보았다.

이런 모습의 누나가 자신을 위로해준다면, 저 나이 때의 순수한 남자애는 누구든 좋아하게 되지 않을까. 음…… 성벽에 눈을 떴다면 조금 걱정이다. 아니, 걱정할 일인지는 모르겠지만.

"아, 봐봐. 열차에서 그 애가 손을 흔들고 있어! 요신도 손 흔들어줘!"

"정말이네, 엄청 환하게 웃고 있어…… 다행이다."

남자애는 환한 얼굴로 우리에게…… 아니, 아마도 나나미에게 손을 흔들고 있겠지. 미안해, 이 누나는 내 여자 친구야, 나는 손을 흔들면서 마음속으로만 남자아이에게 사과했다.

아쉽게도 미니 열차를 타진 못했지만 서로의 마음을 알 수 있었으니 이건 이거대로 무척 좋은 추억이 되었다.

시간이나 일정을 빡빡하게 잡고 하는 데이트가 아니었기 때문에 가능한 일이라고 할까.

지금 우리는 마지막…… 아니, 잠시 유지보수를 하는 것뿐이지만 그 마지막을 도는 열차를 배경으로 사진을 찍었다.

직원이 나서서 달리는 미니 열차를 배경으로 우리들의 사진을 찍어주었다. 찍어준 사람은…… 아까 승차권을 샀을 때 있던 접수처 직원이었다.

이 사람 역시 우는 남자아이를 보는 것이 마음이 아팠는지 우리에게 감사의 인사를 해 왔다.

참고로 열차 보수에는 약 1시간 정도 걸린다고 한다. 사진을 다 찍은 우리는 그 시간쯤에 다시 오기로 하고 그 자리를 떠났다.

"그나저나…… 열차는 못 타게 됐으니까 이제 어쩔까? 나나미는 어디로 가고 싶어?"

"으음…… 요신은 어디 가고 싶은 곳 있어? 나는…… 공장 견학해 보고 싶어. 과자 만드는 곳은 어떤 곳일지 궁금해."

"좋아, 공장 견학! 그런 게 또 의외로 재미있지!"

갑자기 소리치는 나를 보고 나나미가 눈을 동그랗게 뜨며 놀랐다. 뭐랄까, 공장 견학이라는 건 단어만으로도 마음이 달아오르는 기분이다.

아마 여러 기계가 움직이고 있겠지……. 초등학교 때 단팥빵을 만들던 공장을 견학했을 때도 어쩐지 흥분했었던 기억이 난다.

"역시 남자아이는 공장을 좋아해?"

"미안, 좀 흥분해서 큰 소리가 나왔네."

"아하하, 귀여워."

아까 남자아이를 상대했을 때의 감정이 남아 있는지 귀엽다는 말을 듣고 말았다. 귀엽다는 말은 칭찬인 걸까……? 뭐, 어린애 같은 모습을 보여버린 건 나지만.

어쨌든 의견이 일치했기 때문에 목표는 공장이 되었다.

공장이 있는 곳은 이 철도와 완전히 역방향이다. 어쩐지 시설의 끝부터 끝까지를 오가고 있는 상황이 됐지만…… 그것 또한 즐거웠다. 나나미와 함께라 그런 건지는 몰라도 효율적이지 못한 이동 시간이 무척 소중하게 느껴졌다.

손잡고 여유롭게 걷는 것이 좋았다.

둘이서 이야기하면서 걷다 보니 순식간에 도착했다. 장소는 아까의 시계탑 바로 근처. 시계탑을 보고 우리가 이미 이 테마파크를 세 번 정도 왕복했다는 사실을 새삼스레 깨달았다. 어쩌면 좀 더 효율적으로 움직일 수도 있었겠다 말하며 둘이 함께 웃었다.

"그보다 공장을 견학하려면 티켓을 사야 할 것 같은 데…… 이건……."

"티켓 센터라고 쓰여 있는데…… 와아, 꽤 기네."

"뭐, 이 정도 사람이면 10분이나 20분 정도만 서면 살 수 있지 않을까?"

"그러게, 요신이랑 대화하다 보면 그 정도는 눈 깜짝할 새에 지나가겠다."

우리는 얌전히 그 줄에 서서 공장 견학 다음엔 어디로 갈까 하는 이야기를 나누었다. 그것이 즐거워서 줄을 서 있다는 것을 잊어버릴 정도였다. 그렇게 우리끼리 대화를 나누고 있는데…… 우리보다 두 팀 정도 앞쪽에서 고성이 들려왔다.

"뭐야, 한참이나 서 있었는데 전혀 줄지를 않잖아! 네가 보고 싶다고 해서 기다린 건데! 그만 다른 데 가자!"

"어쩔 수 없잖아, 늘 내가 맞춰주니까 가끔은 좀 참아봐! 오늘은 나도 기대하고 있었단 말이야!"

아무래도 한 쌍의 커플이 긴 줄을 견디다 못해 말다툼을 시작한 것 같았다.

그러고 보니…… 벌써 10분이나 지났나? 나나미랑 얘기하느라 깨닫지 못했다. 확실히 줄은 거의 줄어들지 않았다. 어쩌면 앞으로 수십 분 정도는 더 기다릴지도 모른다. 그래도 저렇게 다투는 건 좀 아닌 것 같은데…….

나나미도 그것을 느꼈는지 아주 살짝 인상을 쓰고 있었다. 역시 보는 앞에서 싸우고 있으면 기분이 안 좋겠지…… 라고 생각하고 있었는데…….

"우리도 언젠가 저렇게 싸울 때가 올까? 얼마 전에도 좀 싸우긴 했지만 그건 어느 쪽인가 하면 내가 일방적으로 삐졌던 것뿐이니까……."

그녀는 티격태격하던 두 사람을 보며, 우리가 어쩌면 마주할지도 모르는 미래를 상상해 버린 것 같았다. 조금 불안한 얼굴로 싸우고 있는 커플을 보고 있다.

모처럼의 즐거운 데이트 중에 풀이 죽어 버린 그녀를 보니 나도 조금 마음이 아팠다. 하지만…….

"……미래가 어떻게 될지는 모르겠지만…… 어쩌면 저번보다 더 심하게 싸우거나 의견 차이로 다툴 때가 올지도 몰라."

"그렇지, 언젠가는 오겠지…….”

내 말에 그녀의 얼굴이 점차 흐려졌다. 그런 표정을 짓게 해서 미안했지만, 미래에 대해서는 무책임하게 단언할 수 없었다.

그래서 나는…… 아주 조금 큰 목소리로 나나미를 안심시키듯이 그녀의 눈을 바라보며 선언했다.

"그러니까 우리는 그런 싸움을 하지 않게 노력해 나가자. 이상론일지도 모르지만, 평소 서로의 생각을 이야기하고 상대를 배려하고 존중해 나간다면 분명 괜찮을 거야."

"음…… 그래도…… 그래도 싸우는 순간이 오지 않을까?"

"그렇겠지. 오히려 전혀 싸우지 않는 관계는 없을 거야. 결국 언젠가는 그런 순간이 오겠지."

적잖이 불안한지 그녀는 내 그 대답에도 불안함을 감추지 못했다. 나는 그녀를 안심시키기 위한 말을 이어갔다. 오늘 데이트에 그런 불안한 얼굴은 어울리지 않는다고 생각하면서.

"그러니까 지금 서로가 가진 이 마음을 잊지 않는다면…… 제대로 화해할 수 있을 거야. 분명."

정말 할 수 있을지 어떨지는 그때의 나에게 달려 있겠지만. 미래의 나에게 넘긴다는 무책임한 생각을 하는 것이 아닌, 지금의 나도 미래의 나도 이 마음을 잊지 말자.

그렇다면 틀림없이 괜찮을 거다.

"……응, 맞아! 싸워도 화해하면 되는 거지! 그런 식으로 좋은 관계가 되고 싶다고 말한 건 누구도 아닌 나였는데 말이야! 좀 의기소침해 있었네."

그러고 보니 언젠가 수족관 데이트를 할 때도 나나미와 그런 이야기를 나눴었지. 그때는…… 서로 무릎베개해줄 때였나? 떠올리니 얼굴에 살짝 열이 오른다…….

그런 생각을 하고 있었는데 커플의 소란이 어느새 잦아들었다는 것을 깨달았다. 어라? 뭔가 두 사람이 이쪽을 힐끗 쳐다보는 것 같은데…….

"……미안해. 저런 젊은 커플조차도 생각이 깊은데…… 너한테 항상 신세를 지면서도 내 배려가 부족했어."

"……나야말로 언성 높여서 미안해……. 네가 줄 서는 거 안 좋아하는 걸 알면서도 무리하게 데려온 건 나니까……."

우리 쪽을 힐끔힐끔 바라보던 커플은…… 서로 사과하고 있었다. 아무래도 우리의 대화가 들렸나 보다.

……그야 저쪽 목소리가 들리니까 이쪽 목소리도 들리겠지.

어느새 싸움을 끝내고 두 사람은 팔짱을 낀 채 화해한 모습이었다.

그리고 남자와 여자는…… 우리에게 쓴웃음을 지으며 고개를 숙여 보였다. 기분 탓일지도 모르지만…… 주위는 어쩐지 훈훈한 분위기가 되어 있었다. 우리도 서로 웃으며 그 커플에게 고개를 숙였다.

"다 들렸나 보네."

"……그런 것 같아. 좀 부끄럽지만 싸움을 멈췄다면 다행이야."

나나미는 그렇게 말하면서 나에게 미소를 보냈다. 그 표정에는 조금 전의 불안한 기색은 조금도 찾아볼 수 없었다.

확실히 조금 부끄럽지만, 나나미의 이 웃는 얼굴을 볼 수 있었으니 좋았다고 생각하자.

"우리가 싸운다면…… 어떤 싸움을 할까?"

"싸움…… 우리가 싸우면? 저번에 이름 못 부른 건……."

"그건 내가 일방적으로 삐졌던 것뿐이잖아. 그게 아니라 서로 티격태격하는 싸움 말이야."

나나미는 완전히 기운을 회복한 것인지 앞으로 벌어질지도 모르는 싸움을 상상하기 시작했다. 화해할 수 있다고 생각했더니 안심했나? 그나저나 싸움이라…….

"……나도 좀 강하게 말한다는 거지? 어떤 일에서 그럴 수 있을까……."

곧바로 생각나지 않았다. 묘한 걸로 고민하고 있는데 나나미가 무언가 생각난 듯 손가락을 하나 세웠다.

"요리 쪽은 어때? 맛이 없다거나, 된장국이 미지근하다! 같은 거."

"그걸로 싸움이라니…… 그런 일은 내가 요리를 망쳤을 때 외엔 일어나지 않잖아?"

"그럼 내가 나쁜 사람이 돼 버리네……. 어렵다, 싸움의 원인……."

"그러게. 적어도 바람은 말도 안 되는 일이고……. 나나미 이상의 여자는 없을 테니까."

"아…… 말도 안 되는구나……. 그렇게 내 평가가 후한 건가……."

"나나미는…… 바람피울 거야?"

"……안 해. 말도 안 돼. 요신 이상의 남자는 없는걸."

나에 대한 평가가 터무니없이 높다. 어쩐지 과대평가 같지만, 그 평가를 유지할 수 있도록 노력해야지.

그런 대화를 나누다 보니 곧 우리 차례가 돌아와 티켓을 샀다. 가장 저렴한 표를 사서 견학할 수 있는 시설로 이동했다.

공장이라는 점도 한몫한 것인지 이 테마파크에서 가장 큰 크기를 자랑했다.

그 건물 3층이 견학할 수 있는 공장이고 4층은 카페나 기념품 가게, 제과 체험 등의 행사를 하는 것 같았다.

건물에 들어가는 순간…… 강렬한 향기에 휩싸였다. 달콤한 과자 향이 가득했다. 티켓과 함께 받은 과자를 나도 모르게 그 자리에서 먹어버리고 싶은 충동이 들었지만, 간신히 참았다.

"좋은 냄새네……."

"왠지 달콤한 냄새를 맡으면 행복한 기분이 들어."

우리는 먼저 공장 견학을 위해 3층으로 이동했다. 공장 견학이라고 해서 좀 삭막한 느낌의 유리 벽 너머로 제조 라인을 보는 것뿐이라고 생각했는데 그 장소는 전혀 그렇지 않았다.

하얀 요정 같은 인형이 과자를 만들고 있는 디오라마나 흰색 벽화 같은 전시가 걸려 있어 약간 미술관 같은 분위기를 띠고 있었다.

"헤에, 생각보다 볼 게 다양하네……."

"요신, 이 디오라마 움직여! 와, 귀엽다. 이게 뭐야, 요정님인가? 이 인형 파는 건가? 좀 갖고 싶다."

내가 주위를 둘러보는 사이에 나나미는 이미 디오라마 있는 곳까지 이동하고 있었다. 어느 틈에…….

나나미는 눈을 빛내며 디오라마를 움직이게 하는 조종대를 열심히 돌리고 있다.

움직일 때마다 깔깔거리는 나나미가 귀여워서 그 모습을 사진…… 아니, 동영상으로 찍고 있었다. 나나미, 귀여워…….

한참이나 디오라마로 떠들어댄 나나미는 내가 스마트폰을 향하고 있는 것을 깨닫고는 한번 헛기침을 하더니 마음을 가다듬고 다시 공장 견학을 함께 했다.

"바움쿠헨 같은 것도 만드네. 공장이지만 굉장히 공들여서 만든다……."

"과자는 이런 식으로 만들어지는구나, 직접 만든 적밖에 없어서 그런지 신선해."

"뭔가 보고 있으니까 단 게 먹고 싶어져."

"조금만 참아봐. 4층에 파르페를 먹을 수 있는 가게도 있고 제과 체험도 할 수 있는 것 같아."

제과 체험…… 처음엔 이 공장에서 제조 라인 체험을 하는 건가 싶었는데 아까 줄을 서 있을 때 조사해 보니 아무래도 그게 아니라 일반적인 과자 교실 같은 느낌으로, 꽤 인기가 많은 이벤트라고 했다.

우리는 그대로 20분 정도 신나게 떠들면서 제조 라인을 견학했다. 오랫동안 보고 있으니 볼거리도 서서히 줄어들어 곧바로 4층으로 이동하기로 했다.

4층으로 올라가자 달콤한 냄새가 더 강해졌다.

분명 제과 체험이나 기념품 가게 냄새, 카페에서 풍겨오는 디저트 냄새…… 그런 여러 냄새가 섞인 거겠지.

단것을 싫어하는 사람에게는 괴로울지도 모르지만 나와 나나미에게 이 4층의 냄새는 잔인할 정도로 식욕을 자극했다.

디저트 배는 따로…… 라고 주장하는 것처럼 금세 단 음식을 먹고 싶은 마음이 들었다.

"저기……나나미…… 라운지에서 디저트 같은 것 좀 먹을까?"

"그것도 좋지만 여기 왔으니까 제과 체험을 해보자! 그럼 우리가 만든 걸 먹을 수 있잖아."

"달콤한 냄새 때문에 당장이라도 먹고 싶은데…… 참을 수 있을까?"

"봐, 둘이 같이 힘을 합쳐서 만드는 거야. 게다가 오늘은 내 수제 요리도 못 먹었잖아? 그래서 좋지 않을까 해서."

그건…… 확실히 좋을 것 같았다.

오늘은 나나미의 수제 요리를 먹을 수 없다며 포기하고 있었다. 제과 체험이 어디까지 하는 건지는 모르겠지만…… 손으로 만든 것을 먹을 수 있다고 하니 기대치가 단숨에 높아졌다.

"그럼 가볼까?"

"응 ♪."

기대된다…… 어떤 체험을 하게 될까? 둘이서 설레는 마음으로 제과 체험 접수 장소로 이동했다. 다양한 요금대로 여러 코스가 준비되어 있었지만……

고개 숙인 점원에게서 돌아온 것은 무정한 한마디뿐이었다.

"죄송합니다. 오늘 제과 체험은 예약으로 정원이 마감되었습니다……"

그 말을 듣는 순간 우리는 그대로 굳었다.

"어……."

"에엥~?!"

나의 멍청한 한 마디와 나나미의 절망감 가득한 비명이 울려 퍼졌다.

◇◇◇◇◇◇◇◇◇◇

"하아, 제과 체험이 예약이 꽉 찼다니……. 미안해, 요신. 미리 확인해봤으면 좋았을 텐데……."

"아니, 나나미가 사과할 필요 없어. 그렇게 따지면 확인 안 한 나도 잘못이 있는 거고. 서로 확인이 부족했던 거니까 너무 낙담하지 마."

테이블 위에 엎드린 채로 침울해하는 나나미의 머리를 쓰다듬으며 위로했다. 상반신을 테이블에 올려둔 탓에 살짝 눈 둘 곳이 마땅치 않기도 했다.

덧붙여서 왜 쓰다듬는가 하면, 엎드린 나나미가 시선으로 졸라왔기 때문이다. 처음에는 눈치를 못 채고 머리를 흔드는 나나미가 귀엽다고만 생각했다.

"아까 그 커플처럼 싸움이 나지 않을까 했는데……."

"아니, 나도 기대했으니까 아쉬운 건 똑같아."

"그럼 나도 위로 삼아 머리 쓰다듬어줄까?"

"……그건 사양해둘게."

잠깐 갈등했지만 나는 그 제의를 부드럽게 거절했다. 아까 그 일 이후 우리는 4층을 조금 돌아다닌 후 디저트를 제공하는 라운지까지 이동한 상태였다.

넓고 넉넉한 공간에 차분한 색조의 소품들이 놓여 있었다. 창문을 통해 들어오는 햇살이 공간 전체를 부드럽게 비추고 있어 아늑한 분위기를 자아냈다.

여기라면 차분하게 대화할 수도 있을 것이고, 마침 단것을 먹고 싶었던 참이라 휴식을 겸해 그 가게에 들어간 것이었다.

그리고 안내받은 테이블에서 그녀가 몸을 엎드렸고 지금에 이른 것이다.

우리는 몰랐지만, 제과 체험 예약은 사전에 인터넷을 통해서도 가능하다고 한다. 나나미는 그 부분을 잘 몰랐고 나는 테마파크를 즐기기 위해 굳이 홈페이지 등의 정보를 조사하지 않았던 것이 화근이 되었다.

그래도 인터넷 예약이 필수는 아니었는데 오늘은 타이밍과 운이 나빴던 것인지…… 단체 손님 예약이 들어와 평소 같으면 예약이 비어 있는 시간대도 전부 다 차 있었다.

사전 준비가 중요하다는 것은 알고 있었지만, 새삼스럽게 그것을 실감했다. 뭐, 애초에 계획 없이 해보자는 얘기가 나온 것뿐이니까.

"좀 더 알아봤으면 좋았을 텐데. 왔을 때 공장 견학을 먼저 해둘 걸 그랬나?"

"못한 건 어쩔 수 없지. 제과 체험도 요금이 꽤 다양했으니까…… 그만큼을 디저트에 할애했다고 생각하면 되잖아."

"요신이 그렇게 말한다면 괜찮지만…… 아쉬워……."

나나미를 쓰다듬다 보니 우리를 위로하듯 기분 좋은 바람이 뺨을 어루만졌다. 날씨가 좋고 따뜻해서 가게에 들어선 우리가 점원에게 부탁해 테라스석으로 안내받은 덕분이었다.

이 라운지도 사람은 드문드문 있었지만 제과 체험만큼 붐비지는 않아 다행히 우리는 기다리지 않고 자리를 안내받을 수 있었다.

다시금 기분 좋은 햇살과 상쾌한 바람이 불어왔다. 한동안 가라앉아 있던 나나미의 표정도 점차 밝아졌다.

나는 그녀의 머리를 계속 쓰다듬어주었다. 그게 기분 좋은 것인지 그녀는 고개를 약간 들고 눈을 가늘게 뜨고 있었다.

"아……기분 좋다. 테라스석으로 해서 다행이야."

"조금 기분이 풀렸어? 일단 단 거라도 먹으면서 마음을 가라앉히자."

얼마 지나지 않아 우리가 주문한 디저트가 나왔다. 나나미는 제과 회사의 시그니처 제품이 사용된 파르페, 나는 살짝 양이 많은 초콜릿 퐁듀를 주문했다.

그리고 음료로는 각자 뜨거운 커피를 주문했다. 본래 식후에 마시는 건지 어떤지는 모르겠지만 나는 단것과 커피를 함께 마시고 싶어서 함께 내달라고 부탁했다.

파르페에는 앙증맞은 고양이 초콜릿이 올라가 있었다.

초콜릿 퐁듀 쪽에는 흰색으로 된 두 마리의 고양이가 떠 있다. 둘 다 사랑스럽게 장식되어 눈이 먼저 즐거워지는 디저트였다.

"어? 이 퐁듀에 떠 있는 거…….."

잠시 그 고양이에게 기시감을 느낀 나는 티켓과 함께 받은 과자를 꺼내 포장지를 보았다. 거기에는 퐁듀에 떠 있는 고양이와 같은 그림이 그려져 있었다.

"저기, 나나미. 티켓이랑 같이 받은 과자 포장지 말이야. 혹시 일반적인 거랑 다른 건가?"

"응? 정말?"

"응, 이거 봐봐. 여기가 고양이로 되어 있어."

궁금했던 나는 스마트폰으로 일반 과자 포장지를 알아보았다. 아무래도 티켓과 함께 받을 수 있는 것은 일반적인 포장지와는 다른 것 같았다. 내 것은 두 마리의 고양이가 놀고 있는 그림이 그려져 있었다.

"귀여운 포장지네, 이런 건 처음 봐. 어쩐지 나랑 요신 같다."

나나미는 그렇게 말하고 자신이 받은 과자 포장지를 보여주었다. 그곳에는 뺨을 딱 붙이고 달라붙은 두 마리의 고양이 그림이 있었다. 나도 처음 보는 그림인데.

"내 거랑도 좀 달라. 그림이 여러 가지 있는 건가? 근데…… 그게 나랑 나나미 같다니 좀 부끄러운데."

"뭐, 어때. 가끔은 이렇게 딱 붙어 있는 것도 좋잖아. 오늘 돌아가서 바로 해볼래?"

"가끔 붙어 있는다…… 의외로 많이 붙어 있는 것 같은데……?"

포장지 덕분인지 나나미의 기분이 한결 나아진 듯했다. 조금 전까지 우울해하던 것이 거짓말인 것처럼 즐거워 보이는 미소를 짓고 있었다.

"제과 체험은 다음의 즐거움으로 남겨둘까. 아, 내 초콜릿 퐁듀 꽤 양이 많으니까 같이 먹자. 딸기 먹을래? 바움쿠헨 같은 것도 있어."

나는 과일을 꽂은 막대기에 초콜릿을 묻혀 그녀에게 내밀었다. 아직 파르페를 먹기 전이었던 그녀는 갑작스러운 나의 행동에 약간 당황했다.

"나 아직 내 파르페도 안 먹었는데. 그래도 맛있어 보인다, 먹어볼까?"

내가 내민 과일을 나나미는 머뭇거리면서도 입에 넣었다. 그리고는 보답이라는 듯 자신의 파르페를 내게 내밀었고 나는 그것을 스스럼없이 받아먹었다.

그렇게 우리는 자신의 디저트를 먹거나 서로에게 디저트를 먹여주며 테라스석에서 평화로운 시간을 보냈다. 뭔가 매우 차분한 기분이다.

나나미가 초콜릿 파르페를 다 먹은 뒤에도 내가 시킨 초콜릿 퐁듀에는 과일과 바움쿠헨, 감자칩 같은 재료가 접시 위에 담겨 있어서 아직 한참 더 먹을 수 있었다.

그래서 나는 나나미에게 남은 재료를 초콜릿에 찍어서 먹여주었다.

사실 초콜릿 퐁듀는 가격이 좀 나갔다. 오늘 데이트는 각자 계산하기로 했으니 이렇게 하면 조금이나마 그녀에게 돌려줄 수 있다는 생각에 주문한 것이었다.

내가 내민 과일을 먹는 나나미는 행복한 미소를 짓고 있다. 나는 가끔가다 그녀의 그런 웃는 얼굴을 사진에 담았는데…….

"……요신, 이상한 생각 하고 있지?"

"어? 무슨 소리야?"

내가 계속해서 나나미에게만 먹여주자 그녀가 돌연 내게 게슴츠레한 눈빛을 보냈다. 아무래도 내 생각을 읽은 것 같다. 하지만 나는 그 시선에도 모른 척 시치미를 뗐다.

"……고마워."

초콜릿이 묻은 바움쿠헨을 입에 넣은 그녀가 쓴웃음을 짓고는…… 이해했다는 표정으로 내게 감사를 표했다. 미소를 지어서인지 입술 끝에 살짝 초콜릿이 묻어 있다.

감사의 말을 들었다는 기쁨 때문일까, 그녀의 입술을 보고…… 거의 무의식적으로 그 끝에 묻은 초콜릿을 손가락으로 닦아 그대로 핥아먹었다.

나나미도 넋이 나간 표정이었지만…… 그 이상으로 넋이 나간 것은 내 쪽이었다.

……나 뭐 했어? 뭐 한 거야, 나?!

아니, 기분 나쁘잖아. 불쾌해할 수도 있는 상황이었다.

"아, 아니?! 이건 말이지, 저기, 뭐랄까…… 무심코 나와 버렸다고 할지……. 아니, 저기, 싫지 않았…… 어?"

오만가지 감정으로 얼굴이 새빨개졌지만…… 그 이상으로 나나미의 얼굴도 새빨갰다.

우선 마음을 가라앉히기 위해 퐁듀를 한 입 먹었다. 하지만 단것을 먹어도 커피를 마셔도 쉽사리 마음이 가라앉지 않았다.

"……기억나? 요신이 시베츠 선배와 처음 만났을 때."

"시베츠 선배?"

나나미는 새빨개진 얼굴로 시베츠 선배의 이야기를 꺼내왔다. 여기서 왜 시베츠 선배가 나오는 거지……. 그렇게 생각하고 있는데 그녀가 말을 이어갔다.

"그때 말이야…… 내가 요신의 볼에 붙어 있던 밥풀을 먹었었지? 그립다. 역시 그런 건 자연스럽게 나오나 봐."

"그립네, 그런 일도 있었지……. 그땐 솔직히 부끄러웠지만……."

"부끄러웠어? 요신은 아무 말도 안 하기에 나만 의식하고 있는 줄 알았어. 조금은 그때의 심정을 알아줬을까?"

"응…… 잘 알았어. 이런 기분이었구나, 나나미는."

확실히 갑작스러운 트러블이 발생하거나 그걸 바탕으로 화해하거나 한층 더 친해지거나…… 그렇게 생각하니 오늘의 데이트는 지금까지 우리들의 시간을 덧그리는 것 같았다. 그런 생각이 들자 어쩐지 기분이 무척 즐거워졌다.

"아, 잠깐 나 화장실 좀 갔다 올게. 남아 있는 퐁듀 다 먹어도 괜찮아. 조금만 기다려."

"응, 알았어. 기다리고 있을게. 아…… 먼저 결제 끝내면 안 된다?"

자리에서 일어나는데…… 나나미가 영수증을 가져가고 말았다. 게다가 재차 다짐까지 해오니…… 나는 생각을 완전히 읽혔다는 사실에 쓴웃음을 지었다.

"알았어, 그럼 기다려. 점원한테는 이상한 녀석이 다가오지 않게 봐달라고 부탁해둘 테니까 느긋하게 있어."

나는 항복을 선언하듯 두 손을 들고 잠시 자리에서 일어났다. 뭐, 목적 중 하나는 선수를 빼앗기고 말았지만…… 그건 놔두기로 하자.

여기서 억지로 계산했다가는 그때야말로 싸움이 날지도 모른다. 여기선 서로의 마음을 존중해주자.

점원에게 헌팅에 대해 부탁해보니 여기엔 가족 단위 손님이나 커플 손님들이 주로 와서 문제없을 거라고 하면서도 흔쾌히 이해해주었다.

그리고 동시에 "와, 사랑받는 여친이 부럽네요"라는 말까지 들었다……. 내가 꽤 부끄러운 행동을 했다는 것을 그때서야 깨달았다.

응, 어쩔 수 없지. 그야 걱정되니까.

카페 밖에 있는 화장실에서 돌아왔을 때 봤던, 혼자서 경치를 바라보며 커피를 마시는 나나미의 옆모습이 예뻐서…… 잠시 멀리서 사진을 찍었다.

그 사진 찍는 소리에 내가 돌아온 것을 눈치챈 걸까, 갑자기 사진이 찍힌 것이 약간 부끄러운 듯 그녀가 미소를 짓고 있다.

그 후 우리는 서로 한 번씩 화장실에 다녀온 다음…… 잠시 여유로운 시간을 보냈다. 나나미도 돌아왔을 때 아까 사진에 대한 복수라는 듯 내 사진을 찍고 있었다.

그리고 점원의 호의로 테라스석에 앉은 우리 둘의 사진도 남길 수 있었다. 남아 있던 퐁듀를 서로 먹여주는 모습까지 찍어주었다……. 점원이 모처럼이니 함께 찍자고 해서 찍은 건데…….

텐션이 높은 사람이 많은 건 테마파크이기 때문일까, 아니면 이게 보통인 걸까.

우리는 점원에게 감사 인사를 하고 라운지를 떠났다. 예상대로 계산할 때 아주 잠시의 실랑이가 있었지만, 나나미는 이미 예상했을 것이다. 내 설명에 의외로 순순히 물러나 주었다.

그리고 나서 우리는 4층을 잠시 돌아다녔다.

서로 초코팝을 사서 같이 먹기도 하고, 출구 쪽에는 앉을 수 있는 커피잔이나 빨간 전화박스 같은 게 놓여 있었는데 거기서 둘이서 이런저런 사진을 찍기도 했다.

이런 걸 뭐라고 하지, 포토제닉이라고 하나? 아니면 사진발이 좋은 곳이라고 해야 하나? 그런 쪽의 용어는 어두워서 잘 모르겠다.

제과 체험은 못 했지만…… 그것을 보충하고도 남을 추억이 생겼다.

나는 앉아서 오늘 찍은 사진을 보며 그렇게 생각했다. 그러자 나나미가 나를 밑에서 들여다보듯 바라보며 수줍은 미소를 지어 보였다.

"자아, 요신! 뭘 그렇게 만족한 얼굴을 하고 있어! 슬슬 미니 열차 점검도 끝났을 테니까 타러 가자! 아직 가지 않은 시설도 있으니까 거기도 가보고! 오늘은 아직 더 많이 놀 수 있다구!"

나는 눈을 깜박이며 그녀의 얼굴을 바라보았다. ……그렇지, 오늘 데이트는…… 아직 끝나지 않았다.

"아까까지 우울해하던 사람 같지 않네. 나나미가 기뻐하니까 나도 좋아."

"우울했던 마음 같은 건 요신 덕분에 완전히 날아가 버

렸어. 게다가…… 이건 이거대로 좋았고."

"좋았다고?"

"다시 올 때의 즐거움이 생긴 거잖아! 겨울에는 폐장 시간도 연장되고 일루미네이션 같은 것도 예쁘다나 봐. 그때는 먼저 제과 체험도 예약하자!"

"그럼 손가락 걸고 약속할까?"

농담 삼아 그렇게 말한 것인데, 나나미가 곧바로 내게 새끼손가락을 내밀었다. 순간적으로 당황하긴 했지만, 서로 미소를 지어 보이고는 나나미와 내 새끼손가락을 꼭 감았다.

그대로 정해진 약속 멘트를 교환하고…… 둘이서 조금 큰소리로 웃었다. 나나미는 앞으로의 약속이 생긴 것에 무척 기쁘다는 듯 웃고 있었다.

반드시 이 약속을 지키기 위해서라도…… 나는 그렇게 내 마음을 다잡는 것이었다.

"꽤 본격적이네, 미니 열차……."

"휴, 다행이야. 이번에도 트러블이 생겨서 못 타면…… 혹시 무슨 저주라도 받은 게 아닐까 생각할 뻔했어……."

"아하하, 그럼 내일은 액막이를 겸한 데이트가 되겠네."

"아니, 그런 액막이는 필요 없어……."

우리는 미니 열차의 푸른 차량 내에서 한숨을 돌리고 있었다. 이번에는 아무 문제없이 무사히 미니 열차를 탈 수 있었다. 정말 이제야 탔구나 싶은 느낌이었다.

우리를 태운 열차는 덜컹거리는 소리를 내며 움직였다. 뭐, 제대로 된 기차는 타본 적은 없지만…… 언젠가 둘이서 철도 여행 같은 걸 가도 재미있을 것 같다.

"어쩐지 단둘만 있는 것 같네……."

나나미가 중얼거린 덕분에 깨달았다. 확실히 이 푸른색 차량에는 우리밖에 없었다. 다른 차량에도 탄 사람이 적었고 심지어 사람이 타지 않은 차량까지 있었다.

혹시 이 시간대가 원래 이런 건가? 우리가 타려고 했을 때는 줄이 길었는데…….

"결과적으로는…… 잘된 것 같네."

"모처럼이니까 옆에 앉을까? 그 포장지에 있던 고양이처럼♪."

나나미는 내 옆에 오자마자 몸을 바짝 붙였다. 사람이 많으면 주위 눈도 있어서 불가능했을 텐데, 정말 이 시간대를 선택해서 다행이었다.

미니 열차는 안내 방송과 함께 선로를 따라 주위를 천천히 돌아갔다. 처음에는 과자의 집이 나와서 사랑스러운 인형을 배경으로 나나미와 함께 셀카를 찍어보았다. 그녀와 얼굴이 가까이 닿아서 조금 쑥스러웠지만 둘 다 미소 지은 얼굴로 사진을 찍었다.

"굉장하다, 귀여워. 저기 좀 봐! 건널목도 있어!"

땡땡 울리는 소리와 함께 천천히 건널목이 내려간다. 그리고 그 끝에 터널이 있었다. 아무래도 슈크림으로 되어 있는 터널인 것 같았다. 터널 안에 들어서자 캄캄해지나 싶었는데 상공이 마치 별처럼 반짝반짝 빛나고 있어 무척이나 아름다웠다.

그녀는 말없이 내 어깨에 머리를 얹어왔다. 아주 짧은 시간이지만 정말로 밤하늘을 올려다보고 있는 기분이었다.

그 후로도 열차는 나아갔고…… 아까와는 다른 과자로 된 집으로 들어섰다. 그 안에는 초콜릿에서 얼굴을 내미는 백곰 오브제가 있었다. 사랑스러운 그 곰을 배경으로 나는 나나미의 사진을 찍었다.

그리고 그 집을 빠져나오자 탑 하나가 눈에 들어왔다. 셰프 차림의 인형 여럿이서 그 벽돌탑을 받치고 있었다. 의아해하고 있는데 안내 방송이 흘러나왔다.

『저쪽에 보이는 것은 러브 타워라고 한답니다. 커플분들은 열차에서 내리시면 꼭 들러보세요.』

러브 타워……? 그냥 셰프 차림 인형이 서로의 어깨를 밟고 애쓰면서 탑에 올라가는 걸로밖에 안 보이는데…… 저게 러브야? 무슨 러브? 특수한 러브?

나는 의아하게 생각했지만 나나미에겐 그 안내 방송이 큰 영향을 미친 것인지 굉장히 반짝거리는 눈빛으로 그 탑을 보고 있었다.

아무래도…… 다음으로 갈 장소는 정해진 것 같다.

그 후에도 열차는 천천히 선로를 따라갔고…… 나나미와 나는 열차에서 느긋하게 잡담을 나눴다. 다만 나나미는 러브 타워가 신경 쓰이는 것인지 이따금 어딘가 안절부절못하는 모습을 보였다.

평소에는 자주 나한테 알기 쉽다고 했었는데, 드물게 이런 모습을 보게 되니 정말 귀여웠다.

아니, 이건 나도 그녀에 대해 잘 알게 됐다는 건가?

이윽고 열차가 천천히 역에 멈추었다. 우리는 10분 정도의 철도 여행을 무사히 마쳤다.

나는 나나미의 손을 이끌고 열차를 내려와 가볍게 기지개를 켰다. 앉아 있어서 그런지 몸이 좀 굳어 있었다.

나나미 쪽을 힐끗 보자 조금 머뭇거리듯 두 손을 모아 꼼지락거리고 있다.

"저기, 요신…… 다음에 갈 장소 말이야……."

"러브 타워에 가보고 싶지? 가보자. 나도 궁금해."

내가 먼저 건넨 말에 나나미가 잠시 얼빠진 얼굴을 지었지만, 금세 환하게 웃으며 다시 내 손을 잡았다.

"그보다 저게 왜 러브 타워지? 나한테는 그냥 인형이 붙어 있을 뿐인데."

"그러게. 하지만 그런 이름이 붙었으니까…… 역시 뭔가 있지 않을까? 가보면 알 수 있겠지."

날씨 좋은 하늘 아래, 팔을 붕붕 흔들면서 우리는 길을 걸어갔다. 부드러운 바람이 살랑살랑 나무를 흔들었다. 역에서 빙 돌아 목적지에 도착했다.

아까는 몰랐는데 그 탑은 인형뿐만 아니라 아래쪽에도 로프가 감겨 있었다. 밧줄을 당기고 있는 자세의 인형도 놓여 있어서 정말로 기울어져 가는 탑을 셰프 차림의 남성들이 받치고 있는 것 같았다.

"으음, 이게 왜…… 러브 타워지?"

나나미도 나와 같은 반응이었다.

아무리 보아도 러브 요소는 한 톨도 없는 탑 주변을 잠시 둘러보자, 이 타워에 관한 설명이 적힌 팻말을 발견할 수 있었다.

"나나미, 여기 설명이 적혀 있어."

우리는 함께 그 안내판 앞에서 해설을 읽어 보았다.

"로프를 당기고 있는 인형과 함께 사진을 찍으면…… '사랑의 주술'이 걸린다는 것 같은데?"

"'사랑의 주술'이라니…… 어디 보자, 사랑이 식었다면 타오르고, 뜨거우면 더 깊어지고, 기울어진 사랑이라면 원상태로 돌아간다……."

"왜 그렇게 되는지에 대한 설명은 없네. 축원 같은 건가?"

로프로 다시 세우는 사진을 찍는 것만으로 사랑이 돌아온다니…… 그런 사진을 찍을 정도로 사이가 좋았다면 애초부터 사랑이 식지 않은 게 아닌가, 하는 태클을 걸면 너무 눈치 없으려나?

뭔가 억지스러운 느낌이네……. 러브 타워라는 이름에 대해서도 결국 설명이 없고…… 원래 이런 건가……?

"요신, 사진 찍어볼래? 그…… 사랑이 깊어진다고 하니까."

뭐, 모처럼 여기까지 왔으니까 사진 찍는 정도는 괜찮겠지. 지금까지도 사진은 많이 찍었으니까. 이런 사진이 있는 것도 좋을 것 같고.

……응, 내가 생각해도 태도 변화가 손바닥 뒤집듯 빠른 것 같았지만 어쩔 수 없다.

나나미가 '깊어진다'라고 했다. 그 말은 지금이 뜨겁다고 생각하고 있다는 증명이나 다름없었다. 손바닥쯤이야 얼마든지 뒤집어줄 수 있다.

게다가…… 어느 쪽인가 하면 나는 마지막 한 문장이 더 신경 쓰였다.

기울어가는 사랑이라면 원래대로 돌아간다……. 그렇다면 이 사진을 찍어두면 언젠가 사랑이 기울었을 때…… 아니, 기념일에 무슨 일이 생겨도 괜찮지 않을까…….

그래서 조금이라도 용기를 낼 수 있지 않을까 생각했기 때문이었다.

일시적인 위안일지도 모르지만 그런 소재는 많으면 많을수록 좋을 테니까.

"그럼 누구 먼저 찍을까?"

"일단 내가 찍을게. 그리고 요신이 나를 찍어줘."

우린 거기서 인형 앞의 밧줄을 잡아당기는 사진을 서로 찍어주었다. 로프가 꿈쩍도 안 해서 뭔가 살짝 초현실적인 사진을 찍을 수 있었다.

이후 우연히 지나가던 직원의 도움으로 우리 둘이 당기고 있는 사진도 찍을 수 있었다.

내가 앞에서 나나미가 뒤에서 밧줄을 잡아당기는 사진과 서로 손을 겹쳐 잡고 밧줄을 잡아당기는 사진 두 종류……. 그것은 마치 그림책의 한 장면 같은 사진이었다.

"이걸로…… 사랑이 깊어진 건가?"

"아하하, 잘 모르겠어♪."

그저 로프를 잡아당기는 사진으로밖에 안 보였지만 나나미는 어쩐지 기뻐 보였다. 나도 그 얼굴을 보니 기분이 좋아졌다. 역시 사진을 찍길 잘한 것 같아.

"슬슬…… 시간이 다 됐네. 마지막은 어디로 갈까?"

"아, 마지막은 처음에 장미원에서 알려줬던 곳에 안 가볼래? 여기서 가까워."

"그래. 부모님 드릴 기념품도 사고 싶고……."

"응, 그럼 갈까?"

우리는 사진을 찍어준 직원에게 감사를 전하고 조금 걸어서 그대로 건물 안으로 들어갔다. 열차도 탔고, 사진도 많이 찍었고 시간도 꽤 지났으니 슬슬 적당하겠지.

건물 안으로 들어서자마자 위층으로 가는 커다란 계단이 가장 먼저 눈에 들어왔는데…… 그 풍경에 압도되었다.

붉은 융단이 깔린 그 계단은 마치 영화 속 한 장면에 나올 법한 장엄함이 느껴지는 계단이었다.

뮤지컬이라면 위에서 주역인 미녀가 노래하며 내려오는 장면, 혹은 판타지라면 어느 가문의 영애가 나와 주인공과 첫 대면을 하는 장면에 쓰일 법한 계단이었다. 좀처럼 보기 힘든 광경이다.

"엄청난 계단이다……. 이왕 온 거 사진도 찍을까?"

"아, 그럼 같이……."

"아니, 나나미 혼자 서봐. 그게 더 예쁠 것 같아."

내 말에 고개를 갸우뚱하면서도 나나미는 계단 난간에 손을 얹고 내 쪽으로 돌아섰다. 붉은 융단과 공들여 장식된 난간, 스테인드글라스를 통해 들어온 노을이 그녀를 비추었다.

약간 머뭇거리는 나나미는 쑥스러워하면서도 나를 보며 부드럽게 미소 지었다. 넋을 잃은 채 그 미소를 보며 그녀의 사진을 찍자, 마치 한 장의 그림 같은 사진이 찍혔다.

"봐봐, 예쁜 사진이 찍혔어."

"뭔가 내가 아닌 것 같아서 민망하네…… 요신의 사진도 찍자."

"어……? 아니, 난 됐어. 나랑은 안 어울릴 것 같고……."

"내가 찍고 싶어! 자, 거기 서서…… 응, 멋있어!"

거부하는 나를 끌어당겨 계단에 세운 나나미는 그대로 내 사진을 담았다. 음…… 나나미는 멋있다고 말해줬지만, 역시 이 계단과 나는 어울리지 않는다.

내 개인적인 생각……이라고 할까, 편견일지도 모르지만 이런 계단에는 여성이 더 어울린다. 뭐, 이런 부분은 개인의 감각 차이니까. 우린 굳이 따로 찍은 사진만을 남기고 다른 곳으로 향했다.

향하는 곳은 캔디 가게였는데 운 좋게 마침 캔디 만들기를 시연하고 있었다.

이런 표현을 해도 될까 싶었지만, 새하얀 캔디 반죽이 마치 떡처럼 장인의 손에 의해 형태를 바꿔 나갔다. 평소에 먹는 사탕은 굉장히 딱딱한데.

반죽이 무척 무거워 보이는데도 장인들은 무게가 조금도 느껴지지 않을 정도로 가벼운 손놀림으로 반죽을 늘려 펴서 둥글게 만들고는…… 차례차례 손으로 모양을 만들어갔다.

그 모습에 어렸을 때 만들었던 점토 세공이 떠올랐다. 물론 그것과는 비교할 수 없는 화려한 기술이었다.

어느새 흰 천이 원기둥 모양이 됐다 싶더니 그 안에 색이 입혀진 반죽이 휘감겼다. 장인들은 다시 그 반죽에 주황색으로 빛나는 반죽을 곱게 감아 나갔다.

굵은 원기둥 같은 반죽이 완성되었다. 그리고 다음 순간, 굵은 원기둥 반죽은 장인의 손에 의해 가늘게, 가늘게 뻗어나갔다. 갑작스러운 변화에 나는 심장이 두근거리고 말았다.

그렇게나 두꺼웠던 반죽이 나나미의 손가락보다도 가늘어지고…… 다른 장인에 의해 거의 균등한 크기로 잘렸다. 막힘없는 손놀림 덕분에 순식간에 캔디 더미가 쌓여 나갔다.

사탕을 만드는 건 평소에 보지 못하는 작업이다. 그런 만큼 우리는 하나의 기술이 극에 달하면 이런 예술이 되는 건가 싶어 서로 말하는 것조차 잊고 시연을 바라보았다.

어느새 우리들의 눈앞에 하나씩 방금 갓 만든 사탕이 놓여 있었다. 주위 사람들 앞에도 놓여 있는 것을 보니 장인이 갓 만든 것을 시식으로 하나씩 나눠주는 것 같았다.

너무나도 빠른 솜씨에 다들 얼이 빠진 모습이었지만, 갓 만든 사탕을 입에 넣자 곧 기분 좋게 웃음 지었다.

"……장인들은 대단하네."

"그러게…… 이 사탕도 기념품으로 사갈까?"

실연을 다 본 우리는 대단한 기술을 봤다는 감동으로 그런 대화를 나누는 것이 고작이었다. 시연을 볼 수 있어서 정말 다행이었다.

"그럼 마지막으로 기념품을 사서 돌아갈까. 그러고 보니 저녁은 뭐 먹을래? 나나미는 뭐 먹고 싶은 거 있어?"

"평범한 패밀리 레스토랑도 좋지 않을까? 괜히 격식 차린 곳에 가도 불편할 것 같고……."

그것도 그렇지……. 분위기 좋은 가게를 따로 예약한 것도 아니니까. 그 후 우리는 무엇을 먹을지 의논하면서 오늘 사갈 기념품을 골랐다.

그렇게 선물을 고르는 중에…… 나나미 쪽이 묘하게 부산스러운 것이 눈에 들어왔다. 무슨 일이지? 그녀가 힐끔힐끔 쳐다보는 곳은 기념품 가게 안쪽이었다.

분명 아까 본인이 찍은 사진을 과자 캔의 하트 마크 부분에 끼워서 세상에서 하나뿐인 오리지널 캔을 만들 수 있다는 말을 듣긴 했는데…….

나는 거기서 짐작했다.

혹시 나나미도…… 나와 같은 생각을 하고 있었던 걸까?

"나나미…… 혹시 아까 라운지에서 말이야…… 그 가게에 갔었어?"

"어? 아니, 그게……."

내 물음에 나나미가 보기 드물게 눈을 이리저리 굴리고 있었다. 지금까지 본 적 없는 그녀의 모습에 나는 나도 모르게 미소가 지어졌다.

"실은…… 나도 그 가게에 갔었거든."

"어……? 요신도……?"

사실 디저트를 먹은 라운지 근처에도 같은 가게가 있었는데 거기서 주문하면 여기서 상품을 받을 수도 있었다.

그리고 나는…… 화장실에 갔을 때 그 가게에 들러서 한 가지 주문을 해두었다.

나는 나나미의 물음에 굳이 대답하지 않고 잠자코 고개를 끄덕였다. 그렇게 우리는 손을 잡고 안쪽까지 이동했다. 카운터까지 도착한 우리는 각자 주문해둔 것을 점원에게서 받았다.

두 사람 모두 주문한 것은 낮에 장미원에서 찍은 사진이 들어간 오리지널 마그넷 캔이었다. 둘 다 똑같은 것이었기에 우리는 얼굴을 마주 보며 쓴웃음을 지었다.

"요신도…… 그걸로 만든 거야?"

"응, 나나미가 우울해 보여서 조금이나마 힘이 날까 싶어서. 마그넷은 그렇게 비싸지도 않으니까."

"나도 요신에게 선물해서 놀래켜주려고 만든 건데……."

"그럼 서로 서프라이즈 실패인가?"

우리가 각자 사용한 사진은 내 폰으로 찍은 손으로 하트를 만든 사진, 나나미의 폰으로 찍은 손으로 하트를 만든 사진…… 우연히도 똑같은 것이었다.

"이렇게 된 거 교환할까? 서프라이즈 실패 기념으로."

"그러자. 실패 기념으로."

우리는 서로 미소를 지으며 각자가 만든 마그넷 캔을 교환했다.

언뜻 보면 그냥 똑같은 커플 마그넷 캔이지만…… 이 차이를 아는 것은 우리뿐이라 생각하니 또 다른 즐거움과 기쁨이 벅차올랐다.

그렇게 우리는 테마파크를 떠났다.

"재미있었지. 오늘 못한 것도 있으니까 또 오자. 겨울에는 일루미네이션이 예쁘다고 하니까."

미소를 지은 나나미가 들뜬 모습으로 나와 잡은 손을 살짝 크게 흔들었다. 마지막이라는 아쉬움은 조금도 느껴지지 않는 그 미소에 나도 모르게 웃음이 터졌다.

"겨울이라…… 그때는 따뜻하게 입고 와야겠다. 나 추위에 약하거든."

"추위에 약하구나? 그럼 겨울은 내가 따뜻하게 해줄까?"

"나나미는 추운 거 괜찮아?"

"나도 추운 건 싫어. 그래도 이렇게 붙어 있으면 되지 않을까?"

그대로 나나미는 잡은 손을 이끌어서 내게 딱 달라붙었

다. 설산에서는 조난하면 피부를 맞대어 체온을 유지한다고 들었는데, 이렇게 하고 보니 납득이 간다.

한참을 붙어서 걷고 있는데 나나미가 나를 올려다보며 무언가 기대에 찬 눈빛을 보내왔다. 그 시선에 심장이 두근거린 나는 남몰래 숨을 삼켰다.

"그러고 보니 오늘 데이트에서는 키스를 못 했네……. 내일은 기대해도 될까?"

나나미의 그 한마디에 나는 더더욱 숨을 삼켰다. 너무 삼켜서 숨이 막히지 않을까 생각했을 정도로. 갑작스러운 말에 나는 심호흡을 하며 마음을 가라앉혔다.

"뭐, 그런 것까지 포함해서…… 내일도 기대해줘."

"그렇구나, 기대된다. 내일도 즐거운 날로 만들자!"

내게 찰싹 붙어오는 나나미의 환한 미소에 나도 웃는 얼굴로 그녀에게 답했다……. 내 대답에 나나미는 무척 기뻐했다.

이렇게 해서…… 우리의 첫 번째 데이트는 끝을 맞이한 것이었다.

오늘 데이트도 무사히…… '무사히'라고 말해도 괜찮으려나? 어쨌든 여러 가지 일이 있었지만, 무사히 마친 나는 홀로 침대에 누워 있었다.

팔을 뻗어서 새끼손가락에 시선을 보냈다. 약속…… 손가락 걸기…… 요신과 그걸 한 건 두 번째였던가. 미래에 관한 약속을 그와 할 수 있다는 것이 참을 수 없이 행복해서 나도 모르게 미소가 지어졌다.

오늘은 내가 실수를 많이 했는데, 요신은 그걸 부드럽게 달래주었고…… 더 나아가 희망이 있는 미래로 만들어 주었다.

기념일까지 얼마 남지 않았다. 그 사실에 아주 조금 따끔한 통증을 느꼈지만, 요신과 한 미래의 약속, 그것을 이루기 위해 나는 무엇이든 하고 싶었다.

"재미있었지……."

눈을 감으면서 중얼거렸다.

기분 좋은 피로감이 몸을 채우고 있었다. 이걸 충족감이라고 하는 건가? 이대로 자면 얼마나 기분이 좋을까. 하지만 아직은 안 된다.

그 충족감과 함께 추억을 되새기자…… 충족감과는 모순되는 말할 수 없는 외로움이 느껴졌다. 이건 분명 갑자기 혼자가 돼서 느껴지는 외로움일 것이다.

데이트에서 돌아오는 길엔 거의 느끼지 못했지만.

"……좋아!"

기합을 넣고 소리를 내서 그 기세로 침대에서 벌떡 일어난 나는 스마트폰을 손에 집었다. 그리고 익숙한 움직임으로 전화를 걸었다.

스마트폰은 곧바로 통화 연결 상태가 되었다.

『여보세요?』

아까까지 같이 있었는데, 조금 헐떡이는 목소리가 들려왔다. 달려온 것처럼 느껴지는 건 기분 탓일까? 그랬으면 좋겠다는 생각에 대답이 늦어버렸다.

저쪽에서 다시 목소리가 들려왔다.

『여보세요, 나나미? 무슨 일이야?』

"아, 미안, 미안. 어쩐지 요신의 목소리를 들으니까…… 안심이 돼서."

『안심했다니……? 왜 그래, 무슨 일 있었어?』

나를 걱정해주는 그 목소리에 조금 전까지 있었던 외로움이 사라지는 것을 느꼈다.

"요신…… 오늘 데이트 굉장히 즐거웠지. 할 수 있었던 일, 하지 못했던 일…… 전부 다 즐거웠어. 꿈이 아닐까 싶을 정도로 행복한 기분이었어."

걱정해주는 그를 안심시키듯 나는 즐거웠다는 말을 전했다. 정말, 진심으로 즐거웠다. 내 말을 듣고 그가 휴 하고 숨을 내쉬는 소리가 들렸다.

마치 귓가에 입김을 분 것 같은 기분에 등골이 오싹했지만…… 굳이 말하지 않고 꾹 참았다.

『그렇지……. 나도 굉장히 즐거웠어.』

"그래서 그런가? 즐거웠던 덕분에 그 반동이랄까…… 방에 있었더니 너무 쓸쓸해져서 목소리가 듣고 싶어졌어."

다시 침대 위로 누운 나는 그대로 말을 이었다.

"미안해, 갑자기 전화해서…….."

『아니, 나도 집에 아무도 없어서 쓸쓸하던 참이었는데 딱 좋았어. 전화해줘서 기뻐. 고마워.』

뜻밖의 말이 돌아왔다. 나는 가족들이 있어서 외로움은 방에 와서야 느꼈는데, 요신은 귀가 때부터 외롭지 않았을까. 진작 전화했으면 좋았을 텐데.

"이럴 때는 나랑 떨어져서 외롭다고 말해줬으면 좋았을 텐데…… 후후."

요신이 조금이라도 외로움을 잊길 바라는 마음에 가벼운 어조로 농담을 입에 담았다.

『물론 나나미와 떨어져서 쓸쓸하기도 했어. 부끄러워서

말하지 못했을 뿐.』

"아하하, 그렇다면 됐어! 그래도 집에 혼자 있으면……. 근데, 부모님은 어디 가셨어?"

『두 사람은 데이트한다고 적힌 종이가 남아 있었어.』

"요신네 부모님도 사이좋으시지. 어른들의 데이트는 뭘 할까?"

『음…… 둘이서 술 마시고 있지 않을까?』

데이트라. 우리 부모님도 가끔 둘이서 외출을 하고 있다. 전에는 몰랐는데 그것도 데이트겠지. 결혼해도 데이트라니 멋지네.

하지만 아빠랑 엄마도 밤에 둘이서 나가거나 하지는 않는 것 같다. 다음에 나랑 사야도 부모님의 데이트에 데려가 달라고 해도 재밌을 것 같다.

"술이라…… 우리 아빠도 자주 마시는데, 술이 맛있나?"

『전에 위스키 봉봉 먹었을 때는 어땠는데?』

"그건 잊어! 그때는 술맛보다 초콜릿 맛이 더 강했으니까…… 강했나?"

어떤 맛이었는지는 잘 기억나지 않았다. 초콜릿 맛이 났고, 다음 날 굉장히 속이 안 좋았다는 것도 분명히 기억나는데.

술맛은 어땠더라?

『뭐, 그때는 나나미가 힘들어 보여서 안 마셔도 되지 않을까 싶었는데 말이야, 우리가 스무 살이 되면 같이 마셔 보는 것도 좋겠네.』

"그래, 같이 술 마시자. 술 마실 나이가 될 때까지…… 같이 있자."

그때는 두 번 다시 술을 마시지 않을 거라고 생각했는데, 내가 생각해도 태도 변화가 빠르달까. 고통도 지나면 잊히는 법이니 사람 속이라는 게 아이러니하다.

나는 아주 살짝, 같이 있자는 한마디를 강조했다. 무의식적이었지만 그러길 바라는, 기도하는 심정으로 나온 말이었다. 별것 아닌 한마디인데 요신에게서 들려올 대답을 조마조마한 마음으로 기다렸다.

『당연히…… 같이 있을 거야.』

"응……!"

그 말에 가슴이 벅차올라 나도 모르게 아까보다 더 강하고 안심한 듯한 목소리가 튀어나왔다. 갑자기 소리쳐서 이상하게 생각하진 않을까?

"그러고 보니 갑자기 전화한 건데, 요신은 뭐 하고 있었어?"

『특별히 아무것도 안 했어. 굳이 말하자면 목욕이나 할까 생각하고 있었지……. 나나미도 피곤하지? 목욕은 벌써 했어?』

"나도 아직. 들어가기 전에 목소리 듣고 싶어서. 그렇구나, 요신도 아직 씻기 전이구나……."

씻기 전에 통화한다고 하니까 왠지 좀 긴장된다. 이제 요신도 목욕하는 걸까. 지난주 함께 여행 갔을 때도 목욕 후의 모습을 봐서 그런지 쉽게 상상이 됐다.

"……같이 목욕…… 할래?"

나도 모르게 그런 말을 중얼거리고 말았다.

그리고 이내 전화 건너편에서 쿵 하는, 무언가가 부딪친 듯한 둔탁한 소리가 울렸다. 공기가 떨리듯 지잉 울리는 감각이 귀에 맴돈다.

"무슨 일이야, 요신?! 뭔가 엄청난 소리가 들렸는데?"

『무슨 일이야?!'는 내가 하고 싶은 말이야! 왜 갑자기 그런 말을 하는 거야?!』

그 말을 듣고 나도 깨달았다. 전화기 너머에서 들린 충격음에 나도 모르게 그를 걱정했지만, 확실히 아까 내가 한 한마디는 반대로 걱정을 들어도 당연한 발언이었다.

나는 횡설수설하며 황급히 변명을 시작했다.

"아니, 그게…… 욕조에 들어가면 굉장히 편안해지잖 아? 전에 그런 상태에서 스마트폰으로 수다를 떨면서 목 욕했다는 얘기를 친구한테 들었어. 요신이 피곤하다면 그 런 것도 좋지 않을까 하고…… 긴장도 풀릴 거고……."

사실 정말 그런 생각을 하고 있었던 것은 아니지만 나는 그에게 떠오르는 말을 줄줄 늘어놓았다. 친구한테 들은 건 사실이지만 아까 그 말은 그럴 생각으로 한 말은 아니었다.

내 변명을 믿어준 것인지 저편에서 작은 한숨 소리가 들리더니 이어서 그의 조용한 목소리가 귀에 들어왔다.

『나나미……. 나나미는 그런 남자의 시선을 싫어하잖아? 그렇다면 나를 유혹하는 행동이나 언동은 자제하는 게 좋지 않을까? 나도 남자야. 그런 말을 들으면 참기 어려울 때가 있어.』

아주 정중한 설교를 듣고 말았다. 더구나 무엇 하나 반박할 수가 없다.

"어…… 그래도 저기, 통화만 하면 안 보이니까…… 애초에 상대는 요신이고, 난 아무렇지도 않은데?"

『통화뿐이라면 괜찮을지도 모르지만…… 내가 갑자기 뭐라도 씌어서 통화를 영상 통화로 바꾸면 어쩔 건데…….』

나는 그 말에 훅 하고 숨을 삼키고 말았다. 여러 가지 생각이 머릿속을 맴돌고, 한참의 침묵 뒤에 간신히 나온 말은…… 한마디뿐이었다.

"……할 거야? 영상으로……?"

나의 침묵을 받고 상대방도 침묵했다. 조금 무서웠지만 그걸 요신이 하면 어떻게 될까 하는 호기심도 있었다.

두근두근, 하고 내 심장 박동만이 들려왔다. 뺨에 열이 나며 마치 감기라도 걸린 듯 어지러웠다. 이마에서 알 수 없는 땀도 났다.

침묵을 깬 것은 그의 한마디였다.

『미안, 그럴 배짱은 없었어. 상상만으로도 못 버틸 것 같아.』

그 한마디에 나도 그도 웃음을 터뜨리며 한동안 웃었다.

"……아쉽네. 하지만…… 나도 상상하니까 얼굴이 너무 화끈거려."

『그야 당연하지. 아무리 통화라고 해도 전화 건너편 상대는 알몸이니까……. 오히려 진정이 안 될 것 같은데?』

"말하지 마~! 자꾸 상상되잖아……. 아, 정말, 얼굴에 열나……."

『나도 마찬가지야.』

그리고는 여러 가지 것들을 애써 털어내듯 서로 큰 소리로 웃었다.

여행 때는 같이 온천에 가서 목욕 후에 함께 보냈는데, 비슷하다고는 해도 역시 함께 들어가기에는 아직 거부감……이랄지 부끄러움이 있다.

이것도 언젠가는 할 수 있게 될까?

"우리에게는 목소리만으로도 함께 목욕하는 건 아직 이르겠다. 그럼 아쉽지만 각자 씻는 걸로 할까?"

『그래. 게다가 내 건 방수가 아니라 그런 짓을 했다간 고장 날지도 몰라. 아니, 방수도 목욕은 안 되나?』

"……그러고 보니 내 것도 방수가 아니네. 모처럼의 추억을 담았는데 고장 나는 건 싫으니까 이건 보류해야겠다."

애초에 근본적으로 무리였구나. 왠지 의미 없는 이야기를 쓸데없이 열심히 한 기분이었다. 하지만 그 덕분에 서로가 느끼고 있던 외로움은 이미 어디론가 날아간 상태였다.

『그럼 아쉽지만…… 난 이제 씻고 잘게…….』

"응, 나도 씻고 자야겠다. 잘 자. 내일 데이트 기대하고 있을게."

『잘 자, 나나미. 전화로 대화해서 좋았어. 나도 내일 데이트 기대하고 있을게. 내일 봐.』

"응! 내일 봐!"

그렇게 말한 뒤에도 우리는 서로 끊을 타이밍을 가늠하지 못해 조금 더 수다를 떨었고, 두 사람이 동시에 하나, 둘 하고 나서야 전화를 끊을 수 있었다.

그리고 목욕하러 가서…… 욕조 안에서 혼자 냉정해진 뒤에 다시 한번 소리치고 말았다.

"나 뭐라고 한 거야?! 내가…… 대체 무슨 소리를 한 거지?!"

같이 목욕하자니, 요신 완전히 나한테 질린 거 아냐?! 하지만 목욕한다고 하니까 나도 모르게…….

그보다 지금의 나는 목욕을 하고 있다. 아마 아까 통화한 바로는 요신도 같은 타이밍에 집에서 목욕하고 있을 것이다. 그런 상태로 스마트폰으로 통화를 한다면…….

상상해 보자.

『나나미, 난 지금부터 몸을 씻으려고.』

"그렇구나, 난 지금 욕조에 몸을 담그고 있어."

『나나미는 어디서부터 몸을 씻어? 난 말이지…….』

"어……? 그, 그런 곳부터 씻는 거야? 나는 저기…….."

상상 속의 요신이 나에게 목욕 실황 중계를 해오고 있었다. 헉, 아니…… 안 되겠어…… 상상만으로도 자극이 너무 강해. 대화뿐이라고 생각한 내가 안이했다. 전화 너머라고는 해도…… 실질적으로는 함께 목욕하는 거나 다름없었다.

나는 입 부분까지 욕조에 담근 채로 입에서 부글부글 숨을 내뿜으며 거품을 만들었다. 그리고…….

"나나미…… 욕조에서 현기증을 다 일으키고…… 무슨 일 있었니?"

결국 현기증을 일으킨 나는 욕실에서 한참이나 나오질 않아 걱정되어 상태를 보러 온 엄마에 의해 구출되었다. 지금은 몸을 수건으로 가리고 있었지만 거의 맨몸으로 드러누운 채 바람을 쐬고 있다…….

"……요신 군에게 지금의 사진 찍어서 보내줄까?"

…….

"그건 절대로 안 돼!"

내일 데이트를 앞두고 조금 불안한 하루의 끝이 되고 말았다.

오늘은 기념일 전 마지막 데이트, 그 둘째 날이다.

간절하게 기다렸던 날을 맞이해 내 마음은 들떠 있었다. 하지만, 마냥 그것을 느끼고만 있을 수도 없었다.

어제 일찍 잠이 든 나는 평소보다 조금 일찍 일어나 오늘 데이트 준비를 하고 있었다. 설레서 잠을 못 잔 것이 아니라 예정대로의 행동이다.

아침부터 직접 요리를 하고, 내가 만든 아침을 먹고, 옷을 고르고, 준비한 것을 넣을 만한 큼직한 가방을 준비한다. 가방은 아빠가 옛날에 쓰시던 가죽 어깨걸이 가방을 빌렸다.

"음…… 이런 느낌인가?"

나는 테이블 위에 펼쳐 놓은, 이제 갓 만들어진 도시락을 바라보았다.

그렇다. 나는 오늘…… 혼자 도시락을 만들었다.

테이블 위에 놓여 있는 건 다 내가 혼자 만든 음식이었다. 나랑 나나미가 먹을 2인분. 처음으로 내가 혼자 만든 도시락…… 그 사실에 감격해 몸이 떨렸다.

내가 여기까지 할 수 있게 될 줄이야…….

나나미에겐 새삼스럽지만 감사한 마음뿐이다. 모처럼 기념이니까 사진을 찍어둘까?

오늘 데이트로 가는 동물원은 도시락 반입이 가능했다. 그것을 보자마자 이것을 떠올린 것이다. 마지막 기념일에 나 혼자 만든 도시락을 나나미에게 준다.

참고로 오늘 점심에 도시락을 싸 간다는 것은 나나미에게 미리 전해두었다.

처음에는 깜짝 이벤트 같은 느낌으로 점심때 내가 처음 만든 도시락을 선보여서 서프라이즈를 하려고 했지만……. 고민 끝에 결국 그만두었다.

이유는 만약 내가 도시락을 싸간 것을 숨기고 있다가 나나미가 마음을 써서 도시락을 만들어 오면 좀 어색할 것 같았기 때문이다.

그렇지 않아도 어제 데이트 때 나나미의 수제 요리를 먹지 못한 것을 한탄하고 있었다. 분명 가만히 있었다면 나나미는 만들어 올 가능성이 컸다.

……뭐, 만약 나나미가 가져와서 도시락이 두 개가 되더라도 남김없이 전부 먹을 생각이지만. 그 후 배라도 아파서 움직이지 못한다면 본말전도였다.

그리고 또 다른 이유로는…… 오늘 데이트는 내가 계획했는데, 나나미의 손을 빌리는 것은 어쩐지 싫었다.

쓸데없는 남자의 고집 같은 것이었지만, 나는 나나미에게 그런 것들을 솔직하게 전했다.

다만 그 사실을 전해서 서프라이즈가 되지 않았냐고 한다면 나나미는 이미 충분히 놀랐다.

『어?! 요신이 혼자서 도시락 싸는 거야?! 굉장하다! 기대하고 있을게!』

그런 식으로 감격하며 기뻐해 주었으니 이 자체가 서프라이즈 성공이라고 해도 좋을 것이다. 당일까지 굳이 숨기지 않고, 미리 뭘 할지 알려주는 것만으로도 상대방에게 기쁜 놀라움을 선사할 수 있다는 사실을 배울 수 있었다.

"……음, 2인분 양으로는 충분하겠지……."

그런 생각을 하면서 도시락을 바라보고 있으니 신음 섞인 목소리가 옆에서 들려왔다. 그곳에는…… 머리를 감싸 잡은 아빠가 있었다.

어젯밤 두 사람의 귀가는 상당히 늦었지만…… 도중에 일어난 내가 힐끗 본 것은 엄마에게 응석 부리는 아빠의 모습이었다. 엄마는 평소 쿨한 모습에서는 상상도 못 할 정도로 생글생글 웃고 있었다. 어리광 부리는 것이 어지간히도 기뻤나 보다. 술의 힘도 있었을지 모른다.

최근에 알게 된 건데…… 아빠는 소위 말해 취하면 이성이 마비되는 타입이었다. 더 성가신 것은 취했을 때의 기억은 전부 남아 있다는 점이었다.

"좀 더 자도 되는데. 억지로 일어날 필요 없이……."

"아니…… 어제는 엄마가 배웅했다고 하길래 오늘은 내가 배웅하고 싶어서……. 아침 식사가 이미 다 된 건 예상밖이었지만……."

"된장국은 먹을 수 있겠어? 적당히 양파랑 달걀로 만든 건데……."

"음, 그렇게 속이 안 좋은 건 아니니까 평범하게 먹을 수 있을 것 같아. 설마 아침부터 아들의 수제 요리를 먹게 될 줄은 몰랐는데."

속이 안 좋은 게 아니라면 왜 머리를 감싸고 있었던 거지? 뭐, 상관없나. 나는 요청대로 아빠 앞에 아침을 차렸다.

밥과 된장국, 거기에 달걀부침과 구운 연어, 닭튀김 등…… 도시락 반찬과 같은 것이라 그렇게까지 공이 많이 들어간 것은 없었다. 비교적 표준에 가까운 것들뿐이다.

"설마 요신이 이렇게 요리하는 날이 오다니……. 맛있구나."

아빠는 내 요리를 한 입 먹더니 감회가 새롭다는 듯 소감을 말하며 젓가락으로 차례차례 집었다. 정말 속이 나쁜 것은 아니었는지 무리해서 먹는 것 같지는 않았다.

"딱히 숙취는 없어 보이는데…… 왜 그렇게 머리를 감싸고 있었어?"

"아니…… 사실 어젯밤 일이 떠올라서……. 요신도 봤지?"

뭐, 시끄러워서 잠이 깬 탓에 잠깐 들여다본 것뿐이지만…… 눈치채고 있었나? 새삼 못 봤다고 하는 것도 이상해서 나는 솔직하게 대답하기로 했다.

"좋지 않아? 아빠와 엄마 사이가 좋다는 증거잖아. 술을 마시면 싸우거나 하는 것보다는 훨씬 나은 것 같은데."

살짝 짓궂은 미소를 지으면서 아빠를 놀렸지만…… 그런 나의 미소를 본 아빠가 쓴웃음을 지었다.

"요신…… 남의 일처럼 말하지만, 이건 너와도 무관한 이야기는 아니야."

된장국을 한 그릇 더 요청하며 아빠는 어젯밤 일이 나와 관계되어 있다고 말했다. 말의 의미를 파악하지 못한 내가 고개를 갸우뚱했다.

"네가 어느 쪽을 닮았냐에 따라 다르겠지만…… 만약 네가 나를 닮아서 술에 약하다면…… 어떻게 될 것 같아?"

"아빠를 닮았다니…… 설마…….."

나는 새로 담은 된장국을 건네며 어제 아빠의 모습을 떠올렸다.

평소와는 다른 사근사근한 미소를 지으면서 엄마를 껴안고, 키스하거나 뺨을 비비거나, 사랑한다, 귀엽다는 말들을 남발하거나…….

그런 게, 장래에 나한테 일어날지도 모른다고?

"뭐, 사이가 나쁜 것보다는 훨씬 낫겠지……. 앞날이 기다려지는구나."

이제는 내가 짓궂은 미소를 돌려받을 차례였다. 아빠는 정말로 앞날이 기대된다는 듯한 미소를 내게 지어 보였다. 그 미소를 보며 나는 어제 아빠의 모습에 나를 대입해 보았다.

만약 술을 마실 수 있는 나이가 됐을 때…… 내가 아빠를 닮는다면 그런 짓을 나나미에게 하는 건가……. 상상만으로도 뺨이 후끈해졌다. 이 일은 나나미에는 말하지 말자.

그 후로도 나와 아빠는 소소한 잡담을 이어갔다.

그러다 보니 마침 도시락의 열기도 거의 식어서 뚜껑을 덮고 나갈 준비를 재개했다. 엄마는 아직 자는지 오늘은 아빠가 내 배웅을 해주었다.

"조심히 다녀와라. 나나미 양에게 안부도 전해주고."

"응. 다녀올게. 엄마가 일어나면 또 데이트하러 갈 거야?"

"아니, 오늘은 출장지로 돌아가니까 아쉽게도 데이트는 못 해. 아, 둘 다 수요일엔 출장이 끝나니까…… 오랜만에 셋이서 저녁이나 먹자."

그렇구나. 부모님도 대략 한 달간의 출장이라고 했었나? 그 출장이 끝나는 날이…… 기념일의 다음 날이라고 하니 어쩐지 딱 맞아 떨어진달까, 운명 같은 느낌이었다.

그날 나쁜 보고 말고 좋은 보고를 했으면 좋겠다. 아니, 좋겠다가 아니라…… 할 수 있도록 노력해야지.

"……셋도 좋지만, 괜찮다면 나나미도 함께해도 괜찮을까? 저녁은 우리끼리 준비해 놓을게. 이것저것 할 말이…… 있을 것 같아서."

"그러면 그쪽 가족에게 폐가 되는 거 아니니?"

"그것도 포함해서 물어보고 연락할게. 그럼 다녀오겠습니다."

"그래, 잘 다녀와라. 재미있게 놀고 오고."

아빠는 작게 웃으며 나에게 손을 흔들었다. 어제는 엄마의, 오늘은 아빠의 배웅을 받은 나는 마지막 데이트…… 그 둘째 날로 향했다.

오늘은 어딘가에서 만나는 것이 아닌 내가 나나미의 집으로 마중을 나가기로 했다.

헌팅을 막기 위함이기도 했지만, 그 외에도 할 일이 있었기 때문에 그런 형태가 되었다. 나는 나나미에게 집을 나왔다는 연락을 넣었다. 곧바로 읽음이 붙었고 나나미에서 기다리고 있다는 연락이 왔다.

꽤 빠른 시간인데, 나나미도 즐겁게 기다리고 있을까?

얼마 지나지 않아 그녀의 집에 도착했다. 이동 중에도 그녀와 연락을 계속해서인지 시간이 금세 지났다.

인터폰은 누르지 않은 채 스마트폰으로 나나미에 도착했다고 연락하자 발소리와 함께 현관이 열렸다. 나를 반겨 준 사람은 나나미와…… 토모코 씨였다.

"좋은 아침, 요신."

현관에서 나나미가 내게 미소를 지어 보였다.

오늘은 동물원에 가는 일정이라 그런지 어제보다 피부 노출이 줄어든 옷차림이었다. 이미 준비가 끝난 것인지 당장이라도 가고 싶어서 근질거리는 모습이었다.

"좋은 아침, 나나미. 안녕하세요, 토모코 씨."

"어서 와, 요신 군. 오늘은 마중을 나와줬구나. 동물원이라고 했나? 좋네…… 즐겁게 보고 오렴."

내가 그녀를 이름으로 부르는 것에도 익숙해진 것인지 토모코 씨는 뿌듯한 얼굴로 생글생글 웃고 있었다.

처음으로 내가 그녀를 이름으로 불린 모습을 보였을 때의 반응은 정말이지…… 겐이치로 씨도 포함해 그야말로 얼싸안고 기뻐하셨을 정도였다.

"아, 토모코 씨…… 이거 약속했던 거예요. 입맛에 맞으실진 모르겠지만 드세요."

나는 가방 속에서 조금 큰 통 하나를 꺼내 토모코 씨에게 건넸다. 그것은…… 내가 만든 도시락 반찬류가 담긴 용기였다.

사실 내가 도시락을 만든다고 이야기했을 때…… 나나미에게 다른 가족들도 먹어보고 싶어 한다며 여유가 있으면 조금 더 해달라는 부탁을 받았었다. 나는 그것을 두말없이 승낙했다.

"어머, 고맙구나. 오늘은 다들 집에 있으니까 점심으로 먹도록 할게."

"우으…… 사실은 날 위한 도시락이었는데…… 요신은 너무 착하다니까……."

나나미가 뿌우 하고 눈에 보일 정도로 볼을 부풀렸다. 그 볼을 손가락으로 살짝 찌르고 싶어졌다. 혼나니까 하진 않았지만.

확실히 나나미만을 위해서만 만든다…… 라는 생각을 안 한 것은 아니었지만, 내가 나나미의 가족들에게 요리를 대접할 기회가 앞으로 있을지 어떨지는 장담할 수 없다.

그렇다면 평소 신세를 지고 있기도 하니, 기회가 있을 때 감사한 마음을 전해두고 싶어서 이런 결단에 이른 것이다.

"점심은 나랑 둘이서 먹을 거니까 그걸로 봐줘."

"응, 알았어. 그걸로 납득해줄게."

내가 나나미를 달래자 나나미가 부루퉁한 얼굴을 거두며 미소를 지어 보였다. 단순히 내게 살짝 삐진 모습을 보여주고 싶었던 것일까, 토모코 씨도 쓴웃음을 짓고 있다.

기분도 한결 나아졌으니 다시 새로운 마음으로 출발해볼까…… 그렇게 생각한 타이밍에 나나미가 내게 약간 짓궂은 미소를 보내왔다.

"그러고 보니, 어제 요신네 부모님도 데이트하셨었지? 술 덕분에 아키라 씨가 굉장한 어리광쟁이가 됐었다고 시노부 씨한테 들었는데…….”

“아, 응. 그렇지……. 잠깐, 그걸 어떻게 아는 거야……?”

나나미는 말없이 내게 스마트폰 화면을 보여주었다. 거기에는…… 엄마에게 어리광을 부리는 아빠의 사진이 담겨 있었다……. 아니, 엄마는 나나미한테 왜 이런 사진을 보낸 거야……. 게다가 거기 적힌 한 문장, 요신이 장래에 이렇게 되면 상냥하게 받아주렴…….

어머니…… 당신이라는 사람은 내 여자 친구한테 무슨 말을 하는 거지요……?

모처럼 잠자코 있으려 했던 나의 결의가 무의미해지고 말았다.

“기대된다. 장래에 술 마시는 거♪.”

“……그래.”

나는 그렇게 대답하는 것이 고작이었다. 그리고 나나미는 내게 그걸 말해주고 싶었던 나머지 잊고 있는 것 같았다. 여기가 아직 나나미의 집 앞이고, 우리들의 대화를 토모코 씨가 보고 있다는 것을.

“어머나, 나나미…… 요신 군이 어리광부리는 걸 전제로 말하는 것 같은데…… 너도 남 말할 처지는 아니지 않니?”

“엥? 아니, 나는…….”

토모코 씨의 한마디에 나도 나나미도 돌아보았다.

토모코 씨는 반찬 용기를 든 채 싱글벙글 미소 짓고 있었다. 그 미소에…… 나나미의 얼굴이 살짝 움찔했다. 토모코 씨, 엄청 즐거워 보이시네.

"지난번의 본인과 비교하는 것 같은데……. 너희 아빠, 완전히 취하면 놀라울 정도로 응석받이가 된단다. 저번에 나나미가 한 행동은 귀여운 수준이라니까. 그 아빠를 닮게 된다면…… 어리광을 부리는 건 과연 어느 쪽일까?"

뒤쪽의 말을 유난히 강조한 토모코 씨를 본 나나미는 자신이 어리광을 부리는 쪽이 될 가능성을 고려하지 않았던 것인지…… 내 쪽으로 황급히 시선을 돌렸다.

그 표정은…… 상상을 해서 그런지 굉장히 빨갛게 달아올라 있었다.

"……이건, 저기…… 장래에 술을 마시는 재미가 하나 더 늘어난 셈 치자."

"그, 그래, 어느 쪽이 어리광을 부릴지 기대된다……. 난 절대 안 질 거야……!"

무슨 승부인 거지. 어째서인지 나나미가 의문의 대항심 같은 걸 불태우고 있다. 응, 그 발언은 플래그로밖에 안 들린다. 얼마 전의 일도 있었고…….

……아니, 토모코 씨의 발언대로 나나미가 겐이치로 씨를 닮았다면 그건 귀엽지 않을까.

좀 보고 싶다.

"나로서는 둘 다 서로 어리광 부리면서 장난을 친다면

좋겠는데. 스무 살이 되면 두 가족이 함께 모여서 술을 마실까?"

가까스로 대화를 주고받던 우리에게 토모코 씨가 즐거운 표정으로 그런 제안을 해왔다. 아니, 그건…… 아빠와 겐이치로 씨가 어리광을 부리고 우리도 서로 어리광을 부린다면…… 굉장한 혼돈의 술자리가 될 것 같았다.

그리고 만약 그렇게 되면 사야가 가엾다……. 아니, 그 무렵엔 사야에게도 남자 친구가 생겼으려나? 하지만 아직 술은 못 마시는 나이니까.

"앞일이야 어떻든 오늘 데이트를 즐기는 게 먼저겠지? 둘 다 잘 다녀오렴."

본인이 먼저 엉뚱한 화제를 건넸으면서도, 토모코 씨는 화제를 바꾸듯 우리에게 손을 흔들어 왔다. 나도 나나미도 그 빠른 전환에 쓴웃음을 지었지만…… 우리는 손을 잡고 다시금 미소 띤 얼굴을 토모코 씨에게 향했다.

"그럼 다녀올게요, 엄마."

"다녀오겠습니다, 토모코 씨."

기념일 전 마지막 데이트는 이렇게 시작되었다.

"그러고 보니 전에 겐이치로 씨도 술을 마시면 응석을

부린다고 했었지"

"요신네도 그랬구나."

"나도 알게 된 건 얼마 전이지만. 아빠가 완전히 다른 사람이 됐었지."

"그거…… 나보다 굉장한 느낌이었는데, 그게 애교 수준이라면 대체……?"

이동하면서 대화하는 도중 나나미의 얼굴은 파래졌다 빨개졌다 하느라 분주했다. 그때의 취했던 모습은 내가 보기에도 굉장히 충격적이었는데, 그게 애교 수준이라면 대체 어떤 걸까?

하지만…….

"나는 나나미가 응석을 부린다면 기쁘겠지만……."

"나도 그래……. 하지만 말이야, 만약 서로 술을 마셨는데 어리광을 부릴 것 같으면……."

검지를 일자로 세운 나나미가 그 손가락 끝에 자신의 상상을 투영한 것인지, 시선을 그리로 향했다. 내 시선도 자연스럽게 그곳으로 쏠렸다.

왠지 내 눈에도 나와 나나미가 서로 엎치락뒤치락하며 서로에게 어리광을 부리는, 어딘가 혼돈이 가득한 영상이 보인 것 같은 착각이 들었다.

"밖에서 술 마시는 건 절대 하지 말자……."

"……그래……. 그리고 서로가 없는 곳에서 마시는 것도 삼가는 게 좋을 것 같아."

나나미도 비슷한 상상을 했는지 뺨을 살짝 움찔거리며 그런 제안을 해왔다.

이상한 대화를 나누게 됐지만, 그 외에는 별다른 일 없이 나와 나나미는 동물원에 도착했다. 정말 오랜만에 평화롭고 즐거운 이동 시간이었다.

오는 길에 나나미가 오늘은 아무 일도 없었으면 좋겠다고 웃으면서 말할 정도로, 요즘엔 뭔가 계속 트러블이 있었던 기분이지만……

오늘만큼은 느긋하게 나나미와 함께 동물을 보고 싶었다. 어쨌든 우리는 무사히 동물원에 도착했고…… 그 외관을 시야에 담았다.

"상당히…… 깔끔해졌네."

내 기억 속에 있는 동물원을 기준으로 보자면 외관이 굉장히 깔끔했다.

어젯밤에 이것저것 조사를 한 덕분에 새로 문을 열었다거나 내부를 리뉴얼했다는 건 알고 있었지만…… 설마 이렇게까지 깨끗해졌을 줄은 예상하지 못했다.

마지막으로 온 건 초등학교 때였고 그때는 좀 더 낡은 이미지의 외관이었는데…… 그리운 추억이지만. 그건 나나미도 마찬가지였는지 내 옆에서 눈을 동그랗게 뜨고 놀라고 있었다.

"정말 굉장히 깔끔해졌다. 초등학교 때 이후로 처음이지만 오늘은 즐겁게 놀자~ ♪."

나와 나나미는 손을 잡고 그대로 동물원에 들어가기 위해 입장권을 샀다.

어젯밤에 조사한 대로 고등학생은 학생 수첩을 보여주면 반값이라고 해서 나랑 나나미는 가지고 온 학생 수첩을 제시했는데…….

"요신, 사진은 전혀 달라! 와아, 이렇게나 앞머리가 길었구나…….''

"아니, 나나미 사진도…… 왜 이렇게 진지한 사진이야? 전혀 아니잖아……. 갸루가 아냐.''

"학생 수첩이니까 이러는 편이 더 낫지 않을까 싶어서. 이쪽이…… 이쪽이 요신의 취향이려나?''

"아니, 지금의 나나미가 제일 좋아.''

"그렇구나. 요신은 갸루를 좋아하는구나. 야해라.''

"왜 그렇게 되는데?!''

접수 직원 앞에서 나와 나나미는 그런 대화를 주고받았다. 접수 직원은 그런 우리를 흐뭇하다는 미소로 응대해주었다.

사진이 너무 달라서 어떻게 될까 싶었는데 접수 직원은 확인하자마자 곧바로 할인을 적용해주었다. 의외로 형식적인 건가?

그대로 우리는 팸플릿을 받아 안으로 들어갔다.

동물원 안으로 들어서자…… 주위 나무들의 싱그러운 숲 내음과 무어라 형용할 수 없는 짐승 특유의 냄새가 뒤섞여 풍겨왔다. 이것이 자연의 향일까?

사람에 따라서는 짐승 냄새에 불쾌함을 느낄 수는 있겠지만 나는 여러 가지 향기가 뒤섞인 이 냄새가 싫지 않았다. 아니, 오히려 이상하게도 어딘가 안정되는 기분이었다.

"그러고 보니 나나미는 동물 냄새 괜찮아?"

제안해 놓고 새삼스럽게 걱정이 된 나는 나나미에게 확인했다. 정말 새삼스럽다. 하지만 나나미는 별로 불쾌해 보이지 않는 얼굴로 살짝 고개를 갸웃했다.

"응, 괜찮아. 오늘은 동물원이라 향수 같은 걸 안 뿌려서 그런가? 냄새가 섞이지 않아서 그런가 봐."

"나도 안 뿌렸는데…… 나나미 향수 안 썼어? 그런 것치고는 좋은 냄새가 나는데……."

"저기, 요신……? 대놓고 냄새 맡으면 부끄러워……."

……이런, 나나미의 향수 발언에 밖이라는 걸 잊고 그만 냄새를 맡고 말았다…….

근데 왜 여자애는 향수를 안 뿌려도 이렇게 좋은 냄새가 나는 거지? 인류의 불가사의다.

내 행동에 얼굴이 붉어진 나나미를 슬쩍 곁눈질한 나는 잡고 있던 손을 잠시 떼고 팸플릿을 펼쳤다. 옆에서 나나미가 펼친 팸플릿을 들여다보듯 얼굴을 가까이했다.

"오, 코끼리도 있구나……. 코끼리 먼저 볼래?"

"아니, 동물원이 그렇게 넓지 않은 것 같으니까 이왕 온 거 길을 따라서 쭉 가보자."

우리는 팸플릿 가장자리를 각자 들고서 동물원의 전체 상을 살펴보았다.

본다 해도 옛날 기억과 완전히 대조할 수 있는 건 아니지만…… 그래도 이런 식으로 여러 구역으로 나뉘어있지는 않았던 것 같다. 지금보다 좀 더 엉성하다고 할까, 명확하지 않았던 것 같은데…… 지금 동물원 안은 흥미를 끄는 구획들로 분류되어 있었다.

그렇다고 해도 넓이 자체는 그렇게 넓지 않았기에 길을 따라 걷기만 해도 전부 다 볼 수 있을 것이다. 그렇다면 무리하게 오가지 않는 편이 덜 피곤하겠지.

게다가…… 사실 처음에 가보고 싶은 곳은 이미 정해놓았다.

"일단은 여기 들어가 보지 않을래?"

우선 나는 제일 가까이에 있는 곳을 가리켰다. 그곳은 동물원 입구와도 가장 가깝고 동물원 안에서도 따로 소개 판이 걸려 있는 곳이기도 했다.

"……어린이 동물원?"

"응, 여기서 몇몇 동물들을 만져볼 수 있대. 먼저 좀 만져보고 싶어서. 게다가…….”

“게다가…… 뭐야? 뭐가 있는데?”

“아니, 이게 운이 안 좋으면 못 보는 건데…… 일단 들어
간 뒤의 즐거움으로 남겨두자.”

고개를 갸우뚱하는 나나미의 손을 이끌고 그대로 함께
어린이 동물원 안으로 들어갔다. 원내에는 울타리는 있었
지만 몇몇 동물들이 울타리 밖으로 나와 있는 한가로운 광
경이 펼쳐져 있었다.

조랑말이나 닭 같은 여러 새들이 자유롭게 걷고 있었고,
가족과 함께 온 아이들도 들떠 있는 모습이 무척 보기 좋
았다.

“이런 식으로 느긋하게 돌아다니는 동물을 볼 일은 좀처
럼 없지…….”

“그러게……. 잠깐이면 만질 수 있다고 했나? 요신, 저
쪽에 양도 있어.”

“정말이네, 귀엽다…… 양……. 좋아, 만져볼까?”

나나미의 말에 나는 여기서 가장 큰 목표였던 양이 울타
리에서 나와 느긋하게 걷고 있는 모습을 눈에 담았다.

털은 멀리서 보니 조금 단단해 보였지만 만지면 분명 푹
신푹신하지 않을까. 나는 만지고 싶은 충동으로 몸이 근질
근질했다.

“요신, 양을 좋아하는구나?”

"응, 좋아해. 귀엽잖아? 제일 좋아하는 동물은 여우지만…… 여기 여우는 없고, 보통은 기생충 같은 게 걱정돼서 만질 수도 없으니까."

"여우? 개나 고양이가 아니라? 특이한 걸 좋아하네……. 다음에 여우 귀 달아줄까?"

"또 그런 대담한 말을……. 여우 귀 머리띠를 갖고 있어?"

"작년 학교 축제 때 동물 카페를 한 친구가 있으니까 부탁하면 줄 거야. 양 귀도 있을지도 몰라."

굉장히 매력적인 한마디에 나는 묵묵히 고개만 끄덕여 나나미에게 답했다.

하지만 지금은 우선 양이다.

우리는 복슬복슬한 털을 몸에 두르고 느긋하게 움직이고 있는 양에게 둘이 함께 다가갔다. 겁먹지 않도록 아주 천천히…… 조용히.

우리가 가까워져도 양은 사람에게 익숙해져 있는지 도망치려 하지 않고 오히려 미동 없이 우리를 반겨주었다. 뭔가 살짝 졸려 보이는 것은 기분 탓일까. 따스한 날씨 탓에 그렇게 보이는 것뿐인가?

주위를 둘러보니 조랑말 같은 것도 나무 그늘에서 움직이지 않고 가만히 있다. 활발하게 걷고 있는 것은 조류 정도.

"그럼…… 만질게……."

"그렇게 긴장할 필요 없잖아? 봐봐, 푹신푹신하고 귀여워~. 엄청 얌전하고."

내가 양을 만지는 것을 주저하는 동안 나나미는 이미 양을 부드럽게 어루만지고 있었다. 쓰다듬을 받는 양은 잠든 것처럼 눈을 감고 머리를 약간 흔들흔들하고 있다.

나나미에게 선수를 빼앗기고 말았지만…… 나도 마음을 굳게 먹고 양에게 손을 가져갔다.

먼저 양의 털을 가볍게 건드려보는데, 상상과는 달리 살짝 뻣뻣한 감촉이 손바닥에 전해졌다. 하지만 가볍게 누르자 푹신한 탄력감과 함께 부드럽게 밀려 나온다. 좀 더 푹신할 줄 알았는데 뻣뻣한 느낌이 조금 더 강했다…….

하지만 그것이 신기하고 기분 좋아서 나는 천천히 양을 쓰다듬기 시작했다. 쓰다듬었을 때도 마찬가지로 기분 좋은 뻣뻣함과 폭신함이 공존하는 따뜻하고 이상한 감촉이 손바닥을 통해 느껴졌다.

쓰다듬고 있는 양은 우리에게서 멀어지지 않고 얌전히 그 자리에 주저앉았다. 더 쓰다듬어도 된다는 뜻일까? 얌전하고 착한 아이다.

"한 마리 한 마리에 다 이름이 있네. '짱'이 붙었다는 건 전부 여자애라는 건가?"

"글쎄? 아…… 동물은 좋구나…… 치유되는 것 같아…….""

나와 나나미는 한동안 그렇게 양을 쓰다듬었다. 너무 힘을 주면 스트레스가 될 테니 적당히 부드럽게…… 또 한 마리만 너무 오래 쓰다듬지 않고 여러 마리의 양을 번갈아 가며 쓰다듬었다.

모든 양이 다 아주 얌전하고 착했다.

껴안고 싶은 충동이 들었지만, 그렇게까지 하면 너무 스트레스가 될 것 같아 나는 쓰다듬는 것으로 만족했다.

"귀여워……. 언제까지고 만질 수 있을 것 같아."

"요신…… 그렇게나 양을 좋아했구나……. 확실히 귀엽긴 하지."

나나미는 그렇게 말하고 나와 함께 양을 쓰다듬었다. 양의 표정이 마치 웃는 것처럼 보이기도 했다. 다른 동물도 있었지만 우리는 양만 계속 만지고 있었다.

"이렇게 귀여운데…… 그렇게나 맛있어지는구나……. 아니, 귀여워서 맛있어지는 건가? 잡아먹고 싶을 정도로 귀엽다는 말도 있고."

느닷없이 나나미가 무서운 말을 꺼냈다.

응, 뭐, 확실히…… 양고기는 맛있지만…… 이 상황에 그런 말을……. 하지만 뭐, 그것 또한 피할 수 없는 일이겠지. 우리는 이렇게나 귀여운 양도 맛있게 먹는 것이다.

아니, 동물원 양을 먹지는 않겠지만.

"의미가 좀 다른 것 같지만……. 뭐, 그건 그거고 이건 이거라고 생각하지 않으면 고기 같은 건 못 먹겠지."

"으음, 채식주의자가 되는 방법도 있지 않을까? 귀여우면 애착도 생기잖아."

"참고로…… 오늘 닭튀김을 잔뜩 만들어 왔는데……."

"미안해, 나한테 채식주의자는 무리일 것 같아. 그러니 적어도 맛있게 먹고 감사할게."

나나미는 즉시 태도를 바꿔 양에게 사죄하며 쓰다듬었다. 아니, 엄밀히 따지자면 사과해야 할 건 저쪽에서 걷고 있는 닭이 아닐까? 하지만 양 튀김이라…… 다음에 만들어 볼까?

그 후 우리는 양 쓰다듬는 것을 중단했다.

좀 아쉽긴 했지만 여기서 굳게 마음먹지 않으면 양만 쓰다듬다가 끝날 것 같았기에 어린이 동물원 안을 대충 둘러보기로 했다.

주위를 걷고 있는 동물 말고도 다른 동물도 있었다. 원숭이나 기니피그 같은 것들은 유리 칸막이 안에서 사육되고 있어 만지지는 못하게 되어 있었다.

조금 아쉽지만 스트레스에 약하거나 다른 여러 사정이 있다고 하니 어쩔 수 없다. 그래도 바라보거나 사진을 찍으면서 충분히 즐길 수 있었다.

밖에 있는 동물은 사람에게 익숙한지 다람쥐조차 다가가도 도망치지 않고 마치 함께 사진이라도 찍어주듯 그루터기 위에 머물러 있었다.

움직이는 동물이 상대라서 둘이 함께 찍기는 어려웠지만, 서로의 사진을 얼추 만족스럽게 찍었을 때쯤이었다.

"뭔가…… 오리 행동이 이상하지 않아?"

"응?"

듣고 나서 깨달았는데, 한 마리의 오리가 나를 향해 다가와 있었다. 동시에 나나미 쪽에도 한 마리의 오리가 부리를 이용해 애교를 부리듯 덥석덥석 손이나 손가락을 부리에 끼우거나 나나미에 부딪치며 재롱을 부려댔다.

오리를 세게 내칠 수도 없는 상황이었지만 나나미는 자신을 무는 오리 때문에 곤란해 보였다. 나는 그 오리만 살짝 떼어 놓으려고 했다.

그 오리는 그럴 때마다 마치 연적을 상대하기라도 하는 것처럼 내게 엄청난 강도의 공격을 퍼부었다. 좀 아프다.

우리가 곤란해하고 있자 사육사가 그것을 눈치채고 우리에게서 오리를 떼어내 주었다. 눈 깜짝할 사이에 벌어진 훌륭한 솜씨였다.

"어머, 죄송해요. 이 녀석들이 두 분이 마음에 들었나 봐요. 이건 구애 행동이거든요. 불쾌하셨다면 죄송합니다."

"구애 행동이라고요?"

내게 왔던 오리는 그나마 알겠는데 나나미 쪽은 상당히 거친 구애 행동으로 보였다. 동물이라 어쩔 수 없는 건가?

사육사에게 안긴 두 마리는 조금 날뛰고 있었지만 나는

나나미의 팔에 내 팔을 감고 오리를 보며 타일렀다.

"미안해, 나랑 나나미는 연인 사이니까 너희 마음에는 응할 수 없어."

"요신…… 동물한테 말한다 해도 알아들을까……? 아니, 물론 엄청 기쁘지만."

우리들의 행동을 이해한 것은 아니겠지만, 오리는 나와 나나미의 모습을 보더니…… 순식간에 사육사의 품속에서 얌전해졌다. 사육사도 약간 놀란 표정이었다.

"봐봐, 마음은 전해졌어."

"응, 그건 다행이지만…… 사육사님이 어이없어하시잖아……."

"후후후…… 사이좋은 연인 사이라 부럽네요. 두 분 다 오늘 하루 즐겁게 놀다 가세요."

우리는 팔짱을 낀 채로 사육사를 배웅했다. 여러 동물도 만지고 사진도 찍었으니…… 이제 슬슬 나갈까 생각한 참에 양이 있는 울타리 쪽에서 다른 사육사의 목소리가 들려왔다.

"이제부터 양털 깎기를 하겠습니다. 구경하고 싶으신 분은 들어오세요."

그 한마디에 내 눈이 반짝였다. 이 시기 운이 좋으면 볼 수 있다는 양털 깎기다. 못 볼까 봐 포기하고 있었는데 그걸 볼 수 있다고 하니까 내 텐션이 단번에 올랐다.

"……요신, 혹시 이게 운이 좋으면 볼 수 있는 거라고 했던 거야? 양털 깎기……? 듣고 보니 본 적이 없네."

나를 들여다보는 나나미와 시선을 마주한 나는 퍼뜩 정신을 차렸다.

이러면 안 되지……. 나 혼자만 한껏 들떠 있었다. 나나미에겐 좀 지루하지 않았으려나?

"미안, 혼자 들떠서…… 이런 데 관심 없어? 한번 보고 싶었거든."

"그렇지 않아. 아이처럼 눈을 반짝이는 요신을 보는 건 즐거우니까. 게다가…… 요신이 이렇게 나서서 뭔가 하고 싶다고 말하는 일은 드물잖아."

"그래? 그렇지도 않은 것 같은데…… 그런가?"

"그렇다니까. 그래서 오늘은 기뻐. 자, 나도 보고 싶으니까 견학하러 가자."

우리는 팔짱을 낀 채로 양털 깎기 견학 장소로 이동했다. 가족 단위의 손님들이 몇 팀 와 있었지만 커플은 우리뿐이다. 얌전히 앉아 있는 양 뒤에 작업복 차림의 사육사가 서 있었다.

"그럼 지금부터 시작하겠습니다."

여성 직원이 털 깎기에 관해 설명하자 그와 동시에 남자 사육사가 능숙하게 양털을 깎아 나갔다. 얌전히 있는 양은 어딘가 기분이 좋아 보였다. 설명에 의하면 가축화된 양은 이렇게 털을 깎지 않으면 열사병에 걸린다고 한다.

그래서 사육사가 털을 깎아 시원하게 해주는 것이다. 더운 시기에는 예정을 앞당겨 깎는다고 하는데, 덕분에 운 좋게 볼 수 있었다.

발톱을 깎고, 털을 깎고…… 마치 귀족이라도 된 양 외모를 가꿔 나간다.

그렇게 털을 깎고 나서 개운해진 것일까, 양은 사육사의 제지도 듣지 않고 조금 전의 느긋한 걸음이 아닌 경쾌한 걸음으로 우리 쪽을 향해…… 아니, 정확히 말해 나를 향해 달려왔다.

"엇……? 꾸엑?!"

멍하니 그 광경을 보고 있던 나는 정면에서 그 양의 몸통 박치기를 그대로 맞고 말았다. 양은 나와 부딪쳐 깜짝 놀란 것인지 그 자리에 멈춰서서 당황한 듯 제자리걸음을 했다.

그렇게까지 아프진 않았지만, 방심과 충격으로 인해 나는 그 자리에 쓰러져 하늘을 올려다봤고, 양은 그런 나를 내려다보고 있었다.

하늘을 올려다보는 내 주위에서는 걱정한 듯한 목소리와 웃음소리, 자신에게도 와주길 바라는 아이들의 목소리가 들려왔다. 나도 모르게 웃음이 나왔다.

"요신, 괜찮아?! 양한테 부딪히다니 대체 어떻게 하면 그렇게 되는 거야?!"

"괜찮아, 괜찮아! 그것보다 나나미, 이 상황 사진으로 찍어줘. 좀 재밌잖아."

당황한 나나미는 내게 손을 내밀었지만 나는 양이 곁에 있는 이 상태에서 나나미에게 사진을 찍어달라고 했다. 나나미는 쓴웃음을 지으면서도 내 사진을 찍어주었다.

그리고 나는…… 사육사에게 과한 사과를 받았다.

뭐, 그들에게는 당연한 일일지 모르지만, 나는 그렇게까지 신경 쓰지 않았다.

양이 갑자기 걷기 시작하는 경우는 가끔 있지만, 오늘처럼 사람에게 돌진하는 일은 매우 드물다고 했다. 귀중한 체험을 할 수 있었다는 것과…… 당한 것이 나나미가 아니었다는 안도감이 나를 감쌌다.

재미있는 사진도 찍었고. 큰대자로 뒹구는 나와 그런 나를 내려다보는 털을 깎인 양의 사진. 이런 건 좀처럼 찍을 수 없지.

"정말 죄송합니다……. 사과의 뜻으로 적어도 이거라도……."

그렇게 말하며 그들이 우리에게 준 것은…… 작년에 깎고 표백했다는 새하얀 양의 털이었다.

본래라면 중학생 이하 아이들만 받을 수 있을 건데……
우리 둘에게 사과 차원으로 팩에 든 그것을 두 개씩 준 것이다.

"고맙습니다. 소중히 간직할게요."

"뽀얗고 예쁘다. 뭔가 만들 수 있을까?"

"소량이지만 어느 정도는 만들 수 있을지도 몰라."

"그건 그렇고……."

흐뭇하게 양털을 바라보던 나를 나나미가 잠시 게슴츠레한 눈빛으로 바라보았다. 뭘까, 저 살짝 어이없다는 듯한 눈빛은?

"역시 요신과의 데이트는…… 뭔가가 일어난단 말이지……."

아…… 그렇구나, 듣고 보니 그렇다. 보통이라면 양이 돌진해 부딪히는 일은 일어나지 않았겠지.

나는 납득하면서도 어깨를 움츠리며…… "나나미가 즐겨주기만 한다면 뭐든 좋아"라고 진심을 담은 말을 그녀에게 전했다. 잠깐 어이없다는 눈빛을 보인 나나미는 금세 그 표정을 풀고 눈을 접으며 미소 지었다.

"요신…… 언제까지 쓰러져 있을 거야? 자, 일어나서 다음 장소로 가자. 자, 손."

"그래, 슬슬 일어날까……. 그보다 나나미, 내 손을 잡아당기려고? 무리 아닐까?"

뻗은 손을 보며 내가 중얼거렸지만, 나나미는 내민 손을 도로 물리지 않고 점점 더 뻗어왔다.

"이 정도라면 가능하지 않을까 해서…… 어려울까?"

"……시험 삼아 해볼래?"

아무래도 내가 그 손을 잡을 때까지는 끝나지 않을 것 같았다. 그래서 나는 나나미의 손을 잡았다. 순간 잡아당기는 힘을 느꼈지만…….

"응, 해볼게…… 하나, 둘…… 앗…… 꺄악!"

"끄응…… 역시 무리였네. 나나미까지 쓰러졌잖아. 다치지 않았어?"

"할 수 있을 줄 알았는데…… 역시 야외에서 이 자세는 좀 부끄러워."

"그렇게 생각한다면 빨리 일어나는 게 좋지 않을까……. 애들도 보고 있고……."

예상하지 못한 것인지 나나미가 주위 아이들에게 시선을 보냈다. 아이들은 우리를 보고 꺄꺄거리며 떠들고 있었고, 개중에는 친구들끼리 우리처럼 엎어져 있는 아이들까지 있었다. 뭔가, 죄송합니다.

황급히 일어난 우리는 시선을 보내오는 아이들에게 손을 흔들면서 어린이 동물원을 떠났다.

사소한 사고는 있었지만, 뭐…… 사고라고 해도 양에게 박치기당하는 매우 귀중한 체험을 한 셈이었다. 이것도 좋은 추억이다.

쓰러진 것도 부딪치면서 균형을 잃은 것뿐이라 대단한

것도 아니었다.

이걸로 머리를 부딪쳤다든가, 상당한 충격으로 복부에 격통이 왔다면 얘기가 달라졌겠지만, 그러한 통증도 조금도 없었다.

뭐, 달리기 시작한 지 얼마 되지 않아 속도가 붙지 않았다는 것도 다행이라면 다행이라고 할 수 있었겠지. 오히려 나에게 부딪힌 양이 더 놀란 것 같았다. 평소였다면 받을 수 없는 선물까지 받았으니 그야말로 전화위복이 따로 없다.

"그건 그렇고…… 이 받은 털은 어떻게 하지?"

우리 손에는 각각 두 개의 양털이 든 투명한 봉투가 들려 있었다.

작년에 깎아 깔끔하게 표백된 그것은 새하얗고 깨끗한 털실로 되어 있었다. 사과로 받은 것까진 좋았지만 용도에 대해서는 그다지 떠오르지 않았다.

"모처럼 두 봉지나 받았으니까 한쪽은 기념으로 가져가고…… 다른 하나는 뭔가 액세서리라도 만들래?"

나나미의 입에서 나온 액세서리라는 단어에 나는 약간 흠칫했다.

그것은 말 그대로 지금 내가 날마다 부지런히 만들고 있는 것이었기 때문이다. 아무에게도 말하지 않았고 나나미가 집에 왔을 때도 숨기고 있었으니 들켰을 리는 없겠지만 조금 동요하고 말았다.

"털실로 만든 액세서리는 어떤 게 있을까?"

나는 그것을 드러내지 않고 나나미에게 의문을 제기했다.

"응, 이 정도 양이라면 둥글게 해서 귀걸이로 하면 좋지 않을까? 하얗고 귀여운 게 나올 것 같아."

"어? 만들어 본 적 있어?"

"아니, 없어. 본 적만 있어."

없구나. 붕붕 고개를 흔드는 행동은 귀여웠지만, 나는 예상치 못한 그 대답에 약간 넘어지듯 비틀거렸다. 나나미는 내 반응이 재미있는지 깔깔 웃으며 다시 한번 나와 팔짱을 끼고 몸을 붙였다.

"모처럼이니까 둘이서 만들어도 좋지 않을까? 다음에 해보자."

"귀걸이라…… 나 귀에 구멍 안 뚫었는데……."

"그러고 보니 요신은 귀에 구멍이 없었나?"

평범하게 생각해도 꾸미는 것에 관심이 없는 내가 귀에 구멍을 뚫었을 리는 없겠지만……. 그녀는 그렇게 말하자마자 갑자기 내 귓불을 부드럽게 손으로 집었다.

"사실 머리를 자르고 보니 피어싱 구멍이 있었다는 전개는 소녀만화에나 있는 거겠지? 뭐, 뚫지 않는 편이 요신답긴 하지만 말이야."

놀라서 굳어버린 나를 깨닫지 못하고…… 아니, 깨달았

다고 해도 개의치 않고 나나미는 잡은 나의 귓불을 조물조물 만지기 시작했다.

가볍게 꼬집듯 구부리거나, 손가락 끝으로 꾹꾹 누르거나…… 그때마다 내 등으로 오싹한 위화감 같은 것이 느껴졌다.

"나나미…… 그 정도로만 해주면 안 될까?"

"……요신, 귓불이 약해?"

즐거운 장난감을 발견한 아이 같은 미소를 지은 나나미가 내 귓불을 더욱 만지작댔다. 나는 체념한 듯 쓴웃음을 지으며 잠시 그녀가 하는 대로 놔뒀다. 그러자 갑자기 내 귓불에서 손가락이 떨어졌다.

"피어스 구멍 안 뚫어? 난…… 봐봐."

나나미는 굳이 귀에 달고 있던 귀걸이를 떼고는 나에게 보여주듯 그 귓불을 내밀었다.

"……그런 짓을 하면 나도 만져버린다?"

"나는 귓불이 약하지 않으니까 괜찮아. 봐봐, 구멍 뚫어도 멀쩡하지?"

나나미의 귓불에는 아주 작은 구멍이, 마치 옛날부터 그곳에 있었다는 듯 뚫려 있었다.

내가 뚫지 않았던 이유는 단순히 보여줄 상대가 없었던 것과 아파 보였기 때문인데…… 분명 여자에게는 이런 게 보통이겠지.

나는 선언한 대로 천천히 그녀의 귓불에 손을 뻗었다. 어쩐지 묘한 긴장감이 내 몸에 퍼져나갔다. 그건 나나미도 마찬가지인지, 그녀는 웃는 얼굴이긴 하지만 미소가 약간 경직되어 있었다.

내 손가락 끝이 그녀의 귓불에 닿았고, 조금 전 그녀가 한 것처럼 부드럽게 잡았다. 종종 빵 반죽은 귓불의 말랑함 정도로 하라는 이야기를 듣는데, 빵을 만들어 본 적 없는 나는 이게 빵 반죽의 말랑함인 걸까, 하고 조금 이상한 생각을 하고 있었다.

"음……."

내가 잡는 것과 동시에 나나미가 약간 소리를 냈다.

자신의 귀와는 다른 부드러운 감촉과 함께 구멍 뚫린 부분이 손가락 끝에 아주 작게 걸리는 것이 느껴졌다. 난 이어서 손끝으로 그녀의 귓불을 만지작거렸다.

그렇구나. 이게 피어싱 구멍이 뚫린 귀의 감촉인 걸까. 아파 보였는데 아닌 것 같다. 구멍도 그렇게 크지 않고 작고 아담했다. 귀 자체도 조금 작은가?

"잠깐…… 요신…… 그, 그만…….."

살짝 밀어내듯, 내 가슴 언저리에 나나미의 팔이 닿았다. 그 느낌에 정신을 차린 나는 나나미의 새빨개진 얼굴을 빤히 바라보았다.

"아니…… 나나미는 괜찮다고 하지 않았어?"

"그게, 하츠미나 다른 애들이 만졌을 땐 전혀 아무렇지도 않았는데…… 아니었나 봐……."

아무렇지도 않다고 해서 만진 것인데…… 그렇게까지 부끄러워하면 나까지 부끄러워진다. 나는 그녀의 귀에서 손가락을 떼고 기분을 전환하듯 다음으로 볼 장소를 제안했다.

"좋아, 다음으로 코끼리를 볼까! 귀하면 코끼리지!"

"어? 코끼리는 코 아니야……?"

"아니, 아니. 생각해봐. 세계적으로 유명한 코끼리는 귀로 하늘을 날잖아. 그러니까 귀하면 코끼리지."

"아, 그거 말이구나. 요신, 잘도 기억하고 있네, 그 작품 말이야."

여전히 뺨이 붉은 나나미와 나는 도착한 코끼리 사육 장소에 사이좋게 들어갔다. 입구에 코끼리 문양이 들어가 있었고 약간 어둑하고 긴 복도는 살짝 오르막길로 되어 있었다.

"뭔가…… 건물 디자인이 꽤 잘 꾸며져 있네."

"그러게, 주위가 초록색이라 숲속을 걷는 것 같아. 기대된다, 코끼리."

들뜬 마음으로 걷는 나나미는 나와 끼고 있는 팔짱을 약간 잡아당기며 아주 조금 앞서 걸었다. 확실히 이 복도를 걷고 있자니 뭔가 흥이 오른다고 할까…… 지금부터 진짜 코끼리를 본다는 실감이 들어서 신기했다.

그리고 조금 묵직한 문을 열자…… 마치 빛이 우리를 반겨주듯 새어 나왔다.

도착한 곳은 전시 공간 같은 모습으로, 벽에서는 이 동물원의 역대 코끼리에 대한 해설과 코끼리 영상을 보여주고 있었다. 정작 코끼리는 다른 곳에서 보는 건가 했는데, 나나미가 나오는 정반대 방향을 향해 들뜬 목소리로 외쳤다.

"요신, 코끼리가 있어! 두 마리야~. 귀여워~. 가족인가? 뭔가 장난치고 있어!"

내가 보고 있는 반대편은 유리로 되어 있었고, 거기서 아래층에 있는 코끼리를 감상할 수 있는 것 같았다. 그곳에는 드넓은 공간임에도 불구하고 착 달라붙어서 서로의 코를 상대방의 목에 얹거나 하며 활발하게 움직이는 코끼리의 모습이 있었다.

조금 작은 코끼리와 엉덩이에 별 모양의 점 같은 것이 있는 코끼리…… 그 두 마리가 얼굴을 맞대고 서로 장난을 치는 광경을 볼 수 있었다.

"생각보다 크구나. 뭐…… 코끼리니까 당연한 건가?"

"귀엽다아…… 저렇게나 얼굴을 가까이 대는구나……."

유리창 너머에서 장난을 치는 코끼리들을 바라보고 있는데…… 아무래도 조금 더 가면 끝 쪽에 앉아서 볼 수 있는지 가족 단위의 손님들이 거기 앉아서 코끼리를 바라보고 있었다.

"나나미, 저쪽에 앉아서 볼 수 있는 곳이 있나 봐, 가볼까?"

"정말? 좋다. 마침 좀 피곤하니까 앉아서 보는 게 좋겠다."

나를 배려해준 발언은 기뻤지만, 그 자리에 도착하자 앉을 마음이 싹 사라지고 말았다. 그곳은 유리가 가슴 높이 정도밖에 오지 않아 코끼리를 거의 직접 볼 수 있는 곳이었기 때문이다.

와, 굉장하다. 유리 너머로도 멋있다고 생각했는데, 완전히 날것으로 보니까 박력이 전혀 달라…… 게다가 코끼리가 서로 장난치는 소리도 들려와서 엄청 생동감 넘친다.

결국 우리는 의자에 앉지 않고 최대한 가까운 곳에서 두 마리의 코끼리를 바라보았다.

서로 얼굴을 맞대고 밀어대거나, 작은 코끼리가 도망치듯 뛰기 시작하면 뒤에서 큰 코끼리가 뒤쫓아 가거나…….

가족 단위의 손님들도 주위에서 사진을 찍거나 요란하게 움직이는 코끼리를 보며 웃고 있었다. 그 요란함은 나나미도 예외는 아니었다.

"요신, 요신! 사진 찍자! 둘이서 셀카로 찍으면 들어가겠지?! 자, 좀 더 붙어봐!"

이 상태였다.

뭐, 나도 사실 꽤 들떠 있었다. 눈앞에서 보는 코끼리의 박력과 사랑스러움이 공존하는 이 모습은 글로 다 설명할 수 없을 정도였다. 그렇게 나와 나나미가 사진을 찍으려고 하는 순간······.

"뿌아아아아아!"

돌연 코끼리가 아주 큰 소리로 울었고····· 놀란 우리는 폰을 떨어뜨릴 뻔했다. 주위 아이들도 깜짝 놀랐는지 코끼리 울음소리를 흉내 내듯 소리를 질러댔다.

"와, 깜짝 놀랐어······."

"응····· 굉장한 울음소리였네······."

다행히 폰을 떨어뜨리는 일은 없었지만, 우리가 놀란 것과는 상관없이 두 마리의 코끼리는 여전히 장난을 치고 있었다. 일시적으로 흥분하면 울음소리를 내는 건가?

그건 그렇고······.

"코끼리 울음소리는····· '뿌웅'이 아니구나······."

"아하하, 그러게. 전혀 뿌웅 같은 느낌은 아니었어. 뿌웅 하는 게 더 귀여운 느낌이지만 실제로는 뭔가 더 강한 느낌이네."

강하다····· 확실히 강해 보이는 울음소리였다. 공기가 떨릴 정도로 굉장했으니까.

그 후 우리는 다시 한번 사진을 찍었다. 이제 완전히 셀

카에도 익숙해져서 우리는 타이밍 좋게 우리 두 사람과 코끼리 두 마리가 프레임 안에 담긴 사진을 찍을 수 있었다.

그리고 한참 동안 두 마리의 코끼리를 바라보고 있자니…… 안쪽에 또 다른 코끼리가 있다는 것을 깨달았다.

그 코끼리는 두 마리에게 가까이 가지 않고 천장에 매달린 건초를 먹고 있었다. 슬슬 점심시간…… 이려나? 배가 좀 고픈 것 같기도 하다.

그런 생각을 하다 보니 조금 전까지 장난치던 두 마리의 코끼리가 바짝 몸을 맞대고 있는 모습이 눈에 들어왔다.

큰 코끼리의 배 근처에 작은 코끼리가 얼굴을 붙이고 있었다. 뭘 하는 걸까?

"어라, 모자였구나. 봐봐, 작은 코끼리가 엄마 젖을 먹고 있어."

처음 보는 코끼리 수유 장면을 나나미는 사진에 담고 있었다. 확실히 흔하게 볼 수 있는 것이 아닌 진기한 광경이다. 나는 그 장면을 찍고 있는…… 온화한 미소를 지은 나나미를 사진에 담았다.

"나도…… 언젠가 저렇게 내 아이에게 젖을 줄 날이 올까……."

사진을 다 찍은 나나미는 유리에서 조금 떨어져 자리에 천천히 앉았다. 나도 잠자코 그녀 옆에 앉아 식사 중인 코끼리를 함께 바라보았다.

그리고 누가 먼저랄 것 없이 우리는 서로의 손을 맞잡았다. 나는 나나미의 물음에 굳이 답하지 않았고, 나나미도 그 이상은 아무 말도 하지 않았다. 그저 서로의 손을 잡고 아까와는 달리 조용히 코끼리를 바라보았다.

주위는 코끼리에 정신이 팔려 떠들썩했지만…… 우리는 마치 주위의 소란 따위는 들리지 않는 것처럼 그렇게 있었다.

"나나미라면……."

"응?"

"나나미라면 반드시 좋은 엄마가 될 거야."

"……고마워."

그때 옆에 있는 게 나라면 최고겠지만…… 지금 말할 수 있는 건 여기까지다.

사실 이건 전에도 했던 말인데…… 한 달이 지난 지금에 와서는 이 말의 의미도 조금 달라진 느낌이다.

식사를 마친 코끼리들은 다시 장난을 치기 시작한다.

조금 전까지 모래밭에서 놀던 두 마리는 건초를 먹던 다른 한 마리와 함께 물가 쪽으로 이동하고 있었다. 나는 그에 맞춰 나나미보다 먼저 몸을 일으켰다.

"1층으로 가볼까. 코끼리들이 물터로 이동했으니까 운이 좋으면 물속에 있는 코끼리를 볼 수 있을 거야."

"정말? 혹시 요신, 조사 꽤 많이 했어?"

"뭐, 그렇지. 오늘은 재미있는 걸 나나미에게 많이 보여 주고 싶었거든. 다 볼 수 있을지는 모르겠지만…… 최대한 많이 보자."

내민 내 손을, 나나미는 부드러운 미소를 지으며 잡고 천천히 일어섰다. 그렇게 1층으로 이동하자 눈앞에 커다란 코끼리 오브제가 있었다. 무척 사실적인 그 오브제에 우리는 진짜가 눈앞에 나타난 줄 알고 순간적으로 깜짝 놀라고 말았다.

이 오브제는 만져도 되는 모양이었다. 진짜 코끼리의 감촉과 거의 똑같다고 한다. 직접 코끼리를 만질 수는 없지만 좋은 기회인 만큼 우리는 그 오브제를 만져보았다. 약간 부드러우면서도 주름이 들어가 있어서인지 까슬까슬한 신기한 감촉이었다.

그리고 천장을 가득 메운 코끼리나 터치 패널식으로 된 극장 등도 있었지만 그곳은 일단 놔두기로 하고…… 우리는 진짜 코끼리를 볼 수 있는 장소까지 서둘러 이동했다.

거기서는 마침 코끼리가 물속에서 기분 좋게 수영하는 중이었다. 게다가 두 마리가 동시에 들어가 있어 마치 목욕하는 것처럼 보이기도 했다.

전에 수족관에 갔을 때가 떠올랐는데, 물속에 코끼리가 있는 광경은 굉장히 신기했다. 코까지 물속에 넣고 있으니 마치 수생생물처럼 보였다.

"코끼리는 저렇게 물에 들어가는구나…… 부모랑 같이 목욕이라…… 좋네……."

"기분 좋아 보이네. 보고 있으니까 온천에 또 가고 싶다."

"동물원에 와서 온천 이야기를……. 근데 요신, 그 말은 나랑 혼욕하고 싶다는 뜻이야?"

"부탁하면 해줄 거야?"

"……음, 수영복이라면…… 아니, 요즘 요신은 너무 익숙해져서 이런 말에 반응이 약해~! 나만 계속 부끄럽고, 치사해!"

장난스러운 나나미 대사에도 익숙해졌다. 그녀가 그런 말을 할 땐 대체로 날 놀리고 싶을 때다. 이 정도 되니 익숙해졌…… 아니, 익숙한 척을 하며 대답하는 정도는 할 수 있게 되었다.

속으로는 심장이 요동치고 있지만. 혼욕이란 생각만 해도 정신이 아찔하다. 수영복? 여자애와 목욕을 한다고 하면 수영복이겠지 하며 두근거리는 것은 변하지 않았다.

그런 이야기를 하는 사이에, 물속에서 올라온 코끼리는 이번에는 재주 좋게 코를 써서 온몸에 모래를 뿌리고 있었다. 기껏 씻어놓고……. 원래 저런 습성인 건가? 그렇게 우리는 한동안 코끼리를 바라보고 있었는데…….

꼬르르륵…… 하고, 조금 전의 코끼리 울음소리와는 다른…… 사랑스러운 소리가 내 귀에 들려왔다.

나나미의 배에서 난 소리였다.

"……들렸어?"

"……응, 딱…… 들어버렸네요."

코끼리도 밥을 먹지 않았는가. 점심때였으니 우리도 배가 고픈 것은 당연했다. 배를 움켜쥔 그녀를 보며 웃으면 안 된다고 생각하면서도 나는 나도 모르게 조금 웃음을 터뜨리고 말았다.

"그럼 슬슬 점심 먹을까? 코끼리도 실컷 봤으니까."

"웃지 마~! 그럴 땐 못 들은 척해야지~!"

우리는 그 후 출구를 향해 이동했다. 마지막 출구에 다다랐을 때 발과 귀를 내민 코끼리를 사육사가 씻겨주는 광경을 목격했다. 아무래도 그런 훈련 하는 장소인 것 같았다.

"저기, 왠지 말이야…… 저 두 마리가 코를 내밀고 흔드는 게 바이바이, 라고 하는 것처럼 보이지 않아?"

그랬다, 조금 전까지 보고 있었던 모자 코끼리 두 마리가 우리 쪽으로 코를 내밀고 그 코를 좌우로 흔들고 있었다. 출구에 있는 주위 아이들도 꺅꺅대며 그 코끼리를 향해 손을 흔들고 큰 소리로 바이바이, 하고 말한다.

현실적인 이야기를 한다면 틈새로 발을 내밀고 있는 코끼리들을 사육사가 씻기는 중이었고, 그 때문에 코가 좌우로 흔들리고 있는 것뿐이라고 생각한다. 하지만 그걸 굳이 입 밖에 내는 것은 눈치 없는 짓이었다.

그러니까 나도 되도록 희망이 담긴 말을 해야겠지.

"서비스 정신이 상당히 좋은 코끼리네."

"하하하, 귀엽다. 그럼 우리도 손 흔들어주고 헤어질까?"

나나미의 그 한마디에 나도 코끼리를 향해 손을 흔들며 이별을 고했고…… 바이바이, 하고 작게 중얼거렸다.

코끼리는 우리가 손을 흔들고 돌아서는 순간, 마치 이별을 고하듯 다시 한번 큰 소리로 울어댔다.

분명 발을 씻어서 기분이 좋았다거나 하는 우연한 결과였겠지만…….

어쩐지 코끼리가 우리에게 안녕이라고 말해준 것만 같아, 우리는 아주 뿌듯한 마음으로 그 자리를 떠날 수 있었다.

◇◇◇◇◇◇◇◇◇◇

귀엽게 배를 울린 나나미를 데리고 우리는 점심을 먹기 위해 전망 레스트 하우스에 와 있었다. 이곳이 전망 레스트 하우스라고 불리는 이유는 원숭이 산과 붙어 있어 창문을 통해 원숭이 산을 바라볼 수 있었기 때문이었다.

그런 장소에서…… 나는 테이블에 엎어져 있었다.

"요신…… 너무 침울해하지 마……."

상냥한 손길이 부드럽게 내 머리를 쓰다듬었다. 나를 위로하는 사람은 당연하겠지만 나나미였다. 그 상냥함에 감동하면서 나는 나나미 쪽으로 시선을 돌렸다.

"아, 응. 고마워, 나나미. 확실히 뭐, 그렇게까지 침울해할 필요는 없겠지만, 하아…… 내가 너무 바보 같아……."

창가 쪽에는 여러 개의 의자가 놓여 있었고 거기 앉아서 여유롭게 원숭이들을 볼 수 있었다. 이외에도 테이블이 마련되어 있었지만 비교적 규모가 작은 레스트 하우스였다.

우리는 그 레스트 하우스 2층으로 이동했고 운 좋게 창가 자리가 두 개 나란히 나 있어서 거기에 함께 앉을 수 있었다. 구름 한 점 없는 창문에서는 원숭이들이 놀고 있는 모습을 조금 위에서 바라볼 수 있었다.

그것뿐이라면 운이 좋다고 기뻐해야 할 일이고 내가 우울할 일은 없었겠지만…… 내가 우울해하는 원인은 눈앞에 놓인, 내가 만든 도시락통에 있었다.

맛에 대해서는 나나미 정도는 아니라도 그럭저럭 자신할 수 있다고 자부하고 있었는데…….

"그야 양한테 부딪혀서 넘어지면 이렇게 되겠지……."

나는 눈앞에 펼친 도시락을 보며 중얼거렸다.

그랬다. 아까 양에게 부딪혔을 때 제대로 넘어지면서 몸이 뒤로 넘어갔었다. 당연하게도 그때 도시락을 넣고 있던 가방도 덩달아 뒤집혔다.

"모처럼 예쁘게 담았는데…… 아쉬워."

운 좋게 창가에 자리해 내가 만든 도시락을 선보여서 나나미를 놀라게 하려고 뚜껑을 열었더니…… 이 상황이다.

깔끔하게 담아둔 요리가 뒤집히는 바람에 반찬 위에 채소가 올라가거나 들러붙어서 완전히 엉망이라고 할 순 없었지만 보기 흉해졌다.

"특히나 이거, 달걀말이는 꽤 예쁘게 만들었는데……."

나는 아쉬운 듯 가지런한 모양을 하고 있었을 달걀말이를 시야에 담았다. 지금은 부서지거나 흐트러졌지만, 갓 만들었을 땐 정말 회심의 결과물이었다. 물론 내 기준이지만.

그렇게 도시락을 펼치고 자기 실수를 자각한 나를 나나미가 위로해 주고 있었다.

"그래도 봐봐, 맛은 변하지 않잖아? 응……. 맛있어, 요신."

그녀가 도시락통에서 흐트러진 달걀말이를 먹으며 맛있다고 말해줬다. 조금 전 위로를 받고 다소 회복된 마음이 더 회복되는 느낌이었다.

"그렇다면 다행이다. 그래도 아침부터 잔뜩 기합 넣고 담는 것도 엄청 신경 썼는데…… 정작 중요한 마지막을 망친 것 같아서……."

"참고로 몇 시에 일어나서 만들었어?"

"혼자 만드는 건 처음이라 감이 잘 안 오길래 만일의 상황까지 생각해서 아침 5시쯤……. 완전히 난리 그 자체였어.

정말 폼 안 나네, 나……."

"정말 힘들었겠다……. 하지만 처음에 진땀 빼는 건 당연한 일이야. 도시락을 쌀 줄 아는 남친이라는 것만으로도 멋있다고 생각하는데? 이 닭튀김도 정말 맛있고."

튀김옷이 벗겨지기 직전인 닭튀김을 입에 넣으며 나나미는 얼굴에 미소를 띠었다. 그런 말을 들으니 무척 기뻤다. 아니, 이 이상 침울해서 그녀를 신경 쓰이게 해도 어쩔 수 없다. 이제부터는 즐겁게 가자.

간신히 정신적으로 회복한 나는, 거기서 문득 신경이 쓰였던 것을 나나미에게 확인했다.

"나나미, 그러고 보니…… 동물 보면서 식사하는 건 괜찮아? 이미 창가 자리를 확보해놓고 묻기엔 새삼스러운 질문이지만."

"응? 왜 갑자기? 혹시 요신은 그런 거 싫어해? 동물 보면서 식사하는 거."

"아니, 난 괜찮은데. 우리 부모님이 식사 중에 동물 보는 걸 싫어한다는 게 떠올라서."

부모님과 식사를 할 때 가끔 TV에서 동물 방송이 나올 때가 있었는데, 그럴 때마다 부모님은 TV 채널을 변경했다.

나 역시 딱히 동물 방송을 보고 싶었던 것은 아니었고, 애초에 TV 프로그램 자체에 별로 흥미가 없었기에 그에 관한 불평 없이 그저 잠자코 나오는 프로그램을 봤다.

문득 살짝 궁금해져서 부모님한테 물어봤었다. 왜 채널을 바꾸냐고.

그때의 대답은…… 단순히 식사 중에 동물을 보는 게 싫다는 것이었다. 그리고 동물 프로그램이라면 충격적인 장면이 나오는 경우도 많아서, 식사 중에 그런 것이 나올지도 모른다고 생각하면 두 사람 다 아무래도 거북하다고.

"요신 부모님은 그렇구나, 뭔가 의외네. 그런 거 신경 안 쓰실 것 같은데. 아, 참고로 난 아무렇지도 않아."

"그렇구나, 다행이다. 아니, 사실은 곤란하다는 말을 들었다면 정말…… 어떻게 사과해야 할지 고민할 뻔했어……."

"그 정도까지는……."

나나미는 드물게, 약간 어이없다는 표정으로 나를 바라보았지만 나는 진심이었다. 그런 내 진심을 느낀 것일까, 나나미는 쓴웃음을 지으며 자신의 가방을 테이블 위에 올려놓았다.

"음…… 그럼 나도 살짝 사과할까? 이걸로 비긴 거지?"

나나미는 가방을 열더니 그 속에서 작은 용기를 꺼냈다. 정말 작고 하얀 그 용기는 속이 비쳐서 노란색의 무언가가 담겨 있는 것을 알 수 있었다.

"그건……?"

그녀는 그 용기 뚜껑을 열었다. 안에서 나온 것은 내가 상상한 대로 나나미가 만든 달걀말이였다. 처음 봤을 때와 마찬가지로 먹음직스럽게 구워진, 내가 가장 좋아하는 요리였다.

"미안해, 오늘은 요신이 준비한다고 했는데…… 나도 먹여주고 싶어서 만들어왔어."

혀를 쏙 내밀면서, 조금도 주눅 든 기색 없이 그녀가 내게 미소를 지어 보였다. 아니, 사과할 필요도 전혀 없고, 나로서는 오히려 기쁘기 그지없었다.

"그건…… 사과할 일이 아니잖아. 오히려 난 좋아, 나나미 달걀말이 정말 좋아하니까. 신경 써줘서 고마워."

"맞아, 사과할 일이 아닐지도 모르지. 그러니까 요신도 이런 걸로 사과하지 않아도 돼. 자, 달걀말이 먹여줄게. 그립다. 처음 먹여줬던 건 닭튀김이었나?"

그녀가 그 예쁜 달걀말이를 젓가락으로 집어 나에게 내밀어왔다. 젓가락으로 집은 부드러운 달걀말이의 양 끝이 중력을 거스르지 못하고 아주 약간 늘어지며 호를 그렸다.

겉은 먹음직스럽게 구워져서 단단한 형태를 띠고 있지만, 단면은 폭신폭신한 식감이라는 것을 한눈에 예상할 수 있는 반숙 달걀말이였다. 다시 보니…… 정말 예쁘다…….

주위에는 우리 말고도 당연히 사람이 있다. 둘만 있는 것이 아니었다. 그런데도 그녀는 젓가락을 도로 물리지 않았다. 아이들이 깍깍대는 소리가 들려왔다.

그중에는 "아빠랑 엄마처럼 사이좋은 형이랑 누나가 있어~"라고 말해 부모를 난처하게 하는 아이도 있었다. 어쨌든 이 이상 주위의 시선을 받기 전에 순순히 나나미의 호의를 받아들이는 편이 나을 것 같았다.

내민 달걀말이를 예전과 같이 입에 넣자, 입안으로 평소와 같은 맛이 퍼져나갔다. 층층이 말린 달걀이 입안에서 녹아내리며 단맛이 입안으로 스며든다. 그것은 몇 번을 맛봐도 변하지 않는 행복한 맛이었다.

"역시 나나미 쪽이 요리는 더 잘하네. 이 맛, 배우고는 있는데 도저히 흉내 낼 수가 없어……."

"후후, 당연히 요리 경력은 내가 더 기니까. 그렇게 간단히 따라잡히면 오히려 섭섭하지. 요신의 달걀말이도……응."

나나미가 자신의 입을 열고 집게손가락으로 그 입안을 가리켰다. 아무래도 자신에게도 해달라는 의사 표시인 것 같았다. 마치 먹이를 기다리는 병아리처럼…… 눈을 감고 내 행동을 기다리고 있다.

……뭘까, 여자아이의 입안을 보는 건 굉장히 두근거린다. 아니, 아니다. 그녀는 그런 생각으로 하는 게 아니니까……. 나도 똑같이 해줘야지.

나는 부서진 것 중 그나마 나은 달걀말이를 집어 천천히, 유리세공이라도 다루듯 조심스럽게 그녀의 입속으로 넣어주었다.

내가 달걀말이를 넣었다는 것을 알아차린 그녀는 입을 다물고 그것을 천천히 씹었다. 표정이 무척 행복해 보여서 마음이 놓였다.

"……응, 요신의 달걀말이도 맛있어. 그건 그렇고 한 달도 안 지났는데 용케 여기까지 해냈네. 정말 열심히 했나 봐."

"뭐, 그야…… 선생님이 좋아서 그런 거겠지?"

"후후후, 그것도 그런가? 나나미 선생님의 요리 교실이 학생의 실력을 이렇게 높여준 건가요?"

"게다가 요리는 애정이라고 하잖아요. 먹는 사람에 대한 애정만큼은…… 듬뿍 담았거든요, 선생님?"

나는 농담을 섞어 가볍게 받아쳤다. 틀림없이 내 말에 태클을 걸거나 마찬가지로 가벼운 농담이 돌아올 줄 알았는데…… 돌아온 것은 침묵이었다.

"어라?"

그래서 나나미의 얼굴을 보는데…… 그녀는 얼굴을 붉히고 있었다. 아니, 거기서 부끄러워하면 나도, 저기…… 부끄럽잖아…….

"애정을…… 담아줬구나. 헤헤, 뭔가 새삼스레 들으니 기쁘네."

두 손가락을 모으며 웃는 얼굴로 불쑥 중얼거린 그 말에

나도 살짝 볼을 붉혔다. 한동안 우리 사이에 침묵이 흐르는데, 그 침묵을 깬 것은 동물의 울음소리였다.

"와아?! 굉장하다! 유리 쪽으로 원숭이가 다가왔어!"

"마침 먹이를 먹는 시간이었나? 이렇게 가까이서 볼 줄은 몰랐는데……."

"원숭이야, 밥 맛있니? 나도 굉장히 맛있어~."

유리를 사이에 두고 어느새 나타난 원숭이가 유리 바로 건너편에서 먹이를 먹고 있었다. 끽끽 소리를 내며 열심히 먹이를 먹기도 하고 손에 든 사과를 들고 유리 앞에서 서성거리는 등 행동은 저마다 다양했다.

나나미는 원숭이에게 주먹밥을 내밀며 고개를 갸웃했다. 그런 나나미의 행동에 이끌린 것인지 원숭이도 함께 고개를 갸웃하며 손에 든 사과를 입에 넣었다.

마찬가지로 창가에 앉아 있던 아이들도 원숭이들의 등장에 들떠 있었다. 인간에게 익숙한 것인지 아니면 그런 훈련을 받은 건지 원숭이들은 먹이를 유리 바로 건너편에서 먹고 있었다.

마치 원숭이와 함께 밥을 먹는 듯한 기분이 들어 마음이 평화로워졌다. 조금 전까지 있었던 침묵도 사라지고, 우리는 다시 잡담과 함께 원숭이 산을 감상하며 점심을 먹었다.

"그러고 보니, 요신. 오늘의 메뉴…… 알고 한 거야?"

"응? 뭐가?"

놀고 있는 원숭이들을 바라보며 점심을 먹고 있는데, 나나미가 느닷없이 그런 질문을 던졌다. 솔직히 나는 그 질문이 무슨 뜻인지 알지 못했다. 그래서 질문에 질문으로 대답해 버렸는데…….

메뉴? 딱히 오늘의 도시락이 뭔가를 의식하고 만든 건 아니었는데…… 내가 무슨 말인지 모르고 고개를 갸우뚱하자 나나미가 내가 만든 도시락을 손가락으로 가리켰다.

"닭튀김…… 달걀말이…… 세 종류의 주먹밥…… 양상추에 토마토…… 양은 더 넉넉하지만, 이건 내가 처음에 요신에게 만들어준 도시락 메뉴랑 똑같잖아."

"……어라?"

나는 나나미가 말한 뒤에야 비로소 그 사실을 깨달았다. 오늘 도시락은 뭐로 할까 하고 메뉴를 고민했을 때 저절로 떠오른 식단이지, 그때의 일을 떠올리고 한 것은 아니었다.

"그러고 보니…… 그러네. 처음 먹은 나나미 도시락도 이 구성이었나?"

"알고 한 거 아니야?"

"응……. 완전히 무의식이었어……."

"그래……? 뭔가 기쁘네."

아빠와 엄마가 지금까지 도시락을 싸주지 않았던 것은 아니다. 당연히 그 기억도 내 안에 있다. 잊은 건 아니다. 부모님에게는 감사드리고 있어.

그래도 분명…… 내 안에서 뜻깊은 추억의 도시락이라고 하면 분명 이거겠지. 잊고 있었다고 할까, 거의 무의식이었지만, 이런 말을 들은 이상 앞으로 잊는 일은 없을 것이다.

"그래도 맛은 역시 그때의 나나미 도시락이 더 낫지. 나나미와 같은 맛을 내려면 얼마나 걸릴까?"

"그래? 난 이 맛도 좋은데……. 게다가 둘이서 같은 맛을 낼 수 있게 되는 것보단 각자 다른 맛으로 요리하는 게 서로 질리지도 않고 오래 즐길 수 있지 않을까?"

"나나미는 긍정적이네…… 뭐, 앞으로도 요리는 계속 배울 거니까 잘 부탁할게."

"그래, 앞으로도 같이 요리하자."

우리 사이에 또 하나 약속이 늘어난다. 오늘 하루에만 몇 가지 약속이 생긴 걸까?

귀걸이, 요리, 분명 앞으로도 약속은 더 늘어가겠지. 그걸 지킬 수 있도록…… 힘내야겠다.

그런 식으로 소소한 대화를 이어가며 먹다 보니 도시락통은 어느새 텅 비어 있었다.

외관은 썩 좋지 않았지만 맛은 문제가 없었고…… 무엇보다 나나미의 배려 덕분에 나는 그런 것을 신경 쓰지 않고 즐거운 점심시간을 보낼 수 있었다.

그렇게 다 먹은 도시락통을 치우는데…… 나나미는 이

번에는 또 다른 아담한 꾸러미를 꺼냈다. 어? 추가 도시락인가? 했는데 그 꾸러미에서는 달콤하고 고소한 향기가 풍겨오고 있었다.

"디저트야♪. 초코 브라우니를 만들어봤어. 원숭이도 좀 더 보고 싶고. 먹으면서 느긋하게 있자."

……정말 나나미는 센스 있는 자랑스러운 여친님이다. 나도 질 수 없지.

"그럼 물은 다 마셨으니까…… 차라도 사 올게. 홍차가 좋을까?"

"좀 달콤한 브라우니니까 홍차라면 무설탕이 좋으려나?"

"알겠어. 그럼 나나미, 잠깐만 기다려."

나나미가 브라우니를 준비하는 동안 나는 레스토랑 근처 자판기에서 무설탕 홍차를 사서 그녀에게 건넸다.

우리는 그 후 디저트로 브라우니를 먹으면서 원숭이들이 즐겁게 노니는 원숭이 산을 바라보며 한가로운 시간을 보냈다.

나는 나나미와 데이트하러 올 동물원을 과거의 기억을 바탕으로 비교적 작은 규모의 동물원이라고 생각했다. 그래서 눈 깜짝할 사이에 모든 동물을 다 보고 다음 목적지에 생각보다 일찍 도착할지도 모른다는 생각에, 좀 더 오래 함께 있으려면 예정 외의 장소라도 찾아봐야 하나 생각했을 정도였다.

하지만 그런 일은 전혀 없었다.

동물원은 굉장히 즐거웠다.

어젯밤에 여러모로 조사해서 보고 싶다고 생각했던 곳을 두 곳…… 점심에 본 곳을 포함하면 세 곳인데, 세 군데를 본 것만으로도 하루의 절반이 끝나가고 있었다.

그런데도 여전히 보고 싶은 장소가 많이 남아 있다는 사실……. 동물이라는 건 이렇게 여유롭게 즐길 수 있는 것인가 하는 재발견에 놀라면서 동시에 동물의 위대함을 실감했다. ……으음, 말이 복잡해졌지만 사실 그렇게 거창한 것은 아니다.

이건 나나미가 함께라서 즐거운 것이다. 혼자라면 이 동물에 대한 감동을 공유할 일도 없이 담백하게 혼자 돌아갔을 것이다.

그렇게 본다면 여기가 아무것도 없는 허허벌판이라도 그녀와 함께라면 즐거울 것이다. 둘이서 여유롭게 산책하는 것도 좋고 들판에서 뒹굴어도 좋다.

그러니 재발견이라고 한다면 그것은 둘이 함께하는 즐거움의 재발견이다.

그렇게나 외톨이에 외출을 싫어하던 내가, 지난 한 달 사이에…… 바뀐 것인지 스스로 변한 것인지 그건 모르겠지만…… 나는 자신의 이런 변화가 불쾌하지 않았다.

참고로 지금도 우리는 레스트 하우스에서 원숭이 산을

바라보고 있다.

"저기 봐~ 저 원숭이들 머리 만져주고 있어~. 귀엽다. 애인일까? 아니면 친구 사이?"

"원숭이니까…… 무리의 동료라고 생각하는 거 아닐까? 원숭이한테 연인이라는 게 있나……? 아니, 애초에 원숭이 수컷이랑 암컷은 어떻게 구분하는 거지? 뒤에서 보면 전혀 모르겠어……."

"음…… 체형 같은 거 아닐까? 봐봐, 저쪽에 있는 탄탄한 게 남자애고, 저기 통통한 건 여자애라든가."

"아니, 전혀 모르겠는데……. 어? 나나미는 아는 거야? 스마트폰으로 구분하는 법 좀 알아볼까……."

원숭이 산을 바라보는 데만 꽤 많은 시간을 써버린 것 같다. 구분하는 법만 알아보고 나면 슬슬 다음으로 가볼까? 그렇게 생각하고 나는 구분하는 방법을 검색했는데…… 조금, 아주 조금 대답하기 어려운 구별법을 발견했다.

으음, 이건 말할 수 없다……. 확실히 알기 쉽긴 하지만, 입 밖에 내기 민망하다.

"나나미…… 충분히 쉬었으니까 이제 다음 장소로 가볼까?"

"왜 갑자기? ……뭔가 이상한 거라도 검색했어?"

노골적인 내 태도가 수상쩍었는지 나나미가 그 얼굴에 미소를 띠고 고개를 기울여 내 스마트폰을 들여다본다.

당황한 나머지 문제의 화면을 나나미 보여주고 말았다. 가장 간단한…… 원숭이의 성별을 구분하는 방법이 적힌 페이지였다.

그 설명을 보는 순간…… 그녀의 얼굴이 붉어졌다.

"아…… 아하하……, 그, 그렇지. 제일 쉽게 구분하는 건, 그렇겠지……. 응. 왜 하필이면 그 페이지를 본 거야?!"

"아니, 변명이지만 그럴 의도는 없었어! 게다가 저기, 가장 확실하다고 말하면 확실한 거니까…… 음…… 미안."

나나미가 내게 얼굴을 붉히며 항의의 목소리를 냈다. 나는 두 손을 들어 항복하는 듯한 제스처를 취하며 변명했다.

자세히 언급하지는 않겠지만 동물의 수컷과 암컷을 구분하는 방법은 성장이 끝난 경우 매우 간단했다. 어느 한 부분을 보면 되니까. 내가 본 기사에는 그것이 적혀 있었다……. 이것은 단지 그뿐이었다. 죄는 없다고 생각…… 하고 싶다.

다만 그 단어를 보고 만 나나미가 얼굴을 붉히고 말았다. 아니, 정말 미안해. 적어도 페이지를 닫고 이동하자고 말할 걸 그랬다. 정말…… 정말 성희롱은 아니었어.

불가항력이라고는 하지만 불쾌하게 만들지 않았을까 싶어 살짝 걱정됐다. 조금 볼을 부풀린 그녀는 자리에서 일어나더니 "……뭐, 원래 그런 식으로 성희롱을 할 사람이

라면…… 내가 좋아하지도 않았겠지만……" 하고 중얼거
렸다.

그런 말을 들으니 내 뺨도 함께 뜨거워졌다.

그녀는 일어섰을 때의 의자 소리 때문에 그 말이 내 귀
에 닿지 않았을 거라 생각한 것 같지만, 안타깝게도 확실
히 들어버렸다.

……보통 작품의 연출상 주인공이라면 이럴 때 듣지 못
하는 게 정석이겠지……. 어떻게 하면 그럴 수 있는 걸까.
하지만 지금은 들려서 다행이라고 생각하자.

먼저 일어선 나나미가 앉아 있는 나를 조금 의아한 얼굴
로 내려다보았다. 나는 뜨거워진 뺨을 들키지 않기 위해
살짝 고개를 흔들고 자리에서 일어났다.

"그럼 갈까, 나나미. 다음은 어디 보러 갈래?"

"음…… 그러게. 시간상 전부 보긴 어려울 것 같아. 이따
가 신사에도 가는 거지?"

오늘은 나의 요청으로 이후에 신사에 갈 예정이었다. 거
리가 가깝다고는 하지만 확실히 다 본다면 그쪽까지 가는
건 어렵겠지…….

평소의 나라면 신사는 다음으로 미루고 동물원만 보자
고 제안했겠지만…… 오늘은 어떻게든 신사에도 들르고
싶었다.

"그래, 모처럼이니까 여기 끝 쪽을 볼까? 북극곰 같은

건 어때?"

"좋다, 북극곰! 여기라면 길을 따라서 다른 동물도 볼 수 있을 것 같고…… 거기로 할까?"

나는 동물원의 맨 끝에 있는 곳을 가리켰다. 시설로도 가장 커 보이고…… 여기서 갈 때까지 다른 동물도 볼 수 있다. 게다가 제일 안쪽이라 돌아오는 길과 다른 루트를 지나면 다른 동물도 볼 수 있을 것 같았다.

"그럼 북극곰 보러 갈까?"

"응♪ 출발~!"

우리는 레스트 하우스를 나온 뒤 팔짱을 끼고 곧장 북극 곰이 있는 시설까지 이동했다.

도중에 가이드 투어나 체험 이벤트 간판을 발견하고 그 쪽을 볼까 하는 생각도 했지만 타이밍이 나빴는지 오늘은 하지 않는 듯했다. 그리고 가이드 투어로만 들어갈 수 있는 곳도 있었다.

"가이드 투어라…… 어떤 걸 볼 수 있는 걸까?"

"역시 야생의 동물을 볼 수 있지 않을까? 숲에서 동물에 게 습격당할 것 같으면 내가 요신을 구해줄게!"

"아니, 거기선 보통 반대지. 내가 나나미를 지켜야지. 그 건 양보할 수 없어."

오른팔을 들며 결의를 표명하는 나나미, 하지만 애초에 투어에서 그렇게나 위험한 곳을 갈까?

"에헤헤, 그렇구나. 지켜주는구나. 기쁘다."

새삼스럽게 내게 꼭 달라붙는 나나미는 활짝 웃고 있었다. 그야 당연히…… 이 미소를 지키기 위해서라면 뭐든지 할 수 있다. 정말 뭐든 해주고 싶은 기분이 든다.

그보다, 아까 그건 나한테 이 말을 하게 하려고 한 말인 건가?

뭐, 적어도 오늘은 그럴 일은 없을 것 같다. 참으로 평화로운 데이트다.

우리는 그 후 북극곰이 있는 장소에 갈 때까지 이런저런 동물을 구경했다.

원숭이들은 레스토랑에서 보이는 곳에만 있는 줄 알았는데 얼핏 보면 이게 원숭이인가 펭귄인가 싶을 정도로 선명하고 고운 흑백 털을 가진 원숭이, 마치 금빛으로 보일 정도로 빛나는 털을 가진 원숭이들도 있었다.

그 밖에도 에조사슴이 몸을 맞대고 비비는 모습, 일상생활에서 쉽게 볼 수 없는 늑대가 날카로운 눈빛으로 이쪽을 응시하고 있는 모습 등을 구경했다. 사슴과 늑대는 장소가 이웃하고 있는데, 그 괴리감이 굉장했다.

일본 늑대는 멸종했다고 들은 적이 있는데, 여기에 있는 것은 해외 품종이었다. 날렵한 얼굴로 마치 우리를 감시하는 것 같다.

목적지인 북극곰 근처에는 불곰이 사육되는 곳이 인접

해 있었다. 곰끼리 가까이 붙여둔 건 일부러 그런 건가? 그런 생각을 하며 우리는 느긋하게 자는 불곰을 바라보았다. 이미 점심시간이 지났으니 식사를 마치고 낮잠을 자는 것일지도 모른다.

"불곰은 무서운 이미지였는데…… 이렇게 보니까 은근히 귀엽네."

"뭐, 동물원 내에서만 보면 어떤 흉악한 동물도 귀여워 보이지 않을까? 밖으로 나온다면…… 엄청난 대혼란에 빠지겠지."

"그렇지……. 이렇게 보면 귀여운데…… 새근새근 잘 자고 있고……."

우리는 목적지로 가는 길에서도 동물을 발견하고는 멈춰 서서 수다를 떨거나, 서로의 사진을 찍어주거나, 두 사람의 사진을 누군가에게 부탁해 찍어달라고 했다. 이 잠자는 불곰 역시 둘이서 불곰을 배경으로 사진을 찍어달라고 부탁했다.

사진을 찍어준 사람들에게 감사를 전하고 우리도 그 사람들의 사진을 찍어주었다. 그렇게 우리는 동물원 끝까지 이동했다.

그리고 원하는 북극곰이 있는 시설에 다다랐다.

"참 예쁜 곳이네……. 아까 코끼리가 있던 곳보다 크지 않아?"

"확실히 그런 것 같기도 해……. 여기엔 북극곰이랑……
바다표범이 있다나 봐."

"어……? 뭔가 보기 드문 조합이네. 바다표범이 먹히지
않을까?"

"으음…… 북극곰의 주식이 바다표범이라는 것 같아."

나의 한마디에 나나미는 눈을 동그랗게 뜨며 놀랐다.
응, 보통은 놀라겠지. 나도 처음에 조사했을 때는 꽹장히
놀랐었다. 굳이 포식 관계에 놓인 동물을 동시에 전시해
놓는 경우는 거의 없으니까.

"그건, 그러니까…… 먹는다는 뜻이야? 아이한테 트라
우마가 되지 않을까?"

"아, 괜찮아. 그런 건 아니니까. 들어가면 그 이유도 알
수 있을 거야."

불안해하는 나나미의 손을 이끌고 우리는 북극곰이 있
는 시설 안으로 들어갔다. 그곳은 2층짜리로 된 하얀 건물
이었다. 우리는 먼저 손을 잡고 계단을 걸어 2층으로 올라
간다.

거기서부터 아래로 보이는 것은…… 한가로이 걷는 북
극곰의 모습이었다.

북극곰이 있는 자리에도 계단이 나 있고 1층에는 물이
담긴 수영장이 있었다. 적어도 이곳에서 보이는 범위에서
는 어디에도 바다표범의 모습은 보이지 않았다.

"어? 바다표범도 같이 있는 거 아니었어?"

"여기 같이 있으면 정말 먹이가 될 테니까. 그림책처럼 천적끼리 사이좋게 지내기는 어렵겠지."

"그럼 바다표범은…… 어디에 있는 거야?"

"그건 1층에 가면 알 수 있어. 자, 그럼…… 북극곰도 계단을 내려가고 있으니 가볼까?"

궁금하다는 표정을 짓는 나나미에게 미소를 지어주고는 천천히 계단을 내려가 그대로 건물 안으로 들어갔다. 건물 안은 매우 어두웠지만…… 작은 조명이나 유리 너머로 비치는 물의 푸르고 깨끗한 빛이 그 안을 비추고 있었다.

나나미는 그 광경을 어딘가 그립다는 얼굴로 바라보았다.

"이건……."

불쑥 중얼거린 그 한마디가 무엇을 의미하는지 나는 이해할 수 있었다. 그랬다. 이곳은 우리가 처음 수족관으로 데이트를 갔을 때 본 수중 터널과 아주 흡사했다.

"동물원에서도 그때와 똑같은 걸 볼 수 있다는 게 신기하지? 터널을 지나가 보자."

"응! 그때는 물고기였는데…… 이번에는 북극곰 터널이구나……. 어? 바다표범이 있는데?"

나나미는 그곳에서 터널 안에서 헤엄치는 바다표범을 발견했다. 네 마리의 바다표범이 자유롭게 물속을 헤엄치는 모습이 무척 사랑스러웠다.

그리고 나나미가 바다표범을 발견함과 동시에 첨벙 하는 물소리가 들려왔다. 소리가 난 쪽으로 시선을 돌리자 북극곰이 커다란 물보라를 일으키며 그 거구를 물속으로 집어넣고 있는 장면이 보였다.

그대로 북극곰은 그 거구로는 생각할 수 없을 정도의 속도로 바다표범을 향해 헤엄쳐 나갔다.

"헉?! 굉장한 박력이다……. 근데 바다표범 위험한 거 아냐?!"

터널의 머리 위를 지나가는 북극곰의 거구를 바라보며 나나미가 초조하게 소리를 지른다. 그대로 조마조마한 얼굴로 상황을 지켜본다.

북극곰은 바다표범이 있는 곳까지 가지 않고…… 재주 좋게 반전하여 유리에 발을 붙이고 그대로 헤엄쳐 제자리로 돌아갔다.

"어? 바다표범이 괜찮아서 안심하긴 했는데…… 뭐야?"

"수영장이 분리되어 있고 강화유리로 칸막이가 되어 있어서 바다표범이 있는 곳에 갈 위험은 없다는 것 같아."

"……요신, 그거 알고 있었어?"

"어제 조사했을 때. 당연하지만 포식 관계에 놓인 동물을 아무 대책도 없이 함께 두지는 않았겠지?"

직전까지 놀라기 바쁘던 나나미가 귀엽게 볼을 부풀리더니 나를 퍽퍽 때렸다. 별로 힘이 들어가지 않은 그 주먹은 내게 기분 좋은 충격을 주었다.

"아, 정말! 나빴어! 알려줬어도 됐잖아!"

"알려주지 않는 편이 즐거울 것 같아서. 좀 스릴 있었지?"

내 말에 나나미는 "뭐야!"라는 말을 연신 내뱉으며 퍽퍽 때리는 것을 멈추지 않았다. 그 사이에도 북극곰은 터널 안을 유유히 헤엄쳐 우리들의 눈을 즐겁게 해주었다.

터널 천장을 헤엄칠 때는 아래에서 북극곰의 배를 올려다볼 수 있고, 옆에 있을 때는 그 거구와 어울리지 않는 귀여운 발바닥 부분을 볼 수 있었다.

북극곰은 몇 번이나 헤엄쳤지만 절대 바다표범을 건드리지 않았다. 유리를 사이에 둔 맞은편에서는 바다표범들이 그것을 모르는지 북극곰에게서 도망치듯 헤엄치고 있었다. 세계에서 가장 안전한 포식 관계 동물들의 숨바꼭질이다.

박진감도 있고 북극곰이 수영하는 모습을 마음 편히 즐길 수 있었다. 주위의 가족 단위 손님들도 기뻐하는 모습이 보였고, 우리도 그 스릴을 마음껏 즐겼다.

그것을 보고 있던 나나미가 갑자기 불쑥 중얼거렸다.

"이건 의미가 조금 다르지만…… 좋아하는 존재와 유리한 장을 사이에 두고 절대 닿을 수 없게 된다면…… 어떤 기분일까?"

아주 조금 슬퍼 보이는, 쓸쓸한 중얼거림이었지만 나나

미는 금세 표정을 바꿔 미소를 지어 보였다.

그것은 아마 무의식적인 중얼거림이었을 것이다. 스스로 한 말에 놀란 것 같기도 했다.

"여기 첫 수족관 데이트도 생각나고 좋다. 그땐…… 유키랑도 알게 됐지? 뭔가 추억을 따라가고 있는 것 같네……."

완전히 원래의 미소였지만, 나는 조금 전의 한마디가 신경 쓰여서…… 해주고 싶은 말을 그녀에게 건넸다.

"만약에 말이야, 나와 나나미 사이가 유리 한 장으로 떨어지게 된다면…… 내가 무슨 수를 써서든 그 유리를 깨뜨릴 테니까…… 안심해. 어떻게든 닿을 수 있게 만들 테니까."

내 한마디에 그녀는 눈을 동그랗게 뜨고 놀란 표정을 지었다.

조금 촌스러운 대사였나 싶어 얼굴이 화끈거렸지만, 그녀에게서 눈을 떼지는 않았다.

뺨은 뜨거워지고 알 수 없는 땀도 이마에서 뿜어져 나오는 것이 아주 잘 느껴졌다. 그래도…… 그녀의 눈을 나는 계속 바라보았다.

그리고 그녀는…… 나에게 아주 환한, 행복해 보이는 미소를 돌려주었다.

"만약 그렇게 된다면…… 나도 함께 유리를 깨뜨릴 테니까 더 빨리 만날 수 있겠지?"

살며시 내게 어깨를 기댄 그녀의 한마디에…… 나도 모르게 미소가 지어졌다.

"근데 말이지, 유리가 두 사람 사이에 있는 방은 어떤 상태인 걸까? 이런 수조 같은 방일까?"

어깨를 기대오며 나나미가 그런 말을 중얼거렸다. 어디까지나 비유였고 구체적으로 상상해 보지 않아서 그런 질문을 들을 줄은 예상하지 못했다. 어떤 상태인지 생각해 볼까?

"음, 공포영화 같은 거라면 가능할 것 같아…… 서로가 보이는데 접촉할 수 없는 거. 상대를 돕고 싶어도 도울 수 없는 상황……."

"싫다, 그런 상황……. 유리 깨는 방법을 지금부터 알아 둬야겠어."

"아니, 실제로는 그럴 일은 없겠지……. 아니면, 뭔가 하지 않으면 나갈 수 없는 방 같은 건 인터넷에서 종종…… 미안, 잊어버려."

거기까지 말하고 나는 말을 멈췄다. 아까 저지른 짓이 있어서 이 이상 말하는 것은 꺼려졌다. 그러나 그렇게 되지는 않았다.

나나미는 귀를 쫑긋하며 나의 발언을 지적해왔다.

"뭔가 하지 않으면 나갈 수 없는 방? ……'뭔가'가 뭔데? 응? 그게 뭐야?"

"아니, 나나미는 신경 쓰지 않아도 되니까 잊어버려. 검색도 안 해도 돼. 절대 하면 안 돼. 응, 이 얘기는 그만하자."

"……혹시…… 야한 거?"

억지로 말을 끊었는데 그게 오히려 역효과였다. 나나미는 내가 말한 내용을 알아차리고 말았다. 젠장, 불찰이다.

"……저기, 응…… 그런 게 비교적 많으니까…… 검색은 하지 마?"

내가 나나미의 발언을 완곡하게 긍정하자 둘 사이에 침묵이 흘렀다. 시선이 교차하고 서로가 볼을 붉게 물들이고 있는 것이 보였다. 그 후 나나미는 심호흡하더니…….

"다음에 영화 보러 갈까? 공포 영화 말고 즐거운 게 좋을 것 같아~."

"좋아. 다음에 또 보러 가자, 영화."

서로 노골적으로 화제를 외면하며 우리는 북극곰 관찰로 돌아갔다.

북극곰 터널은 예상했던 것보다 꽤 길어서 터널을 걷는 동안 북극곰이 헤엄치는 모습을 꽤 많이 목격할 수 있었다.

마치 곰이 걷고 있는 인간에게 퍼포먼스를 선보이는 것처럼 보이기도 했다. 터널을 걷고 있는 사람들이 연신 탄성을 내질렀다. 특히 두 마리의 북극곰이 동시에 헤엄치는 모습은 그야말로 장관이었다.

"굉장하다……. 북극곰이 수영하는 모습은 박력도 있지만, 발바닥이 귀여워. 일부러 이쪽으로 보여주는 것 같아. 서비스 정신이 좋네."

"하지만 발톱 같은 건 자세히 보면 좀 무서워. 정말 곰이라는 느낌. 원래라면 저걸로 바다표범을 공격했을 거라 생각하니…… 좀 오싹하네."

"흐음, 나랑 요신이랑 보는 부분이 다르구나. 나는 발바닥이고 요신은 발톱…… 남자애는 그런, 뭐라고 할까? 멋있는 쪽에 더 눈이 가지?"

"아…… 확실히 그럴지도 모르겠네. 발바닥…… 북극곰의 발바닥도 말랑말랑한가? 고양이 이미지밖에 안 떠올라……. 곰이 고양잇과였나?"

"귀엽다면 나는 뭐든지 상관없을 것 같아. 하지만 고양이라고 해도 북극곰의 발바닥은 못 만지겠지…… 가능하다고 해도 이 정도려나?"

나나미가 쪼르르 터널로 다가가더니 유리 너머로 발을 보이는 북극곰의 발바닥을 향해 손가락을 가져갔다. 유리창 너머라 감촉은 알 수 없겠지만 멀리서 보면 발바닥에 닿아 있는 것처럼 보이기도 했다.

아주 찰나의 순간이었지만 때마침 나는 나나미의 행동을 영상으로 찍고 있었기 때문에 그 장면도 제대로 기록으로 남길 수 있었다.

"슬슬 출구인가? 꽤 긴 터널이었네."

"몇 미터나 되는 걸까……. 아, 빛이 보여."

주위가 푸른 조명으로 되어 있는 탓에 출구의 흰빛이 무척이나 눈에 띄었다. 그렇게 출구로 나온 우리는 마치 물속에서 지상으로 나온 듯한 착각을 느꼈다.

터널을 벗어난 우리는 왠지 모르게 천천히 숨을 내쉬었다. 아무래도 나나미 역시 물속에서 지상으로 나온 기분이 들었나 보다. 우리는 서로 마주 보며 웃었다.

터널 안이 좀 서늘했기 때문에 그곳을 나와 따뜻하고 기분 좋은 햇살이 몸을 데워준 것도 그런 착각을 느낀 원인 중 하나였다. 서서히 몸이 따뜻해져 가는 감각은 무척이나 기분 좋은 느낌이었다.

"아…… 즐거웠다. 북극곰도 귀여웠고."

"그러게. 그럼…… 이제 다음 장소로 갈까? 이왕 온 거 다른 경로에서 다른 동물을 보면서 가자."

"그러게, 모처럼이니까…… 좀 더 동물을 보면서 가자."

우리는 북극곰이 있던 곳을 다시 한번 바라보고는 방금과 다른 경로를 책자에서 확인했다. 아까까지는 팸플릿상의 위쪽을 걸어왔기에 아래쪽을 둥글게 돌기로 하고 그대로 걸었다.

다른 루트에도 여러 동물이 있을 것이다. 전부를 볼 시간은 없지만, 펭귄이나 열대 조류…… 파충류가 있는 관도 있는 것 같다.

"참, 나나미, 파충류는 괜찮아?"

"뱀 같은 건 좀 싫을 것 같아. 귀여운 거라든가 푹신푹신한 동물이 더 좋으려나? 잘 모르면서 무턱대고 싫어하는 걸지도 모르지만."

"파충류도 익숙해지면 귀엽다고 들었는데…… 그쪽은 다음에 보자."

"응, 다음에…… 왔을 때 보자."

우리의 약속은 이렇게 또 늘어났다.

계속해서 약속을 쌓아나간다고 해도 행동하지 않으면 의미가 없다.

우리는…… 아니, 나는 그 많은 약속을 완수하기 위해서라도, 오늘은 이다음 장소에 어떻게든 가고 싶었다.

손을 잡은 우리는 그대로 길을 따라 동물들을 구경했다.

물가의 새들이 모인 곳에서는 우아하게 물 위를 헤엄치는 오리와 나무 위에 앉아 있는 새빨간 새…… 심지어 몸을 좌우로 흔들며 걷는 펭귄의 모습도 볼 수 있었다.

"수족관과는 종류가 다른 펭귄인가? 왠지 좀 느긋한 느낌이네."

"지상에 있어서 그런 거 아닐까? 그때는 수영 속도가 엄청났지."

그러고 보니 수족관에서도 펭귄을 봤었나? 뜻밖의 장소

에서 우리는 지난 데이트의 추억담을 꽃피웠다. 펭귄은 찰싹찰싹하는 발소리를 내며 느린 속도로 걷고 있다.

추억에 젖으면서도 우리는 걸음을 멈추지 않고 동물원 안을 나아갔다.

말레이곰이나 호랑이 등 아시아 동물들이 있는 곳, 하마나 사자 등 아프리카 동물들이 있는 곳, 기린이나 타조가 있는 곳…… 평소 보기 힘든 동물들을 실컷 구경했다.

"……호랑이가 아시아 동물이었구나……. 분명히 사자랑 똑같이 아프리카 쪽인 줄 알았어."

"아, 나도 그 생각 했는데! 왜 그런 이미지를 가지고 있었을까……? TV의 영향일까? 아니면 둘 다 고양이 같아서?"

"아…… 그것도 그러네. 고양이 같아서 같은 서식지라고 생각했나 봐."

"데이트의 추억으로 직결되면 앞으로 잊지 않겠지?♪"

그런 식으로 우리는 지식도 함께 늘려가며 동물에게 눈길을 주었다.

다음 장소로 가자고 말하고 걷기 시작하는데, 중간중간 관심이 가는 동물에 눈길이 가는 바람에 자꾸만 한눈을 팔게 된다.

신사는 도망가지 않는다……라고 말해도 운영 시간이 정해져 있었기에 사실 그렇게 느긋하게 있을 수는 없었다. 다양하게 조사해서 만반의 준비를 마쳤다고 생각했는데 한 곳에서 이렇게나 즐겁게 보낼 수 있었던 것은 예상 밖이었다.

이것이 이상과 현실의 차이인가 싶으면서도, 그 차이를 나는 어딘가 즐기고 있었다.

다만 참배 시간이 끝난다면 모든 것이 수포가 되는 것이나 다름없었기에 나는 스마트폰으로 시계를 힐끔 확인했다. 응, 아직 1시간 이상 남았으니까 괜찮겠지…….

그리고 가는 길에 우리는 기념품 가게를 발견했다.

"모처럼인데 뭔가 선물을 사갈까? 수족관 때는 똑같이 돌고래 스트랩을 샀었지?"

"맞아, 아, 북극곰 스트랩도 팔지 않을까?! 커플로 사자!"

"또 스트랩을 사려고? 스트랩만 잔뜩 생기는 거 아니야?"

"뭐, 어때. 계속해서 스트랩이 늘어가는 것도 재밌잖아."

우리는 기념품 가게 안에서 북극곰 스트랩을 찾았지만…… 아쉽게도 북극곰 스트랩은 팔고 있지 않았다. 나나미가 약간 풀이 죽었다.

풀이 죽은 나나미를 보고 주위를 둘러보는데, 기념품 가게의 한쪽 구석에서 티셔츠를 입은 인형 모양의 열쇠고리를 발견했다.

북극곰 얼굴이 그려진 티셔츠를 입은 동물 인형 열쇠고리다. 사람처럼 서 있는 앙증맞은 동물들이 매달려 있다.

"나나미, 열쇠고리는 있어. 커플로 살까?"

북극곰 외에도 고릴라와 사자, 코끼리, 악어도 티셔츠를 입은 채로 팔고 있었다. 응, 전부 다 귀엽다.

나는 북극곰을 하나 집었다. 의외로 튼튼하게 만들어진 열쇠고리다. 이거라면 가방에 붙인다 해도 방해가 되진 않을 것 같다. 쉽게 찢어질 일도 없어 보였다.

그렇게 내가 열쇠고리의 내구성을 확인하고 있자 그녀도 열쇠고리 하나를 집어 들었다.

"요신은 북극곰으로 사. 나는…… 이걸 살 테니까 사서 교환하자."

그렇게 말하며 그녀가 손에 쥔 것은…… 티셔츠를 입은 양 열쇠고리였다. 내가 아까 집착적으로 좋아한다고 말했던 동물 열쇠고리를 손에 든 그녀가 수줍은 얼굴로 교환을 제안했다.

"나나미는 북극곰이어도 괜찮아? 커플 열쇠고리가 아닌데."

"커플도 좋지만 서로 좋아하는 동물의 열쇠고리를 교환하는 것도 좋을 것 같아서."

과연. 그런 방식으로 생각할 수도 있겠구나.

"그런 거라면 기꺼이."

"그래, 그럼 그렇게 하자."

우리는 각자 계산을 끝내고…… 그 후 서로 열쇠고리를 교환했다.

나는 양.

그녀는 북극곰.

각자 열쇠고리를 손가락으로 집어 서로에게 보여주며 미소를 지었다.

"왠지 선택한 동물만 보면 남녀가 바뀐 것 같지 않아? 요신이 더 귀여운 느낌이야."

"그런가? 요즘 시대엔 별로 상관없지 않을까? 곰도 제법 귀엽고."

우리는 각자가 산 열쇠고리를 소중히 품에 넣었다. 지금 여기서 달아도 좋겠지만…… 그건 서로 나중의 즐거움으로 삼기로 했다.

아직 조금 시간도 남았으니 다른 선물도 살까 하고 바라보던 중, 간단한 음식을 함께 팔고 있다는 것을 깨달았다. 아무래도 튀김빵이 이곳의 명물인 것 같았다.

……점심을 먹은 후인데…… 어째서일까. 터널을 지나거나 원내를 걸어 다녀서 그런지 출출한 기분이 들었다. 명물이라고 하니까 사볼까?

"나나미, 튀김빵이래. 먹어볼까?"

"튀김빵이네…… 먹는 건 초등학교 급식 이후로 처음이야. 맛있겠다…… 근데 꽤 커. 이거…… 30cm는 되는데. 혼자 먹는 거야?"

"아, 혼자 먹기는 힘들 테니까 같이 먹지 않을래?"

"저녁 못 먹어도 난 모른다? 그럼 하나 사서 둘이서 나눠 먹자."

마치 엄마처럼 쓴웃음을 지은 나나미가 내 제안에 동의해 주었다. 뭐랄까, 말투도 예전에 내가 엄마한테 들은 대사 그대로인 것 같다. 마치 엄마한테 듣는 말 같아서 아주 조금 부끄러웠다.

우리는 거기서 튀김빵 하나를 주문하고 점원에게 포장지에서 빠져나올 정도로 커다란 튀김빵을 받았다. 확실히 30cm를 혼자 다 먹었다가는 저녁을 먹지 못할 것 같았다.

그렇게 기념품 가게를 나와 둘이서 함께 먹으며 동물원 출구를 향해 걸어갔다.

그러고 보니 점원이 신경 쓰이는 말을 했었지……. 걸으면서 드신다면 조심하세요, 라고…… 걸으면서 먹는 게 금지인가 했더니 그건 또 아닌 것 같다. 대체 뭘까?

튀김빵은 뜨거워서 우리는 서로 양쪽에서 먹거나 찢어서 서로 먹여주거나 했다.

출구까지 가는 사이 3분의 1 이상은 먹을 수 있었다. 이거라면 신사에 도착할 때까지는 다 먹을 수 있겠다고 생각했는데…….

방심한 나는 거기서 점원이 말했던 "조심하세요"의 의미를 알게 되었다.

우리가 튀김빵을 먹던 중…… 나나미의 등 뒤에서 뭔가

검은 물체가 그녀를 향해 날아오는 것이 나의 시야에 들어왔다.

당연히 나나미는 등 뒤에서 날아오는 그것을 깨닫지 못했다.

상당한 속도로 다가오는 그것이 무엇인지도 알 수 없었지만…… 이대로 간다면 그것이 나나미에게 부딪히고 만다!

"나나미, 위험해!"

황급히 소리친 나는 두 손으로 빠르게 나나미를 내 쪽으로 끌어안았다. 튀김빵은 내가 들고 있었는데 양손으로 끌어안은 탓에 땅으로 천천히 떨어졌다.

"요, 요신?!"

상황을 모르는 나나미는 그렇게 외치면서도 내가 하는 대로 끌어안겼다.

나나미를 향해 날아오는 줄 알았던 검은 물체는 속도를 줄이지 않고 급히 각도를 틀더니 떨어진 튀김빵으로 향했다.

이후에도 검은 물체는 줄줄이 하늘에서 날아와 내가 땅에 떨어뜨린 튀김빵으로 몰려들었다. 그 물체는…… 까마귀 떼였다. 그때야 나는 원내에 《까마귀 주의》라는 간판이 있다는 것을 깨달았다.

걸으면서 먹는 것이 금지된 것은 아니지만, 아무래도 주의가 필요했던 것 같다. 간과하고 있었어……. 반성해야지.

아니, 점원이 까마귀를 조심하라고 말해줬다면…… 아니야, 간과했던 내 잘못이다. 점원도 알고 있다고 생각했겠지.

모처럼 산 튀김빵이 까마귀의 먹이가 되고 말았다. 어라, 포장지까지 없어졌는데……? 까마귀는 포장지까지 먹나? 잡식에도 정도가 있지.

뭐, 여기선 나나미가 까마귀에게 부딪치지 않았으니 다행이라고 해두자.

"저어, 기…… 요신, 있잖아…… 기쁘긴 한데…… 좀 부끄러워……."

나는 뒤늦게 두 팔 안에서 들려오는 목소리에 귀를 기울였다.

그랬다, 나는 당당하게 그녀를 꼭 끌어안은 채였다……. 내 몸으로 그녀의 열기가 전해져 왔다. 두 팔과 몸 전체에 따뜻하고 부드러운 감촉이 느껴진다는 것을 그때서야 자각했다.

내 품속의 그녀는 뺨을 빨갛게 물들이고 눈을 동그랗게 뜨고 있다.

갑자기 일어난 일에 무슨 일이 일어났는지 알 수 없어 당황하고 있었다. 만화처럼 눈동자가 빙글빙글 도는 것 같았다.

"아, 미…… 미안……. 까마귀가 왔었거든. 위험할 것 같아서. 아팠어?"

"……아니, 놀라긴 했지만 아프지는 않았어……. 평소의 상냥하고 안심되는 느낌……."

"까마귀에게 튀김빵을 다 빼앗겼네. 설마 덤벼들 줄은 몰랐는데."

"방심했어. 아쉽다. 하지만 나는 요신이 안아줘서…… 기뻐."

공공장소에서 대놓고 안아 버린 탓에 약간 어색했다. 주위 사람들이 서로 껴안고 있는 우리를 미적지근한 눈으로 보고 있는 것 같았지만…… 기분 탓이라고 생각해 두자.

나는 그녀가 다치지 않도록 조심하며 천천히 그녀에게서 멀어졌다. 그 후 다시 한번 그녀의 손을 잡았다.

"자…… 약간의 해프닝은 있었지만…… 신사로 갈까?"

다시 정신을 가다듬고 그렇게 말하는 내게, 나나미가 치아를 드러내며 환한 미소를 지어 보였다.

"……얼굴이 빨간데?"

"나나미야말로……."

"그렇게 강하고 부드럽게 안겼는데 빨개지지 않는 게 무리지."

강하고 부드럽다니, 뭔가 표현이 모순되지 않나?

그녀는 뺨의 붉은 기운을 감추려고도 하지 않고 나에게

미소를 지었다. 그리고는 갑자기 자신이 먼저 포옹을 해왔다.

이번에는 내가 놀라서 눈을 동그랗게 떴다.

"나나미?!"

"보답! 지켜줘서 고마워, 요신!"

한순간, 나를 껴안고 떨어지는 순간, 그녀가 아무도 모르게 내 볼에 가볍게 입을 맞췄다.

아주 잠깐이지만 내 뺨은 분명하게 그녀의 입술 감촉이 있었다는 것을 인식했다.

나는 그 감촉을 놓치지 않으려는 듯…… 무의식적으로 내 뺨을 손바닥으로 눌렀다.

"그럼 요신, 다음 장소로 갈까!"

웃는 얼굴로 나에게 손을 내미는 그녀를 보며…… 나는 쓴웃음 섞인 미소를 짓고 그 손을 잡았다. 약간의 트러블이 있었지만 우리는 그대로 손을 잡고 동물원을 떠났다.

그대로 계속 걸어 한 공원에 들어섰다. 앞으로 향하는 신사는 동물원에서 15분 정도 이동한 곳에 있었는데 지금 있는 이 공원과 이어져 있었다.

공원 내에는 많은 나무가 자연 그대로 늘어서 있다. 그래서 이렇게 이동하는 동안에도 산책이나 삼림욕을 즐길 수 있었다. 잔잔하고 따뜻한, 기분 좋은 바람이 불자 사르르 잎사귀 흔들리는 소리가 우리 귀에 들려왔다.

뭐라고 하더라, 피톤 뭐라고 하는 물질이 나무에서 나와서 몸에 좋다고 했나? 숲의 향기가 우리를 편안하게 해주었다.

"어쩐지 꽃놀이 때 산책했던 공원이 생각나. 하지만 그때랑은 다르게 초록색이 더 많은가? ……나무 종류가 다양하네."

"그러게, 비스듬히 자라는 것도 있고…… 곧게 자라는 것도 있고 종류가 엄청나. 가을엔 잎이 물들고 겨울엔 새하얀 경치가 되는 걸까?"

"그때 산책하러 와도 좋겠다."

우리는 그대로 손을 잡고 유유자적하게 나무 길을 걸어나갔다.

갈색의 비스듬히 자란 나무들, 새하얀 자작나무들, 구불구불한 가지가 마치 생물처럼 굽이치는 나무들…….

신사로 이동하는 평범한 길인 줄 알았는데 제법 볼만한 공원이었다. 솔직히 만만하게 생각하고 있었다.

지도대로라면 이대로 똑바로 걸어가면 신사가 나올 것이다.

"잠깐 들렀다 갈까? 저쪽에 연못도 있는 것 같아."

"정말이네, 잠깐 볼까……."

그만 다른 경치도 보고 싶어진 우리는 먼저 눈에 띈 연못 옆까지 이동했다.

그곳에는 굵은 줄기에서 여러 개의 가지가 천장을 향해 뻗은 나무가 자라고 있었는데, 얼핏 보면 한 그루가 아닌 여러 개의 수목이 밀집한 것처럼 보였다.

무슨 나무일까? 비슷한 나무가 많이 있다. 각기 다른 굵기나, 불규칙하게 뻗어나가는 가지의 모습은 그야말로 장관이었다. 마치 판타지 소설에 나오는 수목 같다. 수령은 어느 정도일까? 적어도 어중간한 세월로는 이렇게 위엄 있는 나무가 되지는 않을 것이다. 그것만큼은 잘 알 수 있었다.

좀 위엄이 넘쳐서 무서울 정도다.

"뭔가 밤에 보면 좀 무섭겠다. 바스락, 바스락! 하면서 움직일 것 같아. 공포영화였다면 이 가지가 팔 같은 걸 휘감았겠지?"

"그런 공포영화가 있어? 난 공포영화는 별로 본 적이 없어서……."

"나도 공포는 질색이야. ……다음에 방에서 같이 볼래? 그래서 무서운 장면에서 어느 쪽이 먼저 안기는지 승부하는 거야."

"대체 무슨 승부야……. 난 무서운 거 잘 못 보니까 나나미한테 안겨버릴지도 모르는데 괜찮아?"

"아까 안아놓고 이제 와서 무슨 소리야?"

웃으며 하는 나나미의 말에 나는 새삼스레 그녀의 체온

을 떠올려 버렸다.

아까는 순간적으로 한 것이지만…… 그게 집에서 일어
난다면 당연히 단둘이겠지. 단둘이 공포물을 보고 서로 껴
안고…….

"내 이성이 버틸 수 있을까……."

나는 최대한 작은 소리로 중얼거렸지만…… 하필이면
그 말이 나나미의 귀에 닿아 버렸나 보다. 그녀는 내 말에
뺨을 약간 주홍빛으로 물들이면서 의미심장한 미소를 띠
고 있었다.

그리고 상반신을 아주 조금만 굽혀 아래에서 들여다보
듯 나와 눈을 마주쳤다.

"이성을 잃은 요신은…… 어떻게 될까?"

마치 흥미롭다는 듯한 발언에 내가 더 당황하여 말이 막
히고 말았다……. 이성이 없어진 나, 말이지…….

어떻게 될까? 지금까지는 그렇게 감정이 향하는 대로 행
동한 기억은 그다지 없으니까…… 욕망에 따라 그녀를 쓰
러뜨릴까, 아니면 내 이성은 끝까지 버틸까.

"……그건 그때가 되어 보지 않으면 모르겠네. ……그래
서? 나나미는 내가 어떻게 되길 바라는데?"

나의 사소한 반격에 나나미도 잠시 말문이 막혔지
만…… 곧 짓고 있던 미소가 더욱 깊어졌다.

"그건 요신의 상상에 맡길게?"

마치 개의치 않는다는 듯 자연스러운 미소를 짓고 있지만…… 내 반격은 예상 밖이었을 것이다. 눈이 조금 이리저리 움직이고 있다.

자폭할 정도라면 말하지 않으면 좋을 텐데 생각하면서도, '이렇게 나와야 나나미이지' 하는 안도감도 동시에 느껴졌다.

그런 이야기를 하다 보니 어느새 연못가 근처까지 도착해 있었다.

연못의 광경은 더욱 압권이었다. 우리는 감동으로 입을 다물지 못했다.

오늘은 날씨도 무척 좋고 구름도 적어서 햇빛이 충분히 땅을 비추고 있었다. 그 결과 연못이 마치 거울 같았다.

물 위에는 쓰레기나 잎 하나 떠 있지 않았고 물새도 없어서인지 연못의 수면은 조금의 흔들림도 없었다. 그래서 주위의 나무들을 수면에 비춘, 상하 대칭의 아름다운 광경이 펼쳐져 있었다.

우리도 그 상하 대칭 광경의 일부가 되어 있었다. 거꾸로 된 수면 위의 우리가 현실의 우리 두 사람을 마주 보는 것 같은 착각이 들었다.

"굉장해……. 예쁘다……."

나나미도 그렇게 중얼거리는 것이 고작이었다. 나는 넋을 잃고 바라보았다.

수면이 마치 초록색으로 물든 것처럼 주위의 나무와 잎의 색을 비추고 있다……. 가을이 되면 연못이 단풍잎을 비추는 걸까?

연못 수면에는 나와 나나미가 비치고 있다……. 그대로 손을 넣으면 어디의 영화처럼 거울 세계로 들어갈 수 있지 않을까 싶을 만큼 환상적인 광경이었다.

"요신! 위험해!"

그 말에 나는 정신이 번쩍 들었다.

아니, 말뿐이 아니었다. 연못에 너무 가까이 다가간 나를 나나미가 뒤에서 안아주고 있었다. 나나미의 말과 내 등에 닿는 크고 부드러운 감촉에 정신을 차린 것이다. 살짝 부끄럽다.

"아, 이런. 미안해. 너무 예뻐서 그만. 정말 굉장한 풍경이네."

"확실히 아름다운 광경이라 그 심정은 알겠는데, 데이트 중에 연못에 빠지지는 마. 그냥 젖는 정도로 끝나면 다행이지만……. 걱정시키지 마……."

"봐봐……. 수면에 비친 나나미가 아름다워서 나도 모르게 반해버렸어."

"거기선 현실의 나를 보고 반해야지! 하여간 그런 대사를 술술 잘도 뱉고…… 조만간 요신이 바람둥이로 변하지 않을까 걱정이야."

"걱정 마, 이건 나나미 한정이니까."

게다가 나나미 외의 사람에게 말해봤자 "뭐?" 하고 끝나 버리거나 성희롱이라며 비난만 받을 것이다.

나나미와 사귀고 있긴 하지만 딱히 잘생긴 것도 아니고. 애초에 나나미가 나와 사귀는 건…… 아니, 여기서 그걸 다시 떠올리는 건 그만두자. 이제 와서 뭘 굳이.

나는 스마트폰의 카메라를 수면으로 향한 채 나나미에 게 살짝 다가가 그 어깨를 끌어안았다. 그렇게 수면에 비 친 우리들의 사진을 스마트폰에 남겼다. 수면 위 우리 는…… 미소 짓고 있다.

"이 공원, 가을이나 겨울에 와도 재밌겠다. 꽃놀이도 할 수 있을 것 같고…… 다 함께 와도 좋고. 앞으로의 즐거움 이 하나 더 늘었네."

"잠깐~, 본인 사진만 찍으면 어떡해. 나도 찍을 거니까 멀어지지 마. 자, 더 붙어!"

상하가 반전된 좋은 사진을 찍었다고 만족했는데, 듣고 보니 나나미도 찍고 싶을 것이 당연했다. 배려가 부족했 네……. 난 다시 그녀에게 다가갔지만.

"으……."

"왜 그래, 요신?"

"아니, 아까는 할 수 있었는데…… 새삼스레 냉정해지니 까 갑자기 부끄러워서……."

"이제 와서?!"

나나미의 태클을 들으며 나는 마음을 굳게 먹고 다시 그녀의 어깨를 끌어안았다. 그리고 나나미의 스마트폰에도 우리들의 사진이 담겼다.

정말 기세는 중요하다. 새삼스럽게 어깨를 끌어안는 것을 의식하자 굉장히 민망해져서 그 사진 속의 나는 아까보다도 볼이 붉었다.

"좋은 사진도 찍었고…… 이제 신사로 가볼까?"

"그러게. 근데 뭔가 다른 것도 다양하게 볼 수 있는 것 같아. 이 공원."

나나미의 그 대사는 이후의 전개를 예상한 거나 다름없었다. 이동 중에 수많은 나무뿐만 아니라 여러 동물도 볼 수 있었다.

"어? 다람쥐다. 와아, 구멍으로 얼굴을 내밀고 있어, 귀여워! 아, 그루터기 위에서 뭘 먹고 있는 다람쥐도 있어!"

"다람쥐도 귀엽네. 저쪽에는…… 꽤 컬러풀한 새가 있어. 수수한 색을 가진 새랑 같이 있는데…… 부부인가?"

"아, 진짜다. 엄청 화려한 색! 정말 같이 걷고 있는 다른 한 마리는 수수한 색이네…… 어느 쪽이 수컷일까?"

그런 식으로 정체불명의 새를 보고 고개를 갸웃거리고 있는데, 생각지도 못한 방향에서 목소리가 들려왔다.

"아아, 저건 원앙이라네. 색이 화려한 게 수컷이고 수수한 게 암컷이지…….”

목소리가 나는 방향으로 눈을 돌리자 그루터기 벤치에 앉은 한 쌍의 노부부가 우리에게 새의 종류를 일러 주었다. 둘 다 손에는 쌍안경을 들고 들새를 관찰하고 있었다.

“아, 이거 미안하구먼. 괜한 참견을 했나? 난 자주 아내와 버드워칭을 하러 오거든……. 두 사람은…… 데이트인가?”

“좋구나…… 다정하게 손도 잡고. 우리 젊은 시절이 떠올라서 무심코 말을 걸어 버렸지 뭐니. 방해해서 미안하구나.”

부부는 우리에게 고개를 숙였지만, 일부러 친절하게 새이름까지 알려준 게 고마웠기에 솔직하게 감사의 말을 전했다. 그렇구나. 이게 원앙인가. 처음 봤네.

나나미는 그 부부에게 다가가더니 옆 그루터기에 걸터앉았다.

다리를 흔들거리면서…… 뭔가 묻고 싶은 것 같았다. 뭘 물어보려는 거지?

잠시 망설이는 기색을 보이던 나나미는 결심한 듯 눈에 살짝 힘을 주고 노부부에게 궁금한 걸 물어보았다.

“두 분은 부부가 된 지 오래되셨나요?”

“그렇지……. 이제 얼추…… 50년 이상은 함께 했지. 두 사람은 사귄 지 얼마나 됐나?”

“저희는…… 이제 겨우 한 달이 됐어요.”

나도 자리에 앉아 노부부의 의문에 답해주는데 두 사람은 약간 놀란 표정을 지어 보였다.

"어머나, 그랬니? 어쩐지 분위기가…… 이미 몇 년은 사귄 느낌이라서 꽤 길 줄 알았단다."

"그래, 마치 부부 같은 거리감이었지. 으하하!"

할머니가 볼에 손을 얹고 우리를 신기하게 쳐다보았고, 할아버지는 호탕하게 웃었다. 그렇게 오래 사귄 걸로 보였나? 아직 사귄 지 얼마 되지 않았는데 그렇게 보였다고 하니 간지럽기도 하고 기쁘기도 했다.

"50년…… 굉장히 오랜 시간 함께 지내셨구나. 우리 엄마, 아빠보다 배 이상이나 함께…… 멋있다…….."

나나미는 노부부의 말에 기뻐하면서, 동시에 그들이 그만큼 오랫동안 함께 있다는 것에 감격한 듯 두 손을 모으고 있었다. 그런 나나미의 말에 노부부는 수줍게 웃어 보였다.

그 후 우리는 그 노부부에게 감사의 말을 전하고 신사로의 이동을 재개하기로 했다. 그때 노부부가 마지막으로 조언을 건넸다.

"멋진 학생 커플 두 분? 앞으로도 계속 함께하고 싶다면…… 서로 존경하는 마음을 잊지 말도록 하렴."

"세상일이라는 건 뭐든 서로 돕고 사는 거야, 부부간에도 그 사실은 변하지 않지……. 애정이 당연하다고 생각하지 말고 항상…… 서로를 소중히 하게나. 늙은이의 쓸데없는 오지랖이라고 생각하고."

그 조언에…… 우리는 다시 한번 두 노부부에게 고개를 숙이며 미소를 돌려주었다. 두 노부부도 우리에게 미소를 보내주고는 버드워칭을 재개했다.

오랜 시간을 함께해온 두 분의 말에서는 우리 부모님들의 말씀과는 또 다른 설득력이 느껴졌다.

그런 이야기를 부모님과는 제대로 한 적이 없었기 때문에 더 그럴지도 모른다.

다만 나나미는 한껏 들떠서 나와 잡은 손을 붕붕 흔들고 있다.

"정말…… 멋진 부부였지."

"그러게……. 저렇게 나이를 먹어서도 다정하게 함께 있을 수 있다니…… 정말 멋진 일이야."

"원앙 부부라는 건 저런 걸 말하는 걸까? 마침 원앙을 알게 됐을 때라 뭔가 운명적인 느낌이야."

"그러고 보니 세상에는 그런 말도 있었지……. 원앙 부부…… 50년이라……."

그저 입에 담는 숫자만으로는 그 세월의 무게를 알 순 없겠지만, 진정성 있는 말을 들은 덕분인지 그들이 멋진 부부라는 건 자연스럽게 알 수 있었다.

그래서 나는 마음속으로만 그 사실을 나나미에게 전했다.

우리도 저렇게…… 될 수 있으면 좋겠다. 오랫동안 함께 할 수 있기를. 앞으로도 계속.

그것을 말로는 꺼내지 않았지만…….

"요신…… 우리도 말이야……. 저 부부처럼 계속 함께 있을 수 있으면 좋겠다……."

그 순간 나나미는 마치 내 마음을 알아차렸다는 듯 그 말을 입에 담았다. 나, 생각한 거 입 밖에 안 냈지? 그 정도로 타이밍이 딱 맞았다.

"나도 그렇게 생각했어. 앞으로도…… 나나미와 함께 있고 싶어."

"그래, 다행이다……."

나나미가 안도의 한숨을 내쉬며 조금 그늘진 미소를 내게 지어 보였다. 즐겁지만 약간의 근심이 섞인 것 같은…… 그런 미소였다. 손을 잡은 채라 그런지 그 마음이 마치 전해지는 듯한 착각이 들었다.

"저기, 요신……. 나, 이후에…… 요신에게 하고 싶은 말이 있어……."

무언가 말을 꺼낸 나나미…… 그 타이밍에 마침 신사의 입구인 토리이가 우리들의 눈앞에 나타났다.

본당으로 쭉 뻗은 길을 지키는 훌륭한 토리이가 붉은 햇살을 받고 있었다.

햇빛을 받은 토리이의 아름다움에 나도 그녀도 말을 잃

었다.

나나미가 무언가를 말하려다가 그 광경에 숨을 삼키고 말았다. 머지않아 그녀는 그 표정을 밝게 바꿨다.

"와, 훌륭한 토리이네. 꽤 여기저기 많이 둘러봤는데도 의외로 빨리 신사에 도착했다. 그럼 요신, 같이 들어갈까?"

평소와 같은 나나미였다. 나나미는…… 무슨 말을 하려고 했던 걸까?

말을 들을 타이밍을 놓쳐버렸지만, 나는 내 손을 이끌고 토리이를 지나려는 그녀를 황급히 제지했다.

"아, 잠깐 나나미. 여기선…… 따로따로 지나가자."

내 한마디에 걸음을 멈춘 그녀가 고개를 갸우뚱하며 의아하게 물었다.

"왜? 토리이니까 같이 지나가는 게 더 효험이 좋은 거 아니야?"

"여기는 함께 지나가면 안 되는 효험이야."

"뭐야, 그게? 같이 지나가면 안 되는 효험이라니……?"

나는 아주 조금 분위기를 잡고…… 낮은 목소리로 그녀에게 내가 조사한 내용을 알렸다.

"이 토리이는 말이야…… 통칭…… 절연의 토리이라고 불리고 있어. 그러니까 우린 같이 지나면 안 돼."

절연의 토리이…… 우리들의 눈앞에 햇빛을 아름답게 받는 이 토리이는 그렇게 불리고 있었다.

이 신사에는 토리이가 몇 군데 있는데, 이 토리이는 본전까지 이어지는 길 중에서 두 번째에 자리한 것이었다.

그리고 절연의 효험이 있는 것은 이 토리이뿐이다.

아름답게 빛을 받은 이 토리이와 절연은 어울리지 않는다고 생각할 수도 있고, 애초에 절연이라는 말을 들으면 효험이 아니라 반대로 천벌의 한 종류가 아닌가 하는 오해가 들기도 했다.

사실 나도 처음에 조사했을 때는 그렇게 오해했고…… 지금 내 눈앞에서도 나나미가 현재진행형으로 오해를 하고 있었다.

"어……? 절연이라니…… 요신, 내가 싫어졌어……? 나랑 인연을 끊고 싶어서 오늘 여기에 온 거야……? 그런 거라면…….."

"잠깐만. 미안해, 내가 말을 좀 이상하게 했지. 역시 오해할 것 같았어. 그게 아니야, 나나미."

나는 '절연의 효험이 있으니 둘이서 갈 수 없다'고 전했지만, 나나미에겐 '절연'이라는 말의 임팩트가 너무 강해서 그 부분밖에 남지 않은 듯했다.

조금 전까지 웃는 얼굴이었던 표정이 잔뜩 흐려진 채, 불안한 듯이 몸을 비틀면서 내게 더듬더듬 말해온다. 이건 완전히 내 배려가 부족했다고밖에 말할 수 없다. 이런 슬픈 표정을 짓게 할 생각은 없었는데…….

"어……? 아니야?"

아니라는 말 한마디에 불안했던 나나미의 얼굴이 살짝 밝아졌다. 그래도 아직 완전히 사라진 것은 아니어서 나는 그녀를 안심시키기 위한 설명을 이어갔다.

"애초에 내가 나나미랑 인연을 끊을 생각이었다면 그냥 말없이 둘이서 지나갔겠지? 그러지 않고 말린 건 내가 나나미와의 인연을 끊고 싶지 않기 때문이야."

"아, 듣고 보니 그런……가?"

내 말에 나나미가 잠시 생각에 잠기는 기색을 보이더니…… 납득한 듯 몇 번 고개를 끄덕였다. 조금은 안심해줬을까?

"그런데 그랬다면 왜 굳이 절연의 토리이 같은 곳에 온 거야? 나…… 좀 불안해졌어. 다른 토리이가 있다면 거기로 들어가도 괜찮잖아?"

살짝 볼을 부풀린 나나미가 나에게 항의의 소리를 냈다. 당연한 의문이다. 신사에 들어가는 입구는 여기 이외에도 몇 군데 있었고, 조사해 보니 금전운이 오르는 토리이 같은 것도 있었을 정도다.

하지만 내가 굳이 여기 온 이유는…….

"본전에 가장 가까운 토리이가 여기였으니까……라는 말은 농담이고, 절연이라는 효험이 있어서 여기에 온 거야."

"절연이…… 이유라고?"

고개를 갸우뚱한 나나미가 내 말을 기다렸다. 그래, 내가 이곳에 온 것은 바로 절연이라는 것이 꼭 나쁜 것만은 아니었기 때문이다.

"이곳의 토리이는 신기한 게, 절연이 두 가지 의미를 지니고 있대. 좋은 인연을 끊는 것과 나쁜 인연을 끊는 것…… 그래서 나는 여길 각자 지나서 우리의 나쁜 인연을 끊고 싶었어."

"우리의 인연이 아니라…… 나쁜 인연을 끊는다고?"

"맞아. 예를 들면 병이라든가, 액운…… 어쩌면 앞으로 생길지도 모르는 우리를 헤어지게 만드는 불길한 인연. 이 토리이를 따로따로 지나가면 그런 인연으로부터 몸을 지킬 수 있지 않을까 싶어서."

"……절연은 나쁜 의미밖에 없다고 생각했는데…… 그런 절연도 있구나."

사실 그 밖에도 알아보니 헤어지고 싶은 커플이나 부부가 지나간다는 이야기도 있었지만, 그건 굳이 여기서는 말하지 않았다. 모처럼 나나미가 이해해준 상황에서 굳이 쓸데없는 말을 할 필요는 없다.

"그래……. 우리가 더 오래 함께할 수 있도록 이 토리이를 지나가고 싶었어."

"그렇다면 그렇다고 처음부터 말해줬어야지……. 내가 얼마나 놀랐는데……."

"미안해. 같이 지나가지 않겠다고 말할 때 다 설명했다고 생각해 버렸어. 용서해줄래?"

"뭐…… 돌아오는 길에 아이스크림 사주면 용서해줄게."

나나미는 조금 전까지의 어두웠던 표정을 거짓말처럼 지우고, 내 설명에 안심했다는 표정과 함께 농담조로 그런 말을 던졌다

솔직히 그런 불안한 표정을 짓게 한 대가를 아이스 정도로 용서해준다면 싼 것이었다. 뭣하면 파르페 전문점에서 좀 비싼 파르페를 사줘도 좋을 정도다.

게다가 나나미에게 설명한 것은…… 내가 이 토리이를 지나고 싶었던 두 가지 이유 중 하나였다. 내가 이 토리이를 지나고 싶은 이유는 하나 더 있는데…… 그것은 나나미에게 말하기 어려웠다.

그건 나와 그녀의 관계였다.

새삼스럽지만…… 정말 새삼스럽지만 나와 그녀의 관계는 거짓말에서 시작되었다.

그녀의 거짓 고백으로 시작된 관계……. 하지만 나는 그녀와 나 사이에 좋은 인연이 있다고 진심으로 믿고 있다. 지금도 믿고 있지만…… 거짓으로 시작된 관계라는 것은 지울 수 없는 사실로 남아 있다.

그래서 나는 토리이를 지나감으로써 그 거짓 고백이라는 나쁜 부분을 조금이라도 털어내 버리고 싶었다.

이야기의 주인공이라면 여기서 멋지게 둘이서 토리이를 지나면서 "그런 효험 따위는 믿지 않아. 우리라면 그게 사실이라도 튕겨낼 수 있어"라고 말했겠지만, 공교롭게도 내게 그 정도의 담력은 없었다.

아니, 사실을 말해 나도 효험을 완벽하게 믿는 건 아니지만, 그래도 지금은 아주 조금이라도 좋으니까 미신을 믿고 싶었다.

이 마지막 데이트가 끝나고 한 달 기념일. 나는 그녀에게 다시 고백할 것이다. 굳이 자신이 불안해질 요소를 늘릴 필요는 없다. 오히려 적극적으로 좋다고 생각되는 일을 해 나간다. 그것이 지금의 내가 할 수 있는 최대한의 노력이었다.

이걸 나나미에게 말해 버리면 내가 그녀의 거짓 고백을 알고 있다는 것을 전하게 되는 셈이다. 그것이 내 마음속에만 담아둔 이유였다.

"요신, 그럼 누가 먼저 지나갈래? 나부터 갈까?"

내가 생각에 빠져 있는데, 나나미가 아주 살짝 옷 끝자락을 잡아 왔다. 아직 불안함이 조금 남은 것인지 그 반응은 마치 어린아이 같았다. 무심코 장소를 신경 쓰지 않고 그녀를 껴안고 싶은 충동을 느꼈지만, 애써 참았다.

"아니, 나 먼저 지나갈게. 나나미는 내가 지나가고 나서 와줘. 그러면 나쁜 인연만 끊어질 테니까."

"응……. 보고 있을게. 힘내!"

그녀는 나를 격려하듯 양손을 가슴 앞에 모으고 주먹을 불끈 쥐고 있었다. 아니, 그 정도로 응원받을 일은 아닌데. 그냥 지나가는 것뿐이니까…….

그렇게 생각했지만 약간 긴장이 됐다. 둘이 같이 지나가진 않을 건데…… 좋은 인연까지 끊어지는 건 아니겠지? 신이시여, 지금만큼은 믿게 해주세요.

그렇게 바란 나는 그 토리이에 천천히 다가갔고…… 긴장하면서도 지나갔다. 딱히 무슨 일이 일어난 것도 아니고, 아까처럼 까마귀에게 습격당하는 등의 해프닝도 없었다.

그저 담백하게 나는 토리이를 지나갔다.

"봐봐, 아무렇지도 않았지?"

"요신…… 얼굴이 좀 굳어 있어. 그래도 뭐, 아무렇지 않다는 건 알았어. 나도 지나갈게."

토리이 건너편에서 돌아본 나는 이번에는 나나미가 토리이를 지나오는 모습을 지켜보았다. 아니, 나도 넘어왔으니 아까랑 똑같이 하면 딱히 아무 일도 일어나지 않겠지만.

하지만 그녀를 지켜보는 나는…… 아무래도 긴장이 되고 말았다. 아무 일도 일어나지 않겠지?

나나미도 긴장한 것인지 천천히 걸으며 토리이를 지나갔다. 겨우 수십 초…… 몇 분도 안 되는 시간인데도 묘한 긴장감이 우리를 감싸고 있었다.

그리고 나나미가 토리이를 완전히 지나간 시점에서……
특별히 아무 일도 일어나지 않고 무사히 끝났다. 우리는
휴 하고 숨을 내쉬며 서로 미소 지었다.

"아무 일도 일어나지 않았네. 하긴 따로따로 지나가기만
하면 문제없는 거지? 그래도 긴장된다."

나나미는 한숨을 내쉬더니 내게로 몸을 돌려 종종걸음
으로 달려온다. 토리이는 완전히 지나왔고 둘 다 이미 경
내 안에 들어와 있다. 이걸로 우리들의 나쁜 인연은 끊어
졌다고 생각해도 좋겠지……. 분명, 아마…….

그런 생각을 했을 때였다.

"꺄악?!"

"나나미?!"

종종걸음으로 내게 달려온 나나미가 무언가에 발을 헛
디딘 듯 비명을 지르며 내 쪽으로 쓰러졌다. 두 다리가 땅
에서 떨어져서 말 그대로 날아드는 것 같은 모습이었다.

당황한 나는 넘어지는 그녀를 향해 급히 다가갔다. 그녀
를 받쳐주려고 한 건데…… 어쩐지 서로 껴안는 자세가 되
었다.

"나나미, 괜찮아? 갑자기 넘어지다니……. 뭔가 발에 걸
렸어? 계단이 있었나?"

"아니, 토리이 앞이니까 계단은 아닌 것 같아……. 갑자

기 발밑에 뭔가가 부딪친 감각이 느껴져서…… 거기 걸려 버렸네."

"걸렸어? 땅바닥에?"

"아니, 갑자기 무슨 단단한 게 튀어나와서…… 부딪힌 것 같은 느낌이었는데……."

오늘 나나미는 동물원에 가거나 오래 걸을 것을 생각하여 운동화를 신고 왔다. 복장도 걷기 편한 복장이라 평탄한 땅에서 이유 없이 넘어졌다고는 생각하기 어려웠다.

게다가 그녀는 뭔가에 부딪혀 넘어졌다고 했다…….

서로 끌어안은 자세 그대로 우리는 나나미가 넘어진 부분으로 시선을 보냈지만…… 그곳에는 아무것도 없는 평평한 땅만 있을 뿐이었다.

그녀가 부딪혀 넘어졌다는 단단한 무언가는 어디에서도 찾아볼 수 없었다.

끌어안은 자세 그대로, 코끝이 닿을 정도로 가까워진 우리는 서로 바라보다가 저도 모르게 웃고 말았다.

"나쁜 인연은 끊겼으니까 안심하라고 신이 일부러 알려 준 건가?"

"나나미를 넘어지게 해서 나한테 안기게 했다는 뜻?"

"그렇게 생각하면 뭔가 신의 축복을 받은 것 같아서 좋지 않아? 신의 보증을 받은 거라고 내 마음대로 생각할래."

이 토리이는 인연을 끊는 토리이라고 하는데…… 여기

모셔진 신중에는 인연을 맺어주는 신도 있다.

나나미는 분명 그 사실을 모르겠지만, 그녀는 그 인연의 신이 만들어준 결과가 아닌가 하고 웃는 얼굴로 나에게 말했다.

확실히 그렇게 생각하는 편이…… 더 좋을 것 같다.

"그럼 그 신에게도 감사의 말씀을 드려야겠네. 본전에 가서 참배할까?"

"그래, 감사 인사를 잔뜩 해야지."

서로 끌어안은 채로 있던 우리는 떨어지지 않은 자세 그대로 본전 쪽으로 고개를 돌렸다. 그때 문득 깨달았는데, 토리이를 지난 끝에 여러 종류의 벚꽃이 핀 길이 펼쳐져 있었다.

언젠가 모두와 갔던 꽃구경 때와 비교해도 손색없을 정도의 꽃길이 나 있었고, 분홍빛의 벚꽃이 우리를 축복하듯 흩날리고 있었다.

"예쁘다……. 오늘 데이트는 지금까지의 데이트의 추억도 되돌아보고, 새로운 발견도 있고…… 와서 정말 다행이야."

"요신, 마치 데이트가 끝난 것 같은 말투인데…… 아직 데이트는 끝나지 않았어. 자, 본전으로 가자."

"그것도 그러네. 그럼 나나미…… 갈까?"

나는 끌어안고 있던 나나미와 떨어져 약간 과장된 몸짓으로 그녀의 손을 달라는 듯 내 손을 뻗었다. 나나미는 그런 내 행동에 놀란 것 같았지만 이내 내 손을 잡고 미소를 지어주었다.

그렇게 우리는 손을 잡고 벚꽃이 흩날리는 길을 걸어 본전으로 향했다. 벚꽃이 흩날리는 길에서 조금 떨어진 곳에 본전이 보였다.

날씨도 좋고 바람도 온화하고 기온도 포근할 정도로 따뜻했다. 옆에는 내가 가장 좋아하는 사람이 있고, 그녀와 손을 잡고 벚꽃이 흩날리는 길을 천천히, 한가로이 걷는다.

그것은 더할 나위 없이 행복한 시간이었다.

하지만 본전에 가까워질수록 나의 긴장감도 조금씩 높아졌다.

이 신사는 절연의 토리이라는 뒤숭숭한 것도 있었지만, 사실은 연애 성취 신사로도 유명하다고 한다. 물론 알아보기 전까지는 나도 몰랐지만.

저 토리이를 지나면서 나쁜 인연을 끊고 본전에서 좋은 인연을 기원한다. 그것이 이 신사에 참배하는 사람들의 주된 목적이었다.

그래서 커플이나 부부는 보통 그 토리이와는 다른 토리이를 통하여 본전에 온다고 한다.

하지만 나는 굳이 그 토리이를 지나왔다.

이로써 나나미와 나의 나쁜 인연은 사라지고, 그 후 본전에서 연애 성취를…… 내가 기념일에 하는 고백이 잘 성사되도록 바라는 것만 남았다.

이미 사귀고 있는 상황에서 연애 성취라는 것도 좀 이상했지만, 우리의 관계를 생각하면 오히려 이것이 자연스럽게 느껴졌다.

그러니 할 수 있는 것은 전부 한다.

평소 같으면 믿지 않는 효험도 진심으로 믿고, 어떤 미신이든 다 해볼 것이다.

우리들의 시야에 들어온 본전은 햇빛이 반사되고 있어서…… 그 빛이 내 눈에 들어왔다. 그 반사된 빛이 마치 우리를 축복해 주는 것 같았다.

……내 이기적인 해석인 걸까?

하지만 신이시여. 이기적인 해석이라도 좋으니까 진심으로 빕니다. 저와 나나미가 앞으로도 잘될 수 있도록, 부탁드립니다.

우리는 손을 잡은 채로 본전을 향해 벚꽃이 흩날리는 길을 걷고 있었다. 나도 그녀도 소소한 잡담을 나누며 서로 미소를 짓고 있다.

그냥 걷기만 하는 것인데도 무척 즐겁고 행복한 시간이었다.

주위에도 사람이 드문드문 걷고 있다. 우리와 마찬가지로 본전으로 향하는 사람들, 돌아가는 것인지 우리와 반대 방향으로 걸어가는 사람들…… 그 사람들도 하나같이 미소 띤 얼굴이었다.

행복해 보이는 미소다. 분명 우리도 지금 저런 표정을 짓고 있겠지?

"어쩐지 신기하다. 벚꽃이 있는 평범한 길인데 신사라는 것만으로도 신비로운 느낌이야."

"뭐, 여기라면 본전도 보이니까. 이 신사, 굉장한 파워 스폿*이라던데? 그래서 신비로운 느낌이 드는 거 아닐까?"

"의외네. 요신도 파워 스폿 같은 걸 믿는구나. 남자는 좀 더 이런…… 현실주의랄까? 그런 건 안 믿는 줄 알았는데."

"요즘 들어서는 좀 믿어보고 싶어서. 그래서 오늘도 이렇게 예법에 맞게 걷는 거고."

"예법이라니……? 우리 그냥 평범하게 걷고 있는 거 아냐? 이게 예법을 지키는 거야?"

내 말에 나나미가 의아하다는 듯이 고개를 갸우뚱했다. 나는 지금 참배길 끝을 그녀와 손을 잡고 걷고 있다. 이것이 예법을 지키는 행동…… 일 것이다.

"응, 길 한가운데는 신이 지나다니는 길이니까 신을 방해하지 않기 위해 이렇게 끝을 걷는 거래."

"헤에…… 그렇구나. 혹시 아까 그 토리이에서 끝을 통과한 것도 그래서 그런 거야? 똑같이 따라 하긴 했지만……."

나나미의 말에 나는 고개를 끄덕였다.

---

*일본식 영어로 에너지나 신성한 기운이 강한 곳을 일컫는 말.

조금 전의 토리이를 통과할 때, 나는 토리이를 향해 한 번 인사한 다음 토리이의 가장자리를 지나갔다. 나나미도 나를 따라 토리이를 향해 한 번 인사하고 나서 끝을 지나왔다.

"뭐, 나도 전부 아는 건 아니야. 다만 소원을 빌 때는 되도록 예법을 지키는 게 좋을 것 같아서. 마음은 결국 태도에서 드러나는 법이니까."

"그럴지도 모르지만…… 보통은 그렇게까지 하진 않잖아. 그렇게 열심히 해서 뭘 빌려고?"

그 의문에 나는 잠깐 말문이 막혔다.

물론 부탁하는 것은 나나미와의 연애 성취였지만…… 사귀고 있는 우리에게 연애 성취라는 것은 좀 이상한 것 같기도 했다. 여기선 솔직히 말해야 할까?

"우리의 앞으로…… 려나. 앞으로도 나나미와 함께하길 기원하기 위해 이것저것 알아봤거든."

약간은 거짓말이지만…… 앞으로도 함께 있고 싶다는 것은 나의 거짓 없는 진심이었다.

새삼스럽게 말하자니 좀 부끄럽다. 쑥스러운 나머지 뺨이 붉어졌다.

나도 모르게 뺨을 긁으며 나나미의 시선을 피했지만, 내 얼굴을 들여다보듯이 나나미는 나와 눈을 마주쳤다.

"그럼 나한테도 그 예법, 알려줘. 둘이서 하면 효과가 배가 될지도 모르잖아?"

나나미는 즐거워 보이는 얼굴로 한층 더 나에게 몸을 기대왔다.

그녀를 신사로 데려오긴 했지만…… 그녀가 무엇을 바라는지는 감히 묻지 못했다. 왠지 물어보는 것이 두려웠는데…… 그 웃는 얼굴에 마음 한구석이 가벼워지는 느낌이었다.

"그래, 둘이서 하면…… 효과가 배가 될 수도 있겠다."

어쩌면 그녀 나름의 배려일지도 모르지만, 그 배려를 기쁘게 받아들이며 나는 인터넷으로 조사한 모든 참배 매너를 그녀에게 일러주었다.

"……모르는 게 많았구나. 그런 복잡한 내용을 잘도 조사해서 외웠네?"

"음…… 뭐, 그…… 저기, 앞으로도…… 나나미랑 같이 있고 싶다고 생각했으니까."

모든 것을 다 알려준 내가 나나미의 질문에 답하자 그녀가 기쁜 듯이 뺨을 물들이더니 잡고 있던 손을 떼고 다시금 그 팔을 내 팔에 감싸왔다.

"……앞으로도…… 같이 있자, 요신. 나도 계속 요신과 함께 있고 싶어."

팔짱을 낀 나나미가 내게 간청하듯 속삭였다.

나도 같은 마음이었다. 그녀도 정말 나와 같은 마음이라면 그보다 더 기쁜 일은 없을 것이다.

그러는 사이에 우리는 본전에 이르렀다.

쉬는 날이라 그런지 사람이 많았다. 모두 저마다 기도를 올리고 있었다.

나와 나나미는 매너에 따라 손과 입을 씻고 약간 긴장된 상태로 드디어 참배를 시작했다. 참배할 때도 매너를 지키면서 우리는 진심을 담는 것을 잊지 않았다.

천천히 새전을 넣고 방울을 울렸다. 절대 던지지 않는다. 어디까지나 신에게 부탁을 드린다는 것을 잊어서는 안 된다.

그리고 두 번 인사하고 나서 두 번 손뼉을 친다. 소원을 말하는 것은 이때다.

하지만 이때, 모순되는 것 같지만 신에게 일방적으로 부탁을 하는 것이 아니라, 신에게 맹세하는 마음이 중요하다고 한다.

머릿속에서 소원을 이미지하고 생각하는 것이 중요한 것이다. 그리고 이미지를 떠올리며 자신이 어떤 노력을 할 것인지 신에게 맹세한다.

일방적으로 신에게 소원을 들어달라는 부탁은 하지 않는다. 단지 원하기만 해서는 신이 소원을 들어주지 않는다는 뜻일까.

하긴 내가 만약 신이었다 해도…… 일방적인 부탁을 받

고 그 사람의 소원을 이뤄주고 싶으냐 묻는다면 대답은 노겠지.

나나미의 부탁이라면 무조건 들어줄 것 같지만…… 아니, 그게 아니지.

생각을 다시 되돌린 나는 다시 신에게 맹세했다.

저는 기념일에…… 나나미에게 다시 고백합니다.

받아줄지 아니면 거절당할지는 모르겠지만, 그녀가 저를 좋아할 수 있도록 그동안 열심히 노력한 것 같습니다.

그리고 고백이 잘된 후에는 반드시 그녀를 행복하게 해줄 겁니다. …… 아니, 그녀와 함께 행복할 수 있도록 앞으로도 계속 노력하겠습니다.

반대로 만약 고백이 잘되지 않더라도…… 저는 그녀의 행복을 빌며 순순히 물러나겠습니다.

거절당하는 것에 대한 충격도 미련도 분명히 있겠지만, 그래도 그녀의 행복을 먼저 생각하겠습니다.

그러니 신이시여…… 부디, 제 등을 조금만 밀어주시면 감사하겠습니다. 소원을 이루는 건 제 노력에 달렸습니다. 그게 잘 될 수 있도록…… 지켜봐 주세요.

저는 지금 이 자리에서…… 그것을 신께 맹세합니다.

나는 정해둔 다짐과 소원을 마음속에 그리고 마지막으로 다시 인사를 했다.

고개를 들자 나나미도 마침 같은 타이밍에 얼굴을 들고

있었다. 그녀의 얼굴을 힐끗 쳐다보자…… 그녀는 매우 진지한 표정으로 본전을 응시하고 있었다.

그녀는 무슨 맹세를 했을까?

그 진지한 표정 위로 햇빛이 드리워져서 오늘 본 모습 중 가장 예쁘다고 느껴졌다. 거기서 스마트폰을 꺼내 사진을 찍는 눈치 없는 짓은 하지 않았다.

어디까지나 이곳은 신 앞이고, 이 아름다운 옆모습은 나만의 추억으로 간직하고 싶었다.

그녀가 내 시선을 알아차린 것인지, 진지했던 표정을 금세 바꿔 미소 띤 얼굴을 내게 향했다. 나도 미소를 돌려주며 그녀에게 손을 내밀었다.

그것이 기쁜지 조금 더 환한 미소를 지은 그녀가 내 손을 잡고, 우리는 함께 본전을 떠났다. 슬쩍 그녀의 얼굴을 보았지만, 그녀가 무엇을 빌었는지 그 표정에서는 짐작할 수 없었다.

이걸로 신에게 내…… 우리의 맹세와 소원은 닿았을까?

"……요신은 뭘 빌었어?"

나나미가 재차 확인하듯 내게 물어왔다. 표정은 여전히 웃고 있었지만, 조금 전에 보여준 진지함이 아주 조금 엿보였다.

"아까도 말한 대로야. 나와 나나미가 계속 함께할 수 있도록…… 앞으로도 노력할 테니 지켜봐 달라고."

"그렇구나……."

"나나미는? 뭘 빌었어?"

나도 용기를 내어 그녀에게 물었다. 그녀가 찡긋 미소를
지으며 내게 답했다.

"요신이랑 똑같아. ……요신과 계속 함께 있게 해달라
고……. 잘 지켜봐 달라고 빌었어."

그 미소가 어쩐지 조금 쓸쓸해 보였다.

그래서 나는 안심시켜주듯 그녀를 잡은 손에 아주 조금
힘을 주고, 그녀의 손을 잡아당겨 본전에서 다시 이동을
시작했다.

"요신…… 어디 가? 아, 오미쿠지* 뽑으려고?"

"그것도 좋지만…… 그전에 잠시 가고 싶은 곳이 있어."

나는 오미쿠지를 파는 곳과 반대로 나아갔다. 나나미는
고개를 갸우뚱하면서도 순순히 따라왔다.

그곳은 본전 옆의 샛길로…… 지금은 전혀 사람이 없는
길이다. 아마 모르는 사람이 더 많을 것이다.

"뭐야? 이렇게 인기척 없는 곳으로 데려오고…… 혹시
야한 짓이라도 하려고?"

조금 기분이 나아진 모양이지만 아직 목소리에서 쓸쓸
함이 묻어났다. 나는 그녀가 안심하게끔 되도록 상냥하게
내 의도를 전했다.

---

*길흉을 점치는 제비.

응, 야한 짓을 할 배짱도 없고 여기는 야외니까. 일단은
휘둘리지 말자.

"이 앞에…… 보여주고 싶은 게 있어."

"보여주고 싶은 거……?"

그리고 아무도 없는 길을 우리는 나아갔다. 이 앞에 무
엇이 있을지, 그녀는 약간 불안해하면서도 나를 믿는 것인
지 잠자코 따라와 주었다.

그렇게 샛길을 빠져나간 끝에는 조금 트인 공간이 펼쳐
져 있었다. 그곳에는 통행이 금지된 문이 있고 나무들이
우거져 있어 우리 외에는 아무도 없었다.

그곳만 동떨어진 것 같은, 약간 적막한 느낌의 공간이다.

"아무것도 없는데? ……역시 야한 짓을."

"안 해! 저기 좀 봐봐. 저걸 보여주고 싶었어."

약간의 농담을 섞으며 몸을 비트는 나나미를 약간 어이
없다는 눈빛으로 바라본 나는 어느 한 지점을 가리켰다.
그 끝에는…… 나무 그늘에 숨은 코마이누*가 자리 잡고
있었다.

"이건 환상의 코마이누라고 해. 본전에서 떨어진 곳에
있는 탓에 비교적 많이 알려지지 않아서…… 보면 행운을
얻을 수 있대."

나는 나나미를 코마이누 곁까지 데려가 그녀가 코마이

---

*일본의 신사에 놓여 있는 개의 형상을 한 짐승상.

누를 만지게 했다.

"행운…… 이걸로 행운을 얻게 된다…… 확실히 이렇게 찾기 어려운 장소에 있는 코마이누를 발견한다면 행운이 겠다. 요신, 잘 알고 있네?"

"조사할 때 우연히……. 어때? 기운 좀 났어?"

"기운이라니…… 난 멀쩡해. 기운이 없어 보였어? 만약 그렇다면 진지하게 빌어서 그래……. 물론 앞으로 같이 있을 수 있을지 어떨지 불안해진 것도 사실이지만."

"그렇구나. 그럼……."

조금 쓸쓸한 기색으로, 무리해서 평소의 미소를 지어 보이려는 그녀를 보며……나는 한 가지 결의를 했다.

그건 지금까지 내가 먼저 하지 못했던 것에 대한 결의다. 나는 코마이누를 만지고 있던 나나미의 볼에 손을 살짝 가져갔다. 그리고 천천히 그녀에게 얼굴을 가까이 대고…….

그 볼에 입을 맞췄다.

전과 같은 우연도 아니고, 자고 있을 때도 아니고, 자신의 의지로…… 그녀의 볼에 손을 얹은 채 천천히…… 그 볼에 자신의 입술을 가져갔다.

지금까지 용기를 내지 못해 미루고 있던, 그녀에게 하는 키스…….

과연 오늘은 입술까지는 하지 못했지만…… 그래도 나

는 처음 하는 나의 행동에 심장 박동이 빨라지는 것을 느꼈다.

그것은 나나미도 마찬가지인지, 내가 입술을 떼자 그녀는 그 뺨을 누르더니…… 나를 촉촉한 눈빛으로 바라보았다.

"요신……."

"……신에게 부탁하긴 했지만…… 우리는…… 난 나나미랑 계속 함께야. 그러니까 앞으로도 함께 있을지 어떨지 불안해할 필요 없어. 나도 노력할게……. 용기를 낼게."

자기 행동을 되돌아보고 아주 약간 부끄러워진 나는 조금 빠른 어조로 말을 이었다. 나나미는 언젠가의 나와 마찬가지로 내 입술이 닿은 부분을 손으로 누르고 있었다.

미움받은 게 아니어서 천만다행이었다. 하지만 표정만으로는 기뻐하고 있는지도 알 수 없었다. 이번에는 아주 조금, 내가 불안해질 차례였다.

"나나미……?"

그녀는 뺨을 손으로 누른 채 고개를 숙이고 있었다. 자세히 보니 아주 미세하게 몸이 떨리고 있다.

그 모습을 보고 나의 불안감은 점점 더 강해졌다. 혹시 싫었던 걸까? 경솔했던 내 행동을 후회하기 직전…… 내 몸에 충격이 전해졌다.

그녀가 뛰어들 듯이 나를 껴안아 온 것이다.

어떻게든 쓰러지지는 않았지만 갑작스러운 충격에 깜짝 놀랐다. 그리고…… 안긴 충격과는 별개로, 나의 뺨에도 확실하게 나나미의 입술 감촉이 느껴졌다.

그녀는 포옹과 동시에 내 볼에 입을 맞추고 내게 미소를 지어 보였다.

"요신…… 이제야 키스해줬네! 볼이지만…… 정말, 너무 기뻐!"

조금 전까지의 외로움과 불안 같은 것들이 모두 사라진 태양 같은 미소를 내게 지어준 그녀는 다시 한번 내 볼에 키스를 해왔다.

두 번째로 느껴지는 또렷한 감촉에…… 내 뺨이 절로 뜨거워졌다.

"……역시 입술은 용기가 안 나지만…… 오늘은 뺨에 키스하자고 결심했거든. 마음에 들었을까?"

"그래서 일부러…… 이런 사람 없는 곳으로 데려온 거야? 정말 부끄러움이 많다니까, 요신은…… 아, 야한 것도 할래?"

"안 해! 뭐야, 왜 그렇게 되는데!"

"하지만 요신이 먼저 키스해줬는걸! 기분이 너무 좋아!"

"아니, 키스하는 건 돌아가는 길에 해도 됐겠지만, 나나미가 좀 쓸쓸해 보여서…… 하려면 지금 여기가 제격이라고 생각했어. 힘 좀 났어?"

"났어! 엄청났어! 입술이었으면 좋았을 텐데…… 그럼 나도 못 버틸 것 같으니까…… 지금은 이걸로 충분해."

나를 끌어안고 있던 나나미가 잠시 떨어지더니, 내게 다시 한번 볼을 내밀었다.

"나는 두 번 했고…… 요신은 한 번뿐이었지? 어라~? 한 번이 부족하지 않나?"

내가 키스를 하자마자…… 이 흐름이다.

정말이지, 이걸로 힘이 났다면 싸게 먹힌 거지만…… 내가 부끄럽다는 것만 빼면 말이지…….

나는 체념한 듯 쓴웃음을 지으며 다시 한번…… 그녀의 볼에 입을 맞췄다.

그러자 나나미가 꺅꺅거리며 기쁜 듯이 웃었다. 그 모습을 보고…… 나도 기쁨으로 미소 지었다.

"이제 슬슬 가야겠다. 돌아오는 길에 오미쿠지 사갈까? '사랑 오미쿠지'라고 해서 굉장히 잘 맞는 연애 운세 뽑기가 있다나 봐."

"뭐야, 그거. 뽑을래! 지금의 우리라면 반드시 좋은 결과가 나올 거야!"

"근데 여기서는 연애 성취 부적은 안 파는 것 같아. 파는 건 여기서 조금 떨어진 다른 장소라나 봐."

"그러면 거기도 들렀다가 돌아가자. 이왕이면 오늘은 들를 수 있는 곳 다 들렀다 가자!"

한껏 들뜬 채 내 팔에 팔짱을 낀 나나미와 함께 우리는 운세 제비를 팔고 있는 본전까지 천천히 돌아갔다.

곧 데이트를 마치고 귀가할 시간이 되겠지만…… 기뻐하는 나나미와 앞으로 무엇을 할지 이야기하며 우리는 오늘 데이트를 마지막까지 즐기기로 했다.

뺨이라고는 하지만 내가 키스했다는 것만으로 이렇게까지 기뻐하다니, 용기를 내서 정말 다행이다…….

기념일 전 둘째 날 데이트…….

어쩌면 우리에게 있어서 마지막이 될지도 모르는 데이트는…… 두 사람 모두 만족한 형태로 떠들썩하게 막을 내린 것이었다.

마지막 데이트를 마친 나는 방에 혼자 있었다.

조금 전까지는 나나미와 저녁 식사를 함께했다. 더 정확히는 바라토가에서 그녀의 가족들과 함께 저녁을 먹고 평소처럼 집까지 데려다주셨다.

오늘 데이트 마지막에 바라토가에서 저녁을 먹는 것이 어떠냐는 제안을 해주셨기 때문이다. 아마, 그녀의 가족들이 여러모로 묻고 싶은 것이 많아 제안한 것이겠지.

예상대로 저녁 식사 때는 질문 공세를 받았다.

내 요리 감상부터 시작해서 오늘 데이트는 어땠는지, 이제 키스 정도는 했는지…… 호기심에 찬 모두에게서 온갖 질문들이 날아들었다. 그 감각도 왠지 오랜만이라는 느낌이라 난처하지만 동시에 즐거웠다.

덧붙여서 내가 뺨에 키스했다는 것은…… 나나미가 폭로했다.

나는 말끝을 흐리고 있었는데 그녀가 무심코 말을 흘려버려서…… 아니, 굳이 어느 쪽이냐 하면 말하고 싶은 걸 간신히 참다가 결국 폭로한 것 같은 느낌이었다.

어쨌든 이야기하는 동안 계속 웃고 있었으니까. 그건 어떻게 봐도 실수로 말했다는 얼굴이 아니었다. 그 후 내가 느낀 괴로움은 상당했다.

토모코 씨와 겐이치로 씨는 드디어 뺨에 한 거냐면서 히죽거리는 미소를 내게 향해왔고…… 사야로부터는 반대로 "입이 아니라?!" 하는 리액션을 받고 말았다.

뭐, 바라토가에서 있었던 일은 그렇다 치고…… 귀가해서 방에 혼자 남은 나는, 조금 전까지의 떠들썩함이 거짓말처럼 느껴지는 정적에 약간의 외로움을 느끼며 책상 위의 물건들을 바라보았다.

그것은 오늘 데이트 마지막에 산 것…… 동물원이 아니라 신사에서 산 것이다. 개봉하지 않은 사랑 오미쿠지와 나나미 몰래 산 연애 성취 부적…… 그 두 가지다.

사랑 오미쿠지는 처음 갔던 신사에서 뽑은 것이고, 연애 성취 부적은 돌아오는 길에 조금 떨어진 돈궁이라 불리는 신사에서 산 것이었다. 나중에 알고 보니 사실 연애 관련은 그쪽이 더 효험이 있는 장소라고 했다. 내 조사도 한참 부족하구나.

나는 연애 성취 부적을 손에 들고 스트랩 모양으로 되어 있는 그것을 받침대에서 떼어냈다. 손바닥에 쏙 들어가는 초록색의 작은 부적…… 그것을 가볍게 움켜쥐고 기도하는 자세를 취했다.

나나미와 아주 잠시 개별 행동할 때가 있어서 그때 서둘러 산 것이었다. 그것에 나는 내 모든 소원을 담았다. 어쨌든 나는 다시 고백하는 거니까…… 할 수 있는 것은 다 해 두고 싶었다. 신에게 의지하는 것은 나쁜 것이 아니다.

"이런 짓을 하는 성격은 아니었지만……."

아무도 없는 방안에서 혼잣말을 중얼거리면서 나는 그 연애 성취 부적을 통학용 가방 속에 넣었다. 묶어볼까 하는 생각도 했지만, 여러모로 오해를 살 것 같았기에 가방 안이 됐다.

사랑 오미쿠지는 사긴 했지만…… 그 자리에서 개봉하지 않고 가져왔다. 그 자리에서 볼까 하는 생각도 했는데, 나나미랑 둘이서 이야기한 결과 각자 가져가기로 한 것이다.

각자 개봉한 다음 결과를 서로 보고하자는 이야기가 나왔다. 나쁜 결과가 나올지 좋은 결과가 나올지는 모르겠지만…… 나나미는 반드시 좋은 결과가 나올 거라고 확신하는 것처럼 보였다. 기분도 최고조에 눈도 반짝반짝 빛나고 있었다.

그렇게까지 기뻐하면…… 뭐랄까, 좀 민망하다.

그럼…… 이제 슬슬 열어 볼까? 그런 생각을 한 타이밍에 스마트폰에 전화가 왔다. 전화 상대는…… 나나미다. 나는 아직 안 열어봤는데…… 혹시 벌써 열어봤을까?

나는 우선 사랑 오미쿠지 개봉을 미루고 나나미에게서

온 전화를 받았다.

　기념일 전 마지막 데이트를 마친 나는 방에 혼자 있었다. 가족들과는 조금 전까지 오늘 있었던 데이트 보고회 뒷이야기를 하고 있었다.

　요신에게 그렇게나 듣고도 아직 부족한 것인가 싶어 어이가 없었지만…… 나도 신나서 말해버렸으니 내가 생각해도 남 말할 처지는 아니다.

　그래도 이대로라면 요신에게 연락하는 게 늦어질지도 모르겠다. 그렇게 생각했을 때 사야와 조금 언쟁이 있었다. 언쟁이라기보단 사야가 자폭한 것에 가까웠지만……. 뭐, 어쨌든 약간의 소동이 있었다.

　"언니는 뺨에 키스 받은 정도로 뭘 그렇게 기뻐해? 적어도 입술은 되어야 하는 거 아냐? 오늘 데이트, 첫 키스 찬스였잖아!"

　"어쩔 수 없지, 요신은 그런 거에 서투니까…… 볼에 해준 것만으로 대단한 거야."

　"형부도 언니도 서툰 수준을 넘어서서 그냥 연애에 맹탕인 것 같은데……?"

　"흥, 뺨조차 키스해 본 적 없는 사야는 모를걸."

"뭐야?! 나도 키스 정도는 한 적 있어! 언니랑은 달리 첫 키스를 끝냈다고!"

응, 누가 봐도 거짓말이다. 아무리 봐도 홧김에 한 말이라는 걸 알겠는데, 그 발언을 듣고 난 후 이번엔 아빠가 흥분했다.

묻고 따지는 상대가 내게서 사야로 넘어간 것이다.

아니, 아빠…… 누가 봐도 거짓말이잖아. 하지만 머리에 피가 쏠린 아빠는 그런 것을 미처 깨닫지 못했고, 엄마는 거짓말이라는 걸 알고 있으면서도 흥미진진한 얼굴을 하더니 셋이 다 함께 내 방에서 나갔다.

방에서 나가면서 엄마가 내게 몰래 귓속말을 해오셨다.

"이제 요신 군에게 전화할 거지? 안부 전해주렴."

방에서 나갈 때는 사야도 나에게 윙크를 해왔다. 혹시 보고회를 끝내주려고 일부러 말해준 걸까? 그렇게 해서 나는 방에 혼자 남았다.

아까까지 가족들과 이야기하면서 생각한 거지만, 오늘 데이트에서는 과거의 즐거운 추억들을 여러모로 되새길 수 있었다. 그리고 동시에 자신이 얼마나, 얼마나 요신을 좋아하고 있는지도 재확인할 수 있는 데이트였다.

데이트 때 말했던 앞으로도 요신과 계속 함께 있고 싶다는 건 내 진심이다. 깊은 곳에서 우러나는…… 나의 진심. 약간 자기혐오가 들었지만, 그 말에 거짓은 없었다.

나는 다시금 오늘 신사에서 산 물건을 책상 위에 놓았다.

요신과 함께 산 미개봉 사랑 오미쿠지와…… 요신과 돌아오는 길에 들렀던 장소에서 개별 행동을 했을 때 산 연애 성취 부적이다.

연애 성취 부적은 화장실에 갈 때 몰래 산 것이다. 핑크색의 작고 귀여운 부적. 받침대에 묶여 있는 그것을 조심스럽게 받침대에서 떼어냈다.

나는 고백한 지 한 달째 되는 날에 요신에게 모든 것을 다시 고백할 것이다. 내가 거짓말을 한 것…… 이 관계가 벌칙에서 비롯된 관계였다는 것…… 그가 모르는 것을 전부.

그 후 그가 어떤 선택을 할지는 모르겠지만…… 나는 그의 선택을 존중할 것이다.

하지만…… 하지만 만약 그가 나를 용서하고, 나를 선택해 준다면 이보다 더 기쁠 수는 없겠지. 그래서 신사에서도 신에게 맹세와 소원을 빌었다.

"제가 모든 걸 고백한 후…… 부디 요신이 상처받지 않고 행복하기를……. 그걸 위해서라면 저는 뭐든지 할 거예요……. 부디 그에게 좋은 만남을 주세요. 부탁합니다……."

나는 그때 마음속으로 맹세했던 것을 불쑥 입 밖으로 꺼냈다.

이것도 나의 거짓 없는 진심이다. 하지만 그와 함께 있고 싶다는 것도 진심이다. 나는 받침대에서 떼어낸 부적을 손바닥 위에 올렸다. 내 손바닥보다 작은 그 부적 중앙에는 앙증맞게 연애 성취라는 글자가 적혀 있었다.

나와 요신의 연애를 성취할 수 있도록, 염원을 담아 산 부적.

그 부적을 보고 나는 나의 모순을 깨닫는다. 그에게 선택을 맡긴다고 해놓고, 그것을 위해서라면 뭐든지 할 것이고, 그의 행복이 제일이라고 생각해놓고…… 그에게 선택받고 싶다고 생각하고 있다.

"만약…… 정말 만에 하나 그가 저를 용서하고…… 절 선택해 준다면…… 그때는 감사를 전하겠습니다, 신님……."

이어서 나는 신에게 맹세한 것을 입에 담았다. 이것도 내가 신에게 맹세한 것이다. 모순되는 두 가지 소원을 나는 신에게 맹세한 것이다.

요신에게 거짓말을 계속할 바엔…… 모든 것을 말하고, 설사 그가 떠나더라도 그의 행복을 바란다. 그것만을 생각했다.

하지만 그가 떠나길 바라지 않는다. 같이 있고 싶다. 계속 같이 있으면서 많은 일을 하고 싶다.

정말 이기적인 이야기라고 생각한다. 자신의 모순된 감정이 못나게 느껴졌다. 요신처럼 어른스러운 사고방식을 가지고 있다면 이런 식으로 고민하는 일은 없을까? 아니…… 그것도 내 편협한 사고방식인 걸까?

"즐거웠지, 요신……. 이 한 달간…… 정말 눈 깜짝할 사이였어. 처음엔 남자애랑 한 달이나 사귄다는 게 믿어지지 않는다고 했던 내가, 지금은 더 같이 있고 싶다고 생각하다니……."

요신 덕분에 바뀔 수 있었다. 이제 나는 요신이 없으면 안 된다……. 좀 이상한 말투가 된 것 같기도 하지만…….

나는 손바닥 위의 부적에 소원을 담아 통학용 가방에 넣었다. 부디…… 행복하기를. 그런 소망을 담아서.

그리고는 개봉하지 않았던 사랑 오미쿠지를 집었다. 그 자리에서 개봉하지 않은 것엔 이유가 있었다. 그 신사의 사랑 오미쿠지는 아주 잘 맞는다는 말을 요신에게 들었기 때문이었다.

그래서 나는 그 자리에서 열 용기를 내지 못했고…… 요신에게 돌아가서 보고 알려주지 않을래? 라는 제안을 했다. 물론 그에게 전화할 구실을 만들기 위함이기도 했지만, 잘 맞는다고 소문난 사랑 오미쿠지의 내용이 만약 나쁜 내용이라면…….

모처럼 즐거운 데이트 중인데 나는 그 자리에서 울어버렸을 것이다. 그렇다면 혼자 보고 나쁜 내용이라면 혼자 울고…… 요신에게는 좋은 결과였다고 보고만 하면 된다.

새삼스럽게 나는 사랑 오미쿠지로 시선을 떨궜다. 그저 제비를 확인할 뿐인데 무척이나 긴장되었다. 이렇게 긴장한 건 언제 이후일까? 고등학교 합격 발표 때 이후로 처음인가……. 요신에게 벌칙으로 고백을 했을 때는 긴장과는 조금 다른 마음이었으니까…….

떨리는 손으로 나는 먼저 제비가 들어 있는 비닐을 열었다. 평범한 비닐인데 손가락 끝에 닿는 감촉이 어찌나 무거운지 쉽사리 움직이지 않았다……. 아니, 벌써 약해지면 어떡해…….

나는 요신의 웃는 얼굴을 떠올리며 다시 한번 기합을 넣었다. 그의 미소를 떠올리니 용기가 좀 샘솟는 것인지 조금 전까지 무거웠던 손가락 끝이 부드럽게 움직였다.

비닐 속에서 아기자기한 장식이 달린 주황색 천이 나왔고 그것을 펼쳤다. 거기서 꺼내든 종이 오미쿠지를 천천히 연다. 그곳에는 애정운이 메인으로 적혀 있는데 아직 그 내용까지는 확인하지 못하고 먼저 운세란을 확인했다.

"소길…… 인가. 뭔가 좋지도 나쁘지도 않은 결과네."

분명 대길, 중길, 길, 소길, 말길, 흉 순으로 좋은 거였나? 흉이 나오지 않았으니 그나마 낫다고 생각해야 하는 걸까. 애초에 사랑 오미쿠지이니 흉이 없다고 하면 운세 중에서는 아래쪽이다. 조금 아쉬워하면서 나는 애정운에 대해 자세히 적힌 내용으로 시선을 옮겼다.

"어…… 이건……."

그 내용을 보는 순간 눈에서 한줄기 눈물이 흘러내렸다.

슬픔이 아니라 기쁨으로 인해.

거기에 적혀 있는 한 문장에는 이런 내용이 기술되어 있었다. '신에 의해 돌고 돌아 만난 두 사람', '두 사람의 사랑은 이제부터 시작된다'고……

사람에 따라서는 고작 운세로 나온 내용이라고 생각할지도 모른다. 그럴지도 모르지만…… 지금의 나에게는 이는 더할 나위 없이 기쁜 말이었다. 설마 슬픈 게 아니라 기뻐서 울 줄은 몰랐는데.

"괜찮을까……? 잘 될까……?"

나는 눈물을 닦고 그대로 호흡을 가다듬었다. 운명의 날은 가까워지고 있지만, 어쩐지 안정감이 들어서, 일시적인 위안일지도 모르지만 아주 조금 구원받은 기분이 들었다.

그리고는 공연히 그의 목소리가 듣고 싶어져서 스마트폰을 들어 요신에게 전화를 걸었다. 원래 전화하기로 약속하긴 했지만 이렇게 맑아진 마음으로 전화할 수 있을 거라고는 생각하지 못했다.

신호음이 두 번쯤 울렸을 때 요신은 전화를 받았다.

『여보세요, 나나미?』

"여보세요, 요신? 오늘 데이트 너무 즐거웠어! 그리고 말이야! 사랑 오미쿠지 내용 말인데, 엄청 잘 나왔어!"

『아, 벌써 봤구나. 난 아직이야. 그래서 어떤 내용이었어?』

"응, 그게 말이지……."

요신은 아직 사랑 오미쿠지를 개봉하지 않은 것 같았지만, 기쁨에 넘친 나는 우선 내가 본 내용을 전했다. 그도 내 말을 가만히 들어주었다.

데이트가 끝나고 내가 진실을 말할 날이 얼마 남지 않았다.

나는 요신과 이야기를 나누면서 오미쿠지를 힐끗 바라보며 마음속으로 신에게 감사를 드렸다.

지금 저는 행복해요. 감사합니다. 그러니까 앞으로 어떻게 되든…… 저는 후회하지 않을게요.

그날 밤은 결국 오늘 있었던 데이트 이야기로 달아올라 오랜 시간 이야기를 나누고 말았다. 요신의 오미쿠지 내용을 깜빡하고 물어보지 않았다는 것을 떠올린 것은 다음 날이 되어서였다.

혼자 조용히 잠에서 깼다.

평소보다 조금 이른 아침으로 평소와 같은 내 방 천장. 기상은 그렇게까지 나쁘지 않았다.

뭔가 아주 좋은 꿈을 꾼 것 같은데 기억은 잘 나지 않는다. 어쩌면 애초에 꿈을 꾸지 않았을지도 모른다는 생각에 나는 침대에서 혼자 일어났다.

꿈인가. 어쩌면 지금까지가 모두 꿈이었던 것은 아닐까, 그런 불안감이 갑자기 덮쳐 와서…… 혼자 조용히 책상 위를 보았다.

그곳에는 어제 내가 완성한 나나미의 선물과 그날 나나미와 함께 뽑았던 사랑 오미쿠지가 놓여 있었다. 그걸 보고 나서야 난 꿈이 아니라는 걸 확신한다.

데이트 후에 나나미에게서 걸려온 전화는 그녀의 사랑 오미쿠지 결과 보고와…… 데이트가 아주 즐거웠다는 이야기였지, 그러고 보니. 그날은 들떠서 밤늦게까지 대화에 열중하고 말았다.

그건 그렇고 나와 나나미가 '신에 의해 돌고 돌아 만난 두 사람'이라니…… 꽤 거창한 내용이랄지, 기쁘지만 쑥스럽다. 지금 생각해도 마찬가지다.

돌고 돌아 만난 두 사람…… 만약 그게 사실이라면 잘됐으면 좋겠다.

나는 책상 위의 사랑 오미쿠지에 시선을 떨어뜨렸다. 그러고 보니 아직 개봉하지 않았구나……. 어제도 이래저래 선물을 만드느라 바빠서 미루고 있었나.

내 쪽의 사랑 오미쿠지…… 나나미가 좋은 결과인데 여기서 내가 나쁜 결과가 나오면 웃지 못할 상황인데…….

사랑 오미쿠지 옆에는 내가 다시 고백할 때를 위한 선물이 반짝이고 있었다. 어떻게든 시간에 맞춰서 다행이라고 생각했을 때 선물에 반사된 빛이 내 눈에 들어왔다.

마치 그것이 이제 다 끝났으니 오미쿠지를 빨리 열라고 내게 재촉하는 것만 같았다. 기분 탓이지만. 나는 오미쿠지를 집어 들고 손장난을 하듯 한동안 손으로 돌려대기만 했다.

열고 싶다고 생각하면서도 왠지 열 용기가 나지 않는다.

그것은 오늘이 다시 고백하는 날이라는 이유 때문일까? 여기서 오미쿠지 내용이 나쁘게 나온다면…… 고백 전에 기분이 우울해질 건 확실했다.

그래, 오늘은 내가 나나미에게 다시 고백하는 날이다.

그러니까 한 달 기념일이라는 뜻이다. 집에 혼자 있어서 다행일지도 모른다. 아무도 없는 집에서 조용히 생각할 수 있었기 때문이다. 아빠와 엄마가 계셨다면…… 더 정신이 없었을 것 같다.

나는 오미쿠지를 든 채 침대 위에 앉았다. 방안에 침대 스프링이 삐걱거리는 소리만 작게 울린다. 스마트폰은…… 나중에 해도 될까?

이런 작은 종이를 여는데 얼마나 망설이는 거야. 그것을 바라보면서 나는 오늘까지의 나날을 되짚어 보았다.

한 달 전 나는 나나미에게 고백받았다. 그건 벌칙이었고 나도 불순한 동기로 그녀와 사귀기로 했다.

그때의 결정은 지금이라면 실수가 아니라고 확실하게 말할 수 있다. 등을 밀어준 바론 씨에게는 감사뿐이다.

그리고 많은 데이트를 했다. 영화도 보고 수족관도 가고…… 여행도 몇 년 만이었는지, 우리 부모님도 정말 좋아하셨다.

……만약 잘되지 않는다면 아빠와 엄마도 슬퍼하겠지.

나나미네 가족도 만날 수 없게 되는 건가? 과연 헤어진 후에는 만날 수 없겠지. 지난 한 달간 바라토가에는 신세를 많이 졌으니 그렇게 되면 굉장히 쓸쓸할 것 같다.

한순간 고개를 든 어두운 생각에 이끌리듯 머릿속에서 여러 가지 생각들이 빙글빙글 떠올랐다가 사라지고, 떠올랐다가 사라지고를 반복했다. 어쩌면 긴장하고 있는 걸지도 모르겠다.

마치 흔들어 버린 탄산음료 캔을 땄을 때 내용물이 뿜어 나오는 것처럼 불안한 마음이 넘쳐흘렀다. 예라고 해도 조금 이상하네.

불안한 생각을 떨쳐버리려고 머리를 최대한 흔들어 본다. 모처럼 기분 좋게 잠에서 깼는데 쓸데없는 생각을 해 버리면 소용없다.

아니, 아마 분명…… 절대 괜찮을 거야. 괜찮다고 생각하자. 한 달, 길지는 않을지도 모르지만, 그동안 자라난 나와 나나미의 관계를 믿어.

여기서 끝난다면 난 앞으로 절대 여자를 좋아할 수 없을 것이다. 이건 이미 확신이었다.

그렇다고 자신감을 과하게 가질 수도 없었다. 내 여성 경험이 적다는 것도 있지만, 이런 일은 당연히 불안해지는 법이겠지.

주위에서 보면 걱정할 필요가 없는 일도 당사자가 되면 보이는 방식이 달라진다. 아마 지금의 내가 바로 그 경우일 것이다. 내가 생각하기에도 긍정적인지 부정적인지 모르겠지만, 혼자 있으면 많은 생각을 하게 된다.

꼬르륵…….

아침부터 생각이 많다 싶더니 내 배가 크게 울렸다. 아직 아무것도 먹지 않았다. 소리를 들으니 갑자기 배가 고

프네. 슬슬 아침을 먹을까?

……그리고 보니 내가 요리를 하게 된 것도 나나미 덕분이다.

……무엇을 해도, 무엇을 생각해도 도달하는 것은 나나미구나. 완전히 생활의 일부가 되었다는 것을 느끼고는 쓴웃음을 지었다.

우선은 아침밥이다. 아침밥을 먹고 오늘 하루를 보낼 에너지를 보충해야지. 그러면 부정적인 생각 따위는 날아갈 것이다.

……그전에 이 오미쿠지만 볼까? 나는 마음을 굳게 먹고, 사랑 오미쿠지를 천천히 열어 보았다……. 긴장하면서 개봉한 그 안에서 내용물을 꺼낸다.

그리고 내용을 확인해보니, 그것은…….

◇ ◇ ◇ ◇ ◇ ◇ ◇ ◇ ◇ ◇

내가 나나미에게 고백받고 딱 한 달째 기념일……. 우리는 방과 후에 추억의 장소로 발길을 옮겼다. 모든 게 시작된 그 자리에.

"요신, 여기 기억나? 그립다……. 우린 여기서부터 시작된 거지?"

"……그렇지. 그립네……. 여기서 나나미에게 고백을 받았지."

그랬다. 여긴 나나미가 벌칙으로 나에게 고백을 했었던 교사 뒤편이었다. 사실 그립다고 말하기에는 아직 한 달밖에 지나지 않았지만…… 이곳은 상당히 달라져 있었다.

왜 우리가 여기에 와 있는 것인가. 그건 내가 나나미에게 다시 고백하기 위해 이곳을 택해서 그녀를 이곳으로 데려왔기 때문……이 아니다.

나를 이곳에 데려온 곳은 나나미 쪽이었다.

어째서인지 벌칙 고백을 한 이 자리에 그녀는 나를 데려왔다.

발단은 어제로 거슬러 올라간다. 갑자기 나나미가 방과 후에 나에게 승부를 걸어온 것이다…… 트럼프를.

오토후케 씨도 카모에나이 씨도 함께였다. 어차피 함께 돌아갈 거였고 마땅히 거절할 이유도 없었기 때문…… 우리 4명은 트럼프 승부를 하게 되었다.

거기서 문득, 방과 후에 트럼프 승부를 하니 마치 그날의 재현 같았다.

모든 시작은 여기서 벌칙으로 한 고백 그 자체인 줄 알았는데, 진정한 시작은 방과 후 트럼프 게임을 목격한 곳에서부터다.

그날 나나미가 졌기 때문에 나에게 벌칙으로 고백을 했다. 모든 계기는 방과 후 트럼프 게임이었다. 하지만 이 승부에 무슨 의미가 있을까? 또 뭔가 하려는 걸까?

그런 생각을 하면서 게임을 즐겨서 그런 걸까…… 깨닫고 보니 오토후케 씨와 카모에나이 씨는 금세 털고 나갔고 나와 나나미 일대일 대결이 되어 있었다.

아니, 두 사람 다 너무 강하잖아. 거의 미스 없이 끝났지? 타짜인가?

그만큼 강했다.

그리고 나와 나나미의 승부가 되었다. 나나미는 일대일 대결이 됐을 때 느닷없이 나에게 "이 승부가 결정되면…… 벌칙이겠네"라고 말했다.

벌칙…… 이라는 발언을 할 때 잠시 괴로운 표정을 지었던 것을 나는 놓치지 않았지만, 일단 나는 그 말에 고개를 끄덕였다.

정말 그날의 재현 같았다.

무슨 생각을 하는지는 전혀 모르겠지만, 분명 뭔가 생각이 있을 것이다. 내가 이기면 그것도 사라지는 거겠지.

지금까지 봐 왔지만…… 나나미는 그렇게 승부에 강하지 않다. 얼굴에 꽤 드러나는 타입이다.

……그런 생각을 하고 있었는데 나는 의외로 깔끔하게 져 버렸다.

어라, 이상하네……. 중간까지는 내가 이기고 있었는데……. 아무래도 얼굴에 드러나는 것은 나도 마찬가지인가 보다.

그리고…… 안도한 나나미가 내린 벌칙 내용은 이러했다.

내일 방과 후…… 자신에게 시간을 내 줄 수 있겠느냐고.

그건 내가 고백받은 날 들었던 말과 같은 말이었다. 그리고 지금 우리는 여기에 있다. 사실은 나도 여기로 부를 생각이었기 때문에 나로서는 잘된 상황이었다.

"근데 여기도 조금…… 아주 조금 변했네."

"맞아, 요신이 다친 후에 학교가 대책을 마련한 것 같아. 봐봐, 저 창문……."

나는 벌칙의 일환으로 그날과 같은 장소에 서라는 지시를 받았기 때문에 거기에서 움직이지 않았다. 그리고 나나미는 그날과 마찬가지로 나에게서 거리를 두기 위해 천천히 교사 뒤편으로 이동했다.

이동하면서 그 양동이가 떨어진 창문을 올려다보고 손가락을 향한다.

나나미가 가리킨 창문은 고정되어 더는 열 수 없게 되어 있었다. 앞으로는 양심 없는 학생이 저기서 물을 버리는 일은 없을 것이다.

이외에도 주위에 잡다하게 놓여 있던 폐자재가 없어졌다. 여기에 두지 않고 학생이 들어올 수 없는 장소로 이동시킨 것 같다.

그리고 교사진의 순찰 추가나 세세한 곳에서 학교 뒤편

의 정비 점검을 자주 하게 되었다. 내가 다치는 바람에 교 사진의 부담이 늘어 미안할 정도다.

내가 나나미에게 고백받은 곳은 여기다.

틀림없다……. 하지만 작은 변화가 일어난 탓인지 알고 있는 장소인데도 모르는 장소인 것 같은 위화감이 조금 느 껴졌다.

"결국 그때…… 창문에서 양동이를 떨어뜨린 건 누구였 을까?"

"뭔가 소문으로는 3학년이라는 것 같던데? 양동이에 적 혀 있어서 반까지는 알아낸 것 같은데…… 학교 측에서도 조용히 끝내고 싶어서 그런지 범인은 안 찾은 것 같아."

"그것도 좀 그러네. 난 다쳤는데……. 뭐, 3학년이라면 진로에 영향을 미치니까 그게 제일일지도 모르겠지만."

"화나지 않아? 다쳤으니까 이름 정도는 대! 라고 말이 야. 범인도 찾을 수 있지 않을까? 나도 도와줄게."

요즘은 계속 나와 붙어 지내서 자칫 잊어버리기 쉽지 만…… 나나미의 교우관계는 넓으니까 아마 찾으려고 생 각하면 범인을 찾을 수는 있을 것이다. 하지만…….

"됐어, 딱히. 결과적으로 아무 일도 없었고. 게다가…….

"게다가?"

"나나미와 사귈 수 있었던 대가라고 생각하면 싸게 먹힌 거지."

"……또 그런 멋진 말을 하고…… 정말이지……."

뭐, 악의는 없었을 거고 벌써 한 달이나 전의 이야기다. 더욱이 그것이 억울한 죄였다면 이제 와서 들춘다 해도 의미가 없었다. 범인의 존재 같은 건 아예 잊고 있었을 정도니까.

내 대답을 듣고 숨을 한번 내쉰 나나미는 그대로 천천히 걸어서 내게서 떨어졌다. 나나미는 그날과 같은 거리까지 멀어지더니 거기서 멈춰 서서 나를 향해 돌아섰다.

그때의 거리감이 재현되었다.

그 표정은 조금 쓸쓸해 보이지만 뭔가를 결심한 듯한 미소였다. 망설임은 볼 수 없는…… 매우 상냥한 미소다.

"벌칙은…… 이게 끝이야? 내가 그날을 기억하고 있는지 없는지를 시험해보는 벌칙이었어?"

"그럴 리가 없잖아…… 벌칙은 이제부터야. 요신, 거기서…… 거기서 내 이야기를 끝까지 들어주겠다고…… 약속해줄래?"

"나나미의 부탁이라면 그렇게. 난 아무 말 않고…… 가만히 듣고만 있으면 돼?"

"응……. 끝까지 들어줬으면 좋겠어. 내 얘기를……."

내 비밀을.

내 귀에…… 마지막으로 작게 중얼거린 그녀의 말이 그렇게 들려온 것 같았다.

기분 탓일까? 나나미의 비밀……이라니? 이건 내가 받는 벌칙이 아닌가? 그녀는 나한테…… 뭘 말할 생각이지?

오늘은 한 달이 된 기념일이다. 즉…… 벌칙으로 최소한의 교제 기간이 끝난 시점이라 나는 그녀에게 다시 고백할 생각이었지만…….

어쩌면 나는 이제부터 나나미에게 헤어지자는 이야기를 들을지도 몰랐다.

실수했다. 약속을 앞당겼어야 했나…… 하다못해 먼저 내가 다시 고백하고 싶었는데…… 헤어지게 되더라도 내 마음은 전하고 싶었다.

하지만 나는 약속한 이상 그녀의 이야기를 끝까지 들을 것이다. 이건 절대적이다. 약속은 지킨다. 이별 이야기를 꺼내고 나서 다시 고백이라…… 폼은 안 나겠지만…… 한 번 정도 발버둥 쳐보는 건 괜찮으려나?

"있지, 요신…… 오늘이 무슨 날인지 알고 있어?"

"……가만히 들으려고 했는데, 대답해도 되는 거야?"

"물론. 대답하지 않으면 대화가 진행되지 않을 테니까."

"나나미가 고백하고…… 우리가 사귀게 된 지 딱 한 달째 되는 기념일이지? 여기로 데려오지 않아도…… 기억하고 있어. 무슨 축하라도 해야 하나 생각했을 정도야."

나의 대답에 나나미는 기쁜 얼굴로 살짝 미소 지었다.

하지만 그 미소는 내가 좋아하는 미소와는 조금 다른…… 쓸쓸한 미소였다. 내가 기억하고 있는 걸 기뻐하면서도 동시에 슬퍼하는 것 같았다.

"요신이 기억해줘서 기뻐. 맞아, 오늘은…… 나와 요신이 사귄 지 한 달째 되는 기념일이야…… 그리고……."

거기서 나나미는 한 박자 쉬고 천천히 심호흡했다. 그 모습이 그날 나에게 어렵사리 고백하던 모습과 겹쳐 보였다.

이별 이야기라면…… 좀 더 편하게 할 수 있는 거 아닐까? 그런 생각을 하고 있는데, 나나미는 심호흡을 몇 번 하고 마음을 가라앉힌 것인지…… 조용히 웃었다.

"오늘은…… 오늘은 말이지……."

그녀는 쓸쓸한 미소를 지으며, 그 진실을 나에게 전했다.

"내가 벌칙으로 요신에게 거짓 고백을 한 지 딱 한 달째…… 되는 날이야."

정적이 그 자리를 지배했다.

주위에는 바람 부는 소리가 들렸다. 나무들이 흔들리며 바스락거리는 소리가 마치 비 오듯이 울려 퍼진다.

"……뭐?"

나나미의 발언을 이해하지 못해, 아니, 이해했지만 겨우 나온 말은 그 한마디뿐이었다. 혼란스럽다. 무슨 말을 하는 거야, 나나미?

내 반응을 봐도 그녀의 쓸쓸한 미소는 사라지지 않았다.

"미안해, 갑자기 이런 말을 해서……. 놀랐지. 당연히 화났겠지. 하지만…… 끝까지 들어주지 않을래……?"

나의 "뭐?"라는 말을 분노에서 나온 말이라고 받아들인 것 같다. 그녀의 말에 일단 나는 고개를 끄덕였다.

나의 그 긍정에 그녀는 작게 고맙다고 말했지만, 내 말의 의미는 그녀에게 제대로 전달되지 않았을 것이다.

왜…… 왜, 그 사실을 나에게 전하는 거지?

처음에 말했잖아. 이별 이야기를 꺼낸다고 해도 벌칙 이야기는 절대로 하지 않을 거라고, 오토후케 씨나 카모에나이 씨도 말하지 않을 거라고……. 그래서 오늘까지 나는 겉으로 벌칙인 줄 모르고 있었다. 모른 척하고 있었다.

그것을 그녀는 스스로 뒤집어 버렸다.

그 의미를…… 나는 이해하지 못했다.

"어제, 같이 트럼프 했잖아. 다 같이 해서 즐거웠지……. 아, 그게 아니라…… 음, 한 달 전에도 그렇게 셋이서 트럼프로 게임을 했었어."

알고 있다.

"그리고…… 난 그 승부에 졌어. 진 사람에게는 벌칙이 있었고…… 내게 주어진 벌칙은…… 접점이 없는 남자에게 고백하는 것……."

그것도 알고 있다.

"그리고 그 벌칙의 고백 상대로 뽑힌 것이…… 요신, 이었어."

전부…… 다 아는 일이다.

하지만 내가 알고 있다는 사실을 나나미는 모른다.

그런데 모르겠다……. 왜 그녀는 새삼스럽게 내게 그런 말을 하는 걸까? 그걸 모르겠다. 상대방과 헤어질 때도 상처받지 않도록 말하지 않겠다고 했었는데…….

나나미는 상대를…… 그렇게 상처주는 여자가 아닐 텐데…….

"……요신은 상냥하고…… 정말 멋진 사람이야. 이럴 때도 화가 나는 걸 참고 내 말을 계속 들어주고……."

나는 약속대로 잠자코 나나미의 말을 듣고 있었지만, 당황한 표정은 감출 수 없다.

그녀는 아무래도 그것을…… 거짓 고백에 대한 분노를 참고 있는 것으로 이해한 것 같았다. 나는 화가 난 것이 아니다. 그저 그녀의 진의를 몰라 당황하고 있을 뿐이다.

그렇게 그녀는 고백을 계속 이어갔다. 내가 이미 알고 있는 정보를…… 괴롭다는 얼굴로 말해 나갔다.

"하츠미와 아유미가 정한 남자가 요신이었을 뿐이고, 고백 상대는 누구라도 상관없었어. 남자를 싫어하는 내가 사

귀어도 괜찮을 것 같은 조용한 남자…… 요신은 그 이유만
으로 선택된 거야."

"그렇…… 구나……?"

"응…… 최악이지? 사람의 마음을…… 요신의 마음을
무시하고, 기만하고, 속이고, 거짓말을 하고……. 그게 한
달 전에…… 내가 한 행위야. 요신은 내 최악의 행위에 휘
말린…… 피해자야."

마치 일부러 나를 화나게 하려는 듯한 그 말투에 반대로
나는 냉정해졌다. 하지만 냉정해진다 한들…… 그녀에게
뭐라고 말해야 하지?

그녀가 원하는 것을 모르는 나로서는 그녀에게 할 말이
떠오르지 않았다.

"나나미……."

내가 그녀의 이름을 부르자…… 나나미가 그 자리에서
깊이 머리를 숙였다.

"미안해…… 요신. 사과해서 끝날 일은 아니겠지만……
그래도 사과하게 해줘. 미안해. 정말…… 미안합니다."

떨리는 목소리로 그녀가 내게 고개를 숙였다. 거기서 처
음으로 나는 나나미의 감정이 전해지는 것을 느꼈다.

그녀가 아까부터 계속 웃고 있던 것은…… 내게 눈물을
보이지 않게 하기 위함이었다.

분명 눈물을 보이면 내가 어떤 이유에서든 그녀를 용서

할지도 모르니까…… 거부하지 못하고 용서할까 봐 눈물만큼은 절대 보이지 않으려고 하는 것이었다.

지금도…… 고개를 숙인 그녀가 있는 곳의 땅바닥은 젖어 있지 않았다. 하지만 분명 고개를 숙이고 있는 그녀의 얼굴은 웃는 얼굴이 아닐 것이다. 눈물을 필사적으로 참고…… 나에게 사과하고 있다.

"이걸로 내 이야기는 끝. ……최악이고, 최저인…… 못난 내 이야기는 이제 끝. 고마워…… 잠자코 들어줘서."

그녀는 고개를 숙인 채, 입을 다물고 머리를 들려고 하지 않았다. 어쩌면 내가 할 쓴소리를 각오하고 있는 것인지도 모른다.

하지만 나는…….

말을 꺼내기 전, 한 번 호흡했다. 깊고 차분하게.

"미안해, 나나미. 괴로운 고백을 하게 해서. 그리고 고마워…… 사실을 말해줘서."

내 말에 나나미가 깜짝 놀란 얼굴로 고개를 들었다. 예상하지 못한 말이었는지…… 그녀는 당황하고 있었다.

"왜…… 왜 요신이 사과하는 거야? 난…… 난 최악의 짓을 했어! 요신이 사과할 일은 전혀 없는데…… 감사하다는 말 들을 자격 나한테 없어."

조금 전까지의 냉정함은 사라지고 흥분한 그녀에게……
나는 달래듯이 손을 뻗었다.

내 손을 본 나나미가 숨을 삼키며 말을 멈췄다. 조금 무리해서 그녀를 침묵시킨 나는 그대로 말을 이어갔다.

"……이번에는 내 이야기를 들어주지 않을래? 나도…… 나나미에게 할 이야기가 있거든."

그래……. 그녀는 용기를 갖고 내게 진실을 말해주었다.

그렇다면 이제…… 내가 진실을 말할 차례다. 그렇지 않으면…… 언젠가 그녀가 말했던 대등한 관계는 될 수 없다.

그녀는 당황스러운 표정을 지으면서도 내 말에 잠자코 고개를 끄덕였다.

나는 바보다.

뭐가 '이별 이야기를 꺼낼지도 모른다'야. 지난 한 달 동안 만들었던 즐거운 추억을 잊고, 그녀가 무슨 말을 할지…… 무엇에 가장 힘들어할지를 헤아려주지 못했다. 내 생각밖에 하지 못했다.

이래서야 남자 친구 실격이네……. 새삼스럽게 고백하겠다고 말할 자격도 없다. 그러니 이번엔…… 내 차례다.

난 이 말을 할 생각이 없었다. 그냥 다시 고백하고 끝낼 생각이었다. 그러니까 이건 예정 밖의 일이지만…… 얘기하려면 지금밖에 없을 것이다. 이때를 놓치면 평생 말하지 못할 테니까.

"한 달 전에 말이야…… 교실에 놓고 간 물건을 가지러 갔었어. 교실에서는 반 애들 세 명이 트럼프로 게임을 하고 있더라. 지면 어떤 남자아이에게 벌칙으로 고백한다는 내용으로……."

"……어?"

내 말에 그녀의 눈이 휘둥그레진다.

완전히 예상 밖의 발언이었으리라. 넋이 나간 얼굴로 반쯤 입을 벌린 채 나를 보는 그 눈빛에 당황스러움이 짙어졌다.

"맞아, 나나미. 나는 그날…… 그날 교실에 있었어. 완전히 우연이지만."

내가 교실에 있었다는 사실에 나나미가 숨을 삼키는 것이 느껴졌다. 아마 이것저것 묻고 싶겠지만, 그녀는 입을 다물고 내 말을 계속 들어주었다.

"그리고 나는 집에 가서…… 지인들에게 상담했어. 거짓고백을 받았는데 어떻게 하면 좋겠냐고……. 그랬더니 어떻게 됐을 것 같아?"

"으음, 모르겠어……. 어떻게 됐어?"

"거짓 고백을 받아들이고, 그 거짓 고백을 한 그녀가 나를 좋아하게 만들어서…… 한 달 후에 어떻게 할지 결정하면 되지 않겠냐는 얘기가 나왔어. 좋아하게 만든 다음 헤어져도 되고, 그냥 계속 사귀어도 좋고……."

내 고백을 그녀는 잠자코 듣고 있다. 내 눈을 똑바로 바라보고 있다.

"그 후에 상담했던 사람들에게 여러 조언을 듣고, 나나미…… 네가 날 좋아할 수 있도록 여러 방면으로 움직였어. 이 부분은 알고 있지? 하지만…… 전제가 좀 달라. 나는 나나미의 고백이……거짓 고백이라는 걸 알고 있었어."

그녀의 눈에…… 눈물이 고여가는 것이 보였다.

그렇겠지, 내 고백을 듣고…… 충격을 받았을 것이다. 어쩌면 미움받을지도 모른다. 하지만 나는 말을 이어갔다.

"아까, 나나미가 말했지? 본인의 행동이 남의 마음을 기만하는 최악의 행위라고……."

"응……. 말했어, 말했는데……."

"나도 마찬가지야. 난 나나미의 고백이 거짓 고백인 줄 알면서도 네가 날 좋아하게 되도록 행동했어. 나나미의 마음을 기만한 거나 다름없어. 이게 내 이야기…… 내 진짜 이야기야."

내 말을 들은 나나미가 눈물을 흘리며…… 얼굴을 두 손으로 가렸다.

"미안해, 나나미. 네가 용기를 내서 고백해줬는데…… 난 모른 척하고 너한테……."

"아니야……. 아니야, 요신……. 내 행동과 요신의 행동은 전혀 달라!"

눈물을 흘린 나나미가 내가 한 말을 가로막으며 부정한다.

"내가 거짓 고백 같은 최악의 짓을 하지 않았다면 요신이 고민할 필요도 없었을 거야……. 무리를 할 필요도 없었어. 그런 일을 할 필요도 없었어……! 전부, 전부 나쁜 쪽은 나야……!"

그렇지 않다……고 말하고 싶지만, 지금의 그녀에게는 그렇게 말해도 소용없을 것 같았다. 모든 일이 자신의 탓이라고 생각하고 있다.

하지만 나는 그녀와 나의 행동에 차이가 있다고는 생각하지 않는다. 아니, 거짓말인 것을 알고 행동했던 만큼 내쪽이 더 질이 나쁘다.

이대로라면 오히려 상처받는 것은 나나미 쪽일지도 모른다. 그것만은…… 왠지 싫었다. 그날 오수를 뒤집어쓸 뻔한 나나미를 보았을 때와 같은 감각이 내 안에 새삼스레 싹텄다.

그래서 나는…… 모든 진실을 밝힌 지금, 다시 나나미에게 묻기로 했다.

거짓에서 비롯된 관계가 우리의 관계를 복잡하게 만들었다.

그럼 그걸…… 간단하게 만들어 버리면 된다.

"그럼, 나나미에게 물어볼게……. 진실을 물어볼게. 나나미도 사실대로 말해줘."

"응, 내가 대답할 수 있는 거라면…… 아니, 뭐든지 대답할게. 이제 거짓말은 안 해. 솔직히 말할게. 그러니까……
뭐든지 물어봐."

그 말을 듣고 나는 그녀를 안심시키기 위해…… 미소를
지었다. 아주 조금이라도 안심할 수 있도록 그녀를 향해
지금까지 중 가장 환한 미소를 지어 보이며 천천히 입을
열었다.

"나나미는 내가 싫어졌어? 나는…… 나나미가 정말 좋
아. 지난 한 달 동안…… 진심으로, 나나미가 너무 좋아졌
어. 그건 지금도 변하지 않아.

거짓 없는 진심을 전했다. 인생 경험이 적은 내가 말하
는 것도 그렇지만, 이것이 사실상 세상에서 가장 어려운
일이 아닐까?

상대방이 그 진심을 받아줄지 어떨지 보장은 없고, 어쩌
면 받아들이는 것은 고사하고 비웃음을 사거나 매몰차게
거절당할 수도 있다.

그러한 거절의 공포로 결국 솔직해지지 못하고…… 파
국을 맞이하거나, 기회를 놓치거나, 소중한 것을 잃어버리
거나 하는 경우가 많다.

오늘…… 나와 나나미는 처음으로 서로 숨기고 있던 사
실을 부딪쳤다.

내가 숨기고 있던 것을 나나미에게 말함으로써…… 어
쩌면 거절당할지도 모른다는 두려움이 샘솟았다. 만약 이

걸로 헤어진다고 생각하면 몸이 떨려온다.

그래서 나는 솔직하게 말했다.

나는 나나미를 정말 좋아해.

이건 거짓에서 비롯된 관계이지만, 우리가 쌓아온 지난 한 달은…… 결코 거짓말이 아니다.

이제 그녀가 없는 생활은 생각할 수 없다. 그만큼 그녀가 너무나 좋고 소중한 존재가 되어 있었다. 누구보다, 무엇보다도 그랬다. 그것을 강하게 느꼈다.

어쨌든 나는…… 그 사실을 그녀에게 솔직하게 전한다.

거짓 고백, 나의 비밀, 그녀의 죄책감, 나의 죄책감…… 여러 가지 생각이 복잡하게 뒤엉켜있지만, 본래 이것은 단순한 이야기이다.

상대를 좋아하는지 싫어하는지.

그만큼 단순한 문제에, 나는 이 화두를 던진 것이다. 난 머리가 별로 안 좋으니까, 이 정도가 딱 좋다.

내 솔직한 말에 그녀는 순간 어리둥절한 표정을 지었지만, 아무런 망설임도 당황함도 없이 솔직하게 대답했다.

"……좋아해……. 좋아해!"

나나미가 외쳤다. 그 감정이 향하는 대로, 나의 의문에 대답해주었다.

"싫어하다니 말도 안 돼! 그럴 리가 없잖아! 가능할 리가 없어! 나도 요신이 너무 좋아! 정말 좋아! 하지만……!"

"응, 그 말을 들은 걸로 충분해. 나는 나나미를 좋아하고, 나나미는 나를 좋아한다. 그것만으로도 충분해. 그 말만 있으면 나는 뭐든지 할 수 있어."

하지만, 하고 무어라 말하려는 그녀의 말을 가로막고…… 나는 만족스러운 미소를 지었다.

아아, 다행이다. 그녀가 나를 좋아한다고 말해주었다. 거절당하지 않았다. 그것만으로 이제 완전히 안심이 들었다. 나는 무적이다.

그녀는 내 말이 이해가 가지 않는지 아직도 곤혹스러운 표정을 짓고 있다. 어쩌면 내 생각 방식에 당황한 것인지도 모른다.

그런 표정을 지을 필요 없는데, 그녀는 눈물을 흘리며 괴로워하고 있다. 그런 얼굴은 하지 않았으면 좋겠다. 어쨌든 우리는 서로를 정말 좋아한다. 그럼 문제 같은 건 아무것도 없잖아.

"나나미…… 지난 한 달 동안 즐거웠어. 정말 즐거웠어. 적어도 난 조금의 과장도 없이, 지금까지의 인생에서 가장 즐거운…… 최고의 한 달이었어."

"어……?"

눈물을 흘리던 나나미가 내 말에 반응을 보였다. 갑자기 바뀐 이야기를 따라가지 못하는 것 같았다. 하지만 나는 그런 나나미를 뒤로한 채 말을 이었다.

"고백한 다음 날 갑자기 도시락을 싸 왔지. 설마 먹여줄 거라고는 상상도 못 했어. 그 후로도 점심은 매일 나나미가 직접 만든 도시락이었고…… 맛없었던 점심이 학교에서 가장 큰 즐거움이 됐어."

"나도…… 요신을 위해 도시락을 싸는 거 즐거웠어. 내내 행복했어……."

학교 점심은 배만 채우면 된다는 정도로만 생각했던 나였지만, 나나미의 도시락으로 그 생각이 확 바뀌었다.

게다가 직접 만드는 도시락이 얼마나 많은 수고가 드는지 알게 된 것도 큰 깨달음이었다.

지금까지 당연하게 생각하던 것이…… 그녀에 의해 뒤집혔으니까.

"데이트도 매주 했지. 첫 데이트…… 나는 옷 같은 건 안 갖고 있어서 시베츠 선배에게 조언을 받았고……. 그리고 보니 선배와 알게 된 것도 나나미가 계기였네."

"그땐…… 요신이 농구 승부 같은 내기를 한다고 해서 정말 깜짝 놀랐지……."

정말 그렇다. 사는 세계가 완전히 다르다고 생각했던 운동부 선배와 친해질 거라고는 생각하지 못했다. 선배는 지금은…… 내 몇 안 되는 소중한 친구다.

그렇게 내 세상이 넓어진 것도 나나미 덕분이다.

"영화도 보러 가고, 우리 집에서 저녁도 같이 먹고…….

아, 그래, 우리 가족끼리 여행도 갔었지. 설마 사귄 지 일주일도 안 돼서 나나미의 아버님과 어머님께 인사를 드리게 될 거라고는 생각도 못 했어……."

"그건 나도 정말 놀랐어. 요신, 아빠한테 엄청난 발언을 했었잖아……."

맞아……. 프러포즈 같은 말을 해 버린 걸 생각하면 지금도 얼굴이 붉어진다. 하지만 그 일 덕분에 나나미에 대해 알 수 있었다. 거기서 또 한 단계 우리들의 관계는 나아갔다.

그렇게 즐거운 추억담을 이야기해 나가면서 나나미의 얼굴에도 점차 미소가 돌아왔다. 아직도 그 미소는 어색하지만 슬픔으로 흘러나오던 눈물은 다소 가라앉아 있었다.

그 후로도 나는 그녀와의 즐거웠던 추억을 이야기했다.

수족관에서 길을 잃은 여자아이를 만난 것, 나나미와 함께 요리한 것, 그녀의 집에 처음 머물고 나나미와 함께 잤던 것…… 그건 딱히 이상한 의미가 아니라 정말 건전하게 같이 잔 것뿐이었지만. 같은 방에서 자고 일어났을 때 나나미의 얼굴이 바로 옆에 있었던…… 그런 두근거리는 기억도 있다.

온천 여행을 가거나, 대화를 나누거나, 테마파크에 가거나, 동물원에 가거나…… 신사에서 소원을 빌거나. 처음 해보는 일도 있고 문제가 생겨서 실패한 일도 있지만……

다음을 기약하며 서로 웃어넘겼었지.

우리에게는 아직 보지 못한 경치가 있고, 다른 시기에 또 같이 가자고 약속한 장소가 많다는 것을 떠올리듯 계속 이야기했다.

그런 한 달 동안의 추억을…… 쌓아온 약속을 우리는 함께 공유했다.

그런 것들을 떠올리며 나나미도 진정을 되찾은 것인지 조금 편안한 표정을 짓고 있다.

"솔직하게 이야기하자면, 나나미가…… 나를 싫어한다고 하면 어쩔 수 없는 일이라고 생각했어."

나의 말에, 나나미는 아주 조금 당황한 것 같지만…… 편안한 미소는 사라지지 않았다. 기분이 상당히 안정된 듯했다.

"나는 거짓 고백이라는 걸 알고 있었으니까. 지금까지, 지난 한 달간의 관계도 거짓말이고, 실은 어쩔 수 없이 나와 어울려준 거라고 한다면 우리들의 관계는 여기서 끝나겠구나……. 그런 선택을 해야 할 수도 있겠다고 생각했어. 네 행복을 위해 나는 물러나겠다고……."

내 말에 나나미는 조용히 고개를 저었다.

"……오늘은 나도 각오하고 있었어. 거짓 고백이었다는 걸 고백하고, 요신이 나를 싫어하게 되고, 헤어지겠다고 하면…… 난 그걸 받아들일 생각이었어."

그 말은 슬픈 각오로 가득 차 있었다. 내가 나나미와 헤어진다는 선택을 할까? 농담이 아니다. 그런 게…… 가능할 리가 없다.

"거짓말을 하고, 너한테 상처를 주고…… 그런 용서받을 수 없는 일을 한 내가 요신과 함께 있을 자격 따윈 없다고 생각했어. 그래서 난…… 네 행복을 위해 뭐든 하겠다고 생각했어."

"뭐든 하겠다니, 그런 말을 쉽게 해도 돼? 내가 그…… 좀 야한 걸 요구했으면 어쩌려고 했어?"

"음…… 그러게. 만약 화가 난 요신이 몸을 요구하면…… 요신에게라면 무슨 짓을 당해도 괜찮다고 생각했어. 요신이 받은 마음의 상처가 조금이라도 아물 수 있다면…… 내 몸 정도는 얼마든지 줄 수 있어."

"뺨에 키스하는 데도 한 달 가까이 걸린 숙맥 같은 내가 아무리 화가 났다 해도 그런 짓은 못 해. 나나미는 대체 얼마나 각오를 다진 거야."

아주 조금 평소와 같은 상태로 돌아온 우리는 서로 웃었다. 나나미의 각오가 전해져 왔지만, 나는 그것을 농담처럼 웃어넘긴다.

그리고 잠시 웃고 나서…… 나는 미소를 걷고 나나미에게 재차 확인했다.

"그럼, 나나미. 우리들의 지난 한 달간의 추억은…… 내가 최고로 즐겁다고 느꼈던 추억은 거짓이 아니었다고 생각해도 되는 거지? 나나미는 나와 있어서, 난 나나미와 있어서 행복했다고 생각해도…… 괜찮지?"

그 말이 기폭제가 된 것인지, 나나미는 서 있던 자리에서 더는 못 참겠다는 듯 달려왔다. 나를 향해 똑바로 일직선으로 달려온다.

그건 마치 그때의 내 모습 같았다.

다른 점은 떨어지는 양동이가 없다는 것 정도일까?

나는 그런 나나미를 맞이할 준비를 하고…… 뛰어들듯 다가온 나나미를 힘껏 끌어안았다.

"거짓말 아니야…… 절대 아니야! 시작은 거짓이었을지 몰라도…… 도시락에 담은 애정도, 데이트했을 때의 기쁨도, 요신에게 키스했을 때의 애정도, 키스를 받았을 때의 행복감도…… 다, 다 진짜야! 나는 요신과 함께 있어서…… 행복했어!"

아아, 다행이다. 정말 다행이다…….

거짓으로 시작해서 서로 거짓말을 계속해왔던 우리지만, 지난 한 달간의 마음은 서로가 거짓이 아니었다. 그걸 안 것만으로도…… 충분하다.

하지만 나는 아직 할 일이 있다.

이제부터가 실전이다.

"고마워, 나나미. 나도 지난 한 달 동안은 행복했어. 정말 진심으로 그렇게 생각해. 고마워…… 나나미…….”

　다시금 힘을 줘서 그녀를 끌어안은 나는…… 일단 그 손을 놓았다.

　“……요신?”

　손을 떼고, 아주 조금 그녀에게서 거리를 벌렸다. 내 행동의 진의를 파악하지 못한 그녀가 약간 불안해했지만 나는 안심시키듯 미소를 잃지 않았다. 심장은 긴장으로 쿵쿵거렸다.

　“사실은 말이야, 오늘…… 난 이걸 하려고 했어. 교사 뒤편에 오게 된 건…… 우연이라고는 하지만 좋은 선택이었던 것 같네.”

　나는 교복 주머니에 넣고 있던 천 꾸러미를 하나 꺼냈다. 그리고 표정에서 미소를 지우고 마치 배우라도 된 것처럼, 내가 지을 수 있는 최고로 진지한 표정을 나나미에게 향하며 그녀의 눈동자를 바라보았다.

　“바라토 나나미 씨.”

　새삼스럽게 나나미의 이름에 ‘씨’를 붙이는 것이 지금은 오히려 낯간지럽지만…… 그래도 나는 굳이 그녀의 이름에 존칭을 붙였다. 그때를 스스로 재현하듯이.

　뭐, 그때는 성으로 부르는 게 고작이었지만. 그 정도는 오차범위다.

　“저는 나나미 씨를 좋아합니다. 정말 좋아해요. 저와 다시 사귀어 주시겠어요? 가능하다면…… 앞으로 쭉 저는 나나미 씨와 함께 있고 싶습니다."

그리고 나는 천천히 그녀에게 손을 내밀었다.

그녀는 내 손에 한 번 시선을 옮기고, 나와 시선을 맞추더니 진지한 표정을 지었다.

"나는…… 요신에게 거짓 고백을 했는데? 그런 나를, 용서해 줄 수 있겠어?"

"용서할 것도 없이 난 이미 알고 있었으니까. 하지만 굳이 말한다면…… 용서할게. 나는 나나미 씨의 전부를 용서할게. 나나미 씨는 그걸 알고도 잠자코 있던 나를…… 용서해줄래?"

"당연하지……. 용서할게. 내가 용서할 자격이 있는지는 모르겠지만…… 무조건 용서할 거야."

"그럼 이제 우리 사이에는 아무 문제도 없어졌네. 다시 한번…… 나나미 씨. 저와 사귀어 주시겠어요?"

나의 거듭된 고백에, 그녀는 장밋빛으로 뺨을 물들이고…… 천천히 내민 나의 손을 마주 잡으며…….

"저 같은 사람이라도 괜찮으시다면…… 기꺼이."

오늘 중 가장 아름다운 미소를 내게 향했다.

내가 좋아하는…… 그녀의 미소. 만개한 꽃 같은 미소.

그것을 본 행복감, 쥐어진 손의 따뜻함…… 모든 것이 행복해서, 모든 것이 보답받은 기분이 들었다.

"나나미, '저 같은'이라는 말은 금지인 거 아니었어?"

손을 잡은 채 한 내 말에 눈을 깜박거린다. 그러고는 웃음을 터뜨린다.

"……잘 기억하고 있었네, 요신. 맞아……. '나 같은'은 금지였지."

"응, 나나미와의 일은…… 다 기억하고 있어."

"그럼 다시 말할게……. 요신, 기꺼이 사귈게요. 앞으로도 오래오래 잘 부탁드립니다."

거짓말로 시작된 우리는…… 진실된 관계를 구축했다. 그리고 이제, 다시 한번 진정한 교제를 시작하는 이 순간까지 왔다.

그것은 정말이지 가슴 벅찬 일이었고…… 동시에 나와 나나미가 서로 바라던 미래에 도달했다고 생각한다.

"그럼 교제를 다시 시작한 것과 한 달이 된 기념의 뜻에서…… 이걸…… 받아줄래?"

나는 그녀에게 천으로 포장한 하나의 꾸러미를 건넸다. 전부 내가 한 것이라 볼품없었지만…… 그것을 그녀는 받아들고 천천히 꾸러미를 연다.

"이거, 목걸이……? 이렇게 비싼 건 못 받는데……?"

"아니, 안심해. 그거 내가 직접 만든 거거든. 투박해서 미안하지만 받아줬으면 좋겠어."

"직접 만들었다고?!"

목걸이는 중앙에 돌고래 모양…… 그러니까 간신히 돌고래로 보이는 장식이 있고, 그 주위로는 색이 들어간 투명한 공이 달려 있었다.

가운데의 돌고래와 공의 색깔은 오렌지색으로, 나나미와 어울린다고 생각한 색으로 통일했다. 그리고 일부분은 투명해서 그 안에 분홍색 꽃잎을 넣었다. 기념일에 주겠다고 결정한 뒤로 혼자 열심히 만든 거라 군데군데 엉성한 부분이 많아 부끄럽지만…….

"이거…… 벚꽃잎?"

"응……. 꽃구경 갔을 때의 꽃잎을 넣어봤어."

우리들의 추억을 담은 목걸이로 만들어 보았다. 그것을 그녀는 눈물을 흘리며 가슴에 안았다. 그 눈물은 아까까지의 슬픔이 아니라…… 기쁨으로 흘리는 눈물일 것이다.

"저기, 요신…… 모처럼이니까 이 목걸이…… 달아주지 않을래?"

"아, 응. 그래, 모처럼이니까……."

"정면에서 해주는 게 좋을 것 같아. 이런 건 중앙의 밸런스가 중요하니까."

뒤로 돌아가려던 나를 제지한 나나미가 나에게 목걸이를 건네주었다. 확실히 그럴지도 모르지만…….

목걸이를 받아든 나는 약간 고전하면서도 그녀에게 목걸이를 달아주었다. 처음 만든 볼품없는 것이지만…… 그래도 나나미에겐 잘 어울린다. 자화자찬인가?

하지만 정면에서 달아주는 건 좀 쑥스럽네. 너무 가까워……. 그런 생각을 하며 그녀에게 목걸이를 채웠다.

열심히 고전하던 내 손이 그녀의 목덜미를 떠나고, 아주 잠깐 그녀와 나 사이에 거리가 벌어진 순간…….

내 입술에 나나미의 입술이 겹쳐졌다.

그녀는 눈을 감고 있었고 나는 눈을 감고 있지 않았다.

그대로 그녀는 내 목덜미에 손을 가져왔다. 놀란 나는 그녀가 하는 대로 휩쓸렸다. 따뜻했고, 입술에는 부드러운 것에 닿아 있었고, 코앞에 나나미의 얼굴이 있다.

나는 놀라서 굳어있다가 곧 그녀를 가볍게 껴안았다.

우리는 처음…… 키스를 한 것이다.

오래도록 키스를 이어간 그녀는 이윽고 내게서 얼굴을 떼더니, 수줍은 듯 얼굴을 붉히며 내 귓가에 속삭였다.

"내가 주는 기념일 선물…… 첫 키스. 난 전혀 준비 못 했으니까, 적어도……. 미안해, 아무것도 준비하지 못해서……."

"아니…… 최고의 서프라이즈 선물이야. 내 선물의 인상이 흐릿해질 정도로…….."

너무 빨개져서 그녀의 얼굴을 볼 수 없는 나는 포옹 중인 이 상황이 감사했다.

서로의 얼굴을 볼 수 없고 뭔가 말로 표현할 수도 없었다. 그러면서도 서로 끌어안고 있다. 이제 뭘 어떻게 해야 할지 알 수 없었다.

그때 갑자기 누군가의 목소리가 들려왔다.

"어머머~, 그때 그 남학생 씨랑 여학생 씨 아니야? 뭐야? 밀회 중이었어? 미안해~ 방해해서. 마침 비교적 한가한 내가 순찰 중이었거든."

바로 그날, 나를 치료해준 보건실 선생님이다. 갑작스러운 선생님의 등장에 나도 나나미도 당황했지만, 보건실 선생님은 헤실헤실 웃으며 우리가 당황하지 않도록 손을 저어왔다.

"당황할 필요 없어. 이야~ 좋은 걸 봤네~. 청춘이네. 너희들 아직 사귀고 있었구나? 비교적 기네? 길지 않은가? 뭐, 어때. 사랑의 폭풍이구나."

"선생님……. 거기선 보통 불순 이성 교제라면서 꾸짖을 부분 아닌가요?"

"음? 뭐가 불순한데? 순수하게 서로 사랑하는 두 사람이 키스했을 뿐인걸. 불순한 마음은 없잖아? 고등학생답고,

아무 문제 없지. 둘 다, 축하해~. 더 해~."

……처음 보건실에서 만났을 때도 생각했지만, 이 사람은 정말로 별난 선생님이다. 우리들의 키스를 보고 탓하기는커녕 축복해 주고 있다. 다른 선생님이라면 혼났을 상황일 텐데.

뭐, 덕분에 도움을 받았다는 건 확실하지만.

"불순이라는 건…… 이런 걸 사용하지 않는 행위려나? 지금 고등학생은 이걸 써도 안 되려나?"

선생님이 내게 뭔가 얇은 것을 던졌다. 나는 그것을 한 손으로 받아들였다. 그것은…… 한 장의 피임 도구였다. 아니, 네에에에에?!

"선생님?!"

"전에도 말했지만 올바른 성교육이 중요해. 내 안에서는 사용하지 않는 행위는 불순, 사용한다면…… 빈도에 따라 다르지만 괜찮지 않을까? 교칙 위반일지도 모르지만. 뭐, 그것도 100%는 아니니까 책임질 수 없다면 하지 않는 게 제일이지만. 둘 다 배울 건 배워야지. 하려면 할 수 있으니까~."

팔랑팔랑 손을 흔든 선생님은 우리 눈앞에서 폭풍우처럼 사라지셨다.

"정말이지 요즘엔 다들 러브러브네. 남편도 요즘 나한테 사랑한다고 말하질 않나~. 알고 있는데 말이야~. 가끔은 내가 먼저 말해볼까~?"

도플러 효과처럼 선생님의 말이 멀어졌다. 선생님이 사라진 후에는 서로 껴안고 있는 우리만이 남았다.

"특이한 선생님이네……. 뭐, 보신 게 선생님이라서 다행인 건가?"

"그러게……. 하지만 이건 역시 사용하지 않겠지……."

나는 받은 피임 도구를 그대로 주머니에 집어넣었다. 그 사이, 나나미는 무언가를 잠시 생각하는가 싶더니…… 새삼스럽게 나에게 속삭여 왔다.

"요신…… 사랑해."

갑작스러운 그 말에 나는 깜짝 놀라 눈을 크게 떴다. 지금까지 좋다는 말은 많이 들었지만 사랑한다는 말을 들은 것은 처음이었기 때문이다.

"……무슨 일이야, 나나미? 갑자기."

"아까 선생님이 말했었잖아……. 사랑하는 사이라면 키스해도 된다고……. 그래서…… 사랑한다고 말하고 싶어졌어."

"그래……. 그렇구나……."

서로 껴안고 있는 우리는 그대로 서로를 바라보았다. 그리고 나도…… 마음을 굳히고 그녀에게 말을 돌려주었다.

"나나미, 사랑해."

"응, 나도 사랑해!"

아까는 나나미가 먼저 했지만, 나는 조금 더 용기를 내서…… 이번에는 내가 나나미에게 키스를 했다. 그녀는 그것을 조용히 받아주었다.

이렇게 서로를 용서한 우리들의 새로운 마음과 계속된 관계는…… 오늘부터 다시 시작했다.

"그래, 그게 캐니언 군의 선택이었구나. 아니, 물론 예상 대로지만. 이럴 때 예상외의 전개는 필요 없어. 나도 안심 했어…… 아, 왠지 울 것 같아."

우리가 서로 고백하고 나서 며칠 후…… 쉬는 날에 나 와 나나미는 내 방에서 함께 바론 씨 일행에게 결과를 보 고했다.

그들을 한동안 기다리게 하고 말았지만, 차분한 날에 다 시 한번 둘이 함께 보고를 하기로 한 것이다.

스마트폰에서 들려오는 그 나른한 목소리에 우리는 약 간 수줍은 듯 볼을 붉혔다.

"그러니까 제가 말했잖아요? 시치미짱이랑 캐니언 씨는 무조건 잘 될 거라고. 제가 보증한다고."

"피치 씨, 시치미랑 그런 얘기를 했어?"

"여자끼리 몰래 이야기했어. 그렇지, 피치짱?♪"

스마트폰 너머로 들려오는 피치 씨의 귀여운 목소리에 도 기쁨이 넘쳐흘렀다.

우리는 오늘…… 처음으로 스마트폰 음성 채팅으로 넷

이서 대화를 나누고 있었다.

어차피 보고하는 거 채팅을 써보지 않겠냐고 나나미가 제안한 것인데…… 설마 피치 씨와 종종 통화하고 있었을 줄은 몰랐다.

"그건 그렇고…… 두 분도 제가 벌칙으로 고백했다는 걸 알고 계셨네요……. 정말 폐를 끼쳤습니다……."

"아냐, 우리야말로 알고 있었으면서 잠자코 있어서 미안해. 하지만…… 결과적으로 좋은 방향으로 가서 다행이다."

나나미의 사과에 바론 씨도 사과했다.

어쩐지 기분이 이상하다. 이렇게 넷이서 이런 평화로운 시간을 보낼 수 있다니……. 나는 침대 위에 앉은 채 옆에 있는 나나미를 보고 있었다.

나나미는 내게 달라붙듯이 몸을 딱 붙이고 있다. 그녀의 몸의 부드러움과 따뜻함이 내 몸에 기분 좋은 행복감을 주었다.

음성만 나오고 영상은 나오지 않았기에 가능한 자세였지만…….

아니, 이 자세가 된 것도 어쩔 수 없다.

의자에는 둘이 앉을 수 없었고, 필연적으로 둘이 오래 앉아도 피곤하지 않을 것 같은 곳이 침대 위였으니까. 그러니까 이건 어쩔 수 없는 일이다. 하지만 뭐랄까…….

혹시 내 이성을 시험받고 있는 건 아닐까?

그런 생각을 하고 있는데, 그날 선생님께 받은 그 물건이 뇌리를 스쳤다.

하지만 나는 머리를 흔들어 그것을 애써 잊어버렸다. 응, 그건 우리에겐 아직 이르고, 지금은 바론 씨랑 피치 씨와 통화 중이니까 잊자.

"어쨌든 두 사람 다 이제 정식 연인이 된 셈이네. 뭔가 변화는 없어? 좀 더 알콩달콩한 사이가 됐다든가."

"변화요……?"

"좀 들어보세요. 키스 빈도는 올라갔는데, 캐니언 군이 부끄럽다는 이유로 좀처럼 먼저 키스해주지를 않아요. 해도 뺨 정도이고…… 입술에 해준 건 기념일 때뿐이었나?"

"그걸 말하면 어떡해?!"

나와 그녀의 발언에 스마트폰 너머의 피치 씨가 꺅꺅대며 소란스러웠다. 기념일에 한 키스 이야기는 처음 듣는 것인 만큼 자세한 내용을 궁금해한다.

나나미는 내 옆에서 내가 준 목걸이를 손가락 끝으로 만지작거리더니 히죽히죽 웃으며 말했다. 볼은 이미 새빨갛다. 자폭할 각오로 내게 키스를 조르는 듯했다.

……하지만 그때는 마음이 들떠 있었으니까……. 평소에 입술에 키스하는 건 조금 벽이 높다. 역시 그럴 분위기가 아니면…….

나는 마지못해 침대 위에 함께 앉아 있는 그녀의 어깨를 끌어안았다. 이 정도는…… 아직 익숙하진 않지만 할 수 있는 정도는 됐다.

"……특별히 큰 변화는 없어요. 지금도 침대 위에서 저랑 같이 있지만…… 이렇게 같이 있는 것도 늘 있는 일이고. 그렇지?"

내 발언에 침묵이 찾아왔다. 음, 어라? 왜 다들 입을 다물지? 나나미는 얼굴 전체가…… 귀부터 목까지 새빨갛게 달아오른 채 눈을 크게 뜨고 있다.

문득 스마트폰에서 피치 씨가 "어른이다…… 어른의 관계야……. 과하게 어른이야…… 뭐야? 어? 변화가 너무 심한 거 아니에요?"라며 작은 소리로 중얼거리는 것이 들려왔다.

"음…… 미안……. 아무래도 피치 교육상 안 좋을 것 같으니 그런 발언은 좀 삼가는 게…… 그보다 그런 상태라면 나중에 날을 다시 잡을까?"

거기까지 들은 나는 내 발언을 다시 떠올려본다. "그녀는 침대 위에서 저와 같이 있지만"…… 잠깐, 이 발언은…….

"아니에요! 오해예요! 아니, 오해하게 만든 건 저지만! 지금은 침대 위에 둘이 앉아서 대화하고 있을 뿐이에요! 우린 아직 키스까지밖에 안 한 떳떳한 관계라고요!"

나는 황급히 해명한다. 나로서는 사실을 말한 것뿐인데, 이 발언은 듣기에 따라서는 오해받을 수 있는 발언이었다.

전혀 생각 못 했다.

옆에 있던 나나미가 "신기하네…… 요신의 자폭……"이라는 말을 해왔다. 새빨개진 채로.

응, 미안해. 아니, 줄곧 숨기고 있던 게 사라져서 생각보다 들뜬 거겠지, 나도…….

"아, 그런 거였구나. 아니, 고등학생이라 신기하진 않지만 말이야. 저번에도 아내와 대화했는데 한 쌍의 커플에게 성교육을 해줬다고 하더라고. 타이밍이 기가 막히네."

……어라? 뭔가 기시감이 느껴지는 이야기인데……. 우연인가?

"그래, 좀 들어봐. 아내가 말이지, 굉장히 오랜만에 사랑한다고 말해줬어! 엄청난 수줍음쟁이라 평소엔 절대 말 안 해주는데, 정말 오랜만에 애정 표현을 하지 뭐야."

"와, 바론 씨, 축하해요! 그나저나 부럽네요. 저만 남친이 없네요~."

"괜찮아. 피치라면 분명 좋은 사람이 나타날 거야."

바론 씨와 피치 씨의 대화가 고조되는데, 뭐지…… 이 이야기도 약간의 기시감이……. 응, 너무 깊게 생각하지 말까.

그렇게 둘이서 한창 대화하는 와중…… 나나미가 내게 슬쩍 다가오더니 귓가에 속삭여왔다. 스마트폰 너머로는 들리지 않을 목소리로…… 들어본 적 없는 달콤한 목소리로.

"……난 언제든지 괜찮아."

그 한마디를 속삭이는 순간, 나는 나나미 쪽으로 휙 시선을 돌렸지만, 나나미는 나와 같은 속도로 내게서 시선을 뗀 상태였다.

아까와 똑같은 정도로 빨개진 얼굴을 한 그녀가, 천천히 내게 나시 시선을 맞추고는…… 수줍은 미소를 지어 보였다.

나는 한숨을 내쉬며 나나미의 머리에 툭 손을 얹고 부드럽게 쓰다듬었다.

"무리하지 않아도 돼. 우리는 우리만의 페이스로…… 천천히 가자……."

"고마워……. 응, 사랑해……."

"나도…… 사랑해."

나나미는 쓰다듬어주는 것이 기분 좋은지 눈을 가늘게 뜨고 나를 껴안아 왔다. 한동안 그렇게 나나미의 머리를 쓰다듬고 있었는데…….

"세상에, 들었어요, 피치양? 사랑한데요~. 역시 진도가 술술 나가고 있네요~. 숨기지 않아도 되는데?"

"그러게요, 바론 씨. 이런 걸 뭐라고 하죠? 리얼충 폭발해라? 아니면 영원히 폭발해라? 결혼해서 폭발해라? 라고 하는 편이 나을까요?"

"피치?! 그런 말은 어디서 배웠어?!"

……아뿔싸, 통화 중이었구나……. 그보다, 바론 씨 아까 그 연기는 뭔가요? 피치 씨도 따라 하고…….

평소에는 글로만 대화했던 탓에 방심하고 있었다.

……그렇게 생각했는데, 쓰다듬을 받던 나나미가 날 보며 혀를 빼꼼 내밀었다.

……일부러 한 건가.

그 후로도 우리는 넷이서 보고를 하면서 소소한 잡담을 이어갔다. 바론 씨는 벌써 한참 앞서가서는 결혼 생활에 중요한 것을 우리에게 여러 가지 일러주었다.

나나미는 그 말을 하나도 놓치지 않겠다는 듯이 고개를 끄덕이며 듣고 있다.

그때…… 피치 씨가 나와 나나미에게 의문을 던졌다.

"그러고 보니…… 시치미의 사랑 오미쿠지 내용은 들었는데, 캐니언 씨의 사랑 오미쿠지 내용은 뭐였어요?"

"아, 그거 나도 듣고 싶어! 못 들었지? 뭐라고 돼 있었어?"

아아, 사랑 오미쿠지…… 바빠서 잊고 있었다.

나는 잠시 침대에서 일어나 지갑을 들고 다시 침대 위에 앉았다. 나나미가 곧바로 딱 달라붙었다.

"지갑에 넣어뒀어?"

"응, 좋은 내용이라서…… 봐, 이게 내 사랑 오미쿠지 내용이야."

"우와, 대길이다! 굉장하네, 내용은…… 어…….."

"시치미짱? 뭐라고 적혀 있어요?"

내 입으로는 차마 말하기 힘든 내용이었지만, 나나미가 벅찬 얼굴로 사랑 오미쿠지의 내용을 읽어 주었다.

"그러니까……『진실한 사랑을 알게 된 두 사람, 더는…… 헤어질 수 없습니다』…… 라고…… 윽, 흐윽……."

글을 읽어갈수록 나나미의 눈에 서서히 기쁨의 눈물이 고여 간다. 나는 울먹이는 그녀의 머리를 다시 부드럽게 쓰다듬었다. 감격에 못 이겨 나를 껴안은 나나미가 그대로 조용히 기쁨의 눈물을 흘렸다.

이것 때문에 하는 말은 아니지만…… 그녀와 헤어진다는 선택을 할 마음은 조금도 없었다. 다음 데이트에서 그 신사에 가면 신에게 감사의 인사를 드리러 가야지.

"진실한 사랑이군요……. 여성향 게임이나 순정만화에는 있긴 하지만, 로맨틱하고 좋네요."

"맞아. 하지만 혹시 거기『바람은 금지』라는 말은 안 적혀 있어? 나도 아내와 결혼하기 전에 뽑은 오미쿠지에 비슷한 문구가 있었거든."

황홀하게 말하는 피치 씨와는 대조적으로 바론 씨는 냉정하게 오미쿠지의 내용을 확인했다. 응, 확실히『바람은 흉운』이라고 적혀 있네.

"적혀 있네요……. 바론 씨도 같은 오미쿠지를 뽑았었군요."

"응……. 그걸 계기로 아내와 결혼한 것 같기도 하고 말이지. 그러니까 내가 보증할게. 둘은 결혼까지 갈 수 있어! 결혼식 하면 불러줘! 오프모임 겸 결혼 피로연이다!"

"결혼이라니…… 성급해요……. 저희는 아직 고등학생이고."

"괜찮아……. 나랑 아내도 고등학교에서 시작된 교제였으니까……. 우리가 전례야."

그런 말을 들으니 할 말이 없다. 나를 안고 있는 나나미는 내 가슴속에서 나를 올려다보고 있다. 그것은, 조금 기대하는 눈빛이다…….

"그러게요……. 그럼 저와 그녀가 결혼할 때 다들 초대할게요."

"응…… 그전에 오프 모임 같은 걸 해도 재밌겠네. 뭐, 둘이 함께할수록…… 미래는 무한하게 펼쳐질 거야. 정말 둘 다 축하해."

"다시 한번…… 축하해요. 캐니언 씨, 시치미짱."

그 축복에…… 우리는 벌써 몇 번째인지도 모르는 감사의 말을 두 사람에게 전했다.

"그러고 보니 슬슬 시간이 다 됐나? 오늘 데이트는 어디로 가는 거야?"

바론 씨의 그 말에 우리는 나갈 시간이 임박했다는 것을 깨달았다. 벌써 그렇게 시간이 흘렀나.

"오늘 데이트는 영화예요. 저희 첫 데이트니까 재출발로는 딱 좋을 것 같아서요."

"그래…… 두 사람 다 즐겁게 다녀와. 다음에 같이 게임도 했으면 좋겠다."

"두 분 다 조심히 잘 다녀오세요."

"바론 씨, 피치짱. 고마워. 다음에 또 봐. 아, 나 화장 좀 고치고 올게. 좀 울기도 했고, 시어머님께 인사도 드리고 싶으니까."

잠깐, 언제부터 엄마를 시어머님이라고 불렀지? 처음 듣는데.

잠깐 멍해진 나를 남겨두고 나나미는 방에서 나갔고, 피치 씨도 채팅방에서 나갔다. 마지막엔 나와 바론 씨만 통화 상태로 남아 있었다.

나도 슬슬 통화를 끊을까 생각하던 참에…… 바론 씨가 돌연 내게 물었다.

"마지막으로 들려주지 않을래? 넌 처음에 벌칙으로 고백을 받았지만…… 지금은 어떤 마음이야?"

그 질문을 받고 나는 다시 생각했다. 바론 씨의 상담을 받으며 나는 나나미와 여기까지 올 수 있었다. 바론 씨가 그때 나에게, '뿅 가게 만들면 된다'고 말해준 덕분에…… 지금의 관계가 됐다.

그래서 나는, 잠시 생각한 다음…… 바론 씨에게 답을

전했다.

"글쎄요······. 지금의 마음을 한마디로 표현한다면······."

나는 솔직한 마음을 입에 담았다. 그 마음을 듣고 바론 씨는 만족스러운 목소리를 냈다. 그때의 이야기도 포함해서, 내가 생각해도 좋은 대답을 낸 것 같아.

그것은──

"벌칙 게임으로 고백해 온 갸루에게, 저는 완전히 반한 것 같아요."

4권을 읽어주셔서 감사합니다. 4권의 내용은 어떠셨나요? 여러분의 기대에 부응했다면 좋겠습니다.

드디어 시작한 칸나 나고미 선생님의 만화는 다들 보셨나요? 정말 재미있는 만화이니 아직 보지 않으신 분은 꼭 읽어보세요.

여기까지 올 수 있었던 것도 구매해주신 여러분 덕분입니다. 정말 감사했습니다. 카가치 사쿠 선생님, 담당자이신 코바야시 님, 4권까지 줄곧 신경 써 주셔서 몇 번을 감사드려도 부족합니다. 덕분에 4권도 멋진 작품이 된 것 같습니다.

사실 내용이 너무 많아져서 후기가 반쪽밖에 남지 않았습니다. 하고 싶은 말은 또 다음 기회에 하기로 하고…… 이것만 말씀드리겠습니다.

무려 5권이 나옵니다. 저도 깜짝 놀랐어요.

2022년 9월 그러면 5권에서 뵙겠습니다. 유이시

두 사람의 벌칙 게임 기간이었던 한 달은
더욱 관계가 깊어지는 것으로 마무리된다.
하나의 끝은 또 하나의 시작이기도 하다.
두 사람은 먼저 관련이 있는 사람들에게 사과와 설명을 하기로 하는데.
그렇게 친구, 부모, 선배에게 다시 한번 매듭을 짓기 위해 움직인다.
그리고 학교생활 최대 이벤트인 여름방학이 직전까지 다가왔다!

"요신, 이 수영복은 어때……?"

벌칙 게임이 끝난 뒤, 이제부터가 진짜다!
달달한 연애를 막는 최대의 벽을 넘어선 두 사람은 더는 멈추지 않는데?!
오리지널 분량까지 대폭 더해진 2부 개막!

Inkya no Boku ni Batsu Game de Kokuhaku site kita hazuno Gyaru ga dou mitemo
Boku ni Betabore desu 4
©Yuishi
Originally published in Japan in 2022 by HOBBY JAPAN CO., Ltd.
Korean translation rights ©2022 by Somy Media, Inc.

**아싸인 내게 벌칙 게임으로 고백해 온 갸루가
아무리 봐도 나한테 반한 것 같다 4**

2023년 4월 15일 1판 1쇄 발행
2024년 3월 15일 1판 2쇄 발행

저　　　자	유이시
일 러 스 트	카가치 사쿠
옮 긴 이	이소정
발 행 인	유재옥
이　　　사	조병권
출판본부장	박광운
편 집 1 팀	박광운 최서영
편 집 2 팀	정영길 조찬희 박치우 정지원
편 집 3 팀	오준영 권진영 이소의
디자인랩팀	김보라 박민솔
디지털사업팀	박상섭 김지연 윤희진
라이츠사업팀	김정미 맹미영 이윤서
영업마케팅팀	최원석 박수진 이다은
물 류 팀	허석용 백철기
경영지원팀	최정연
인쇄제작처	㈜코리아피엔피
발 행 처	㈜소미미디어
등　　　록	제2015-000008호
주　　　소	서울시 마포구 토정로222, 403호 (신수동, 한국출판콘텐츠센터)
판매 및 마케팅	(070) 8822-2301

ISBN 979-11-384-7810-6
ISBN 979-11-384-1250-6 (세트)